国家社科基金西部项目"明代关中四先生之文学观研究(12ZXW006)"成果

陕西师范大学中国语言文学

"世界一流
学科建设"
成果

明关中四先生之
文学观

蒋鹏举 ——————— 著

中华书局

图书在版编目(CIP)数据

明关中四先生之文学观/蒋鹏举著. —北京:中华书局,2024.8. —(陕西师范大学中国语言文学"世界一流学科建设"成果/苏仲乐主编). —ISBN 978-7-101-16755-9

Ⅰ.I209.48

中国国家版本馆 CIP 数据核字第 2024YN9602 号

书　　名	明关中四先生之文学观	
著　　者	蒋鹏举	
丛 书 名	陕西师范大学中国语言文学"世界一流学科建设"成果	
责任编辑	葛洪春	
装帧设计	刘　丽	
责任印制	陈丽娜	
出版发行	中华书局	
	（北京市丰台区太平桥西里 38 号　100073）	
	http://www.zhbc.com.cn	
	E-mail:zhbc@zhbc.com.cn	
印　　刷	三河市中晟雅豪印务有限公司	
版　　次	2024 年 8 月第 1 版	
	2024 年 8 月第 1 次印刷	
规　　格	开本/920×1250 毫米　1/32	
	印张 7⅝　插页 2　字数 200 千字	
国际书号	ISBN 978-7-101-16755-9	
定　　价	58.00 元	

总　序

陕西师范大学中国语言文学学科至今已经走过了70多年的发展历程。数代学人培桃育李、滋兰树蕙，在学科建设、人才培养、科学研究以及社会服务等方面取得了令人瞩目的成就，涌现出了一批蜚声海内外的硕学鸿儒，形成了"守正创新、严谨求实、尊重个性、兼容并包"的学术传统和"重基础训练、重理论素质、重学术规范、重人文教养、重社会实践、重能力提高"的人才培养特色，铸就了"扬葩振藻、绣虎雕龙"的学院精神。数十年来，全体师生筚路蓝缕、弦歌不辍，获得中国语言文学一级学科博士授予权，中国语言文学一级学科博士后科研流动站，中国古代文学学科也跻身于国家重点学科；建成"国家文科（中文）基础学科人才培养和科学研究基地"，教育部、国家外国专家局"长安与丝路文化传播学科创新引智基地"，教育部"2019年全国普通高校中华优秀传统文化传承基地"，"陕西师范大学语言资源开发研究中心"，"陕西文化资源开发协同创新中心"等多个省部级科学研究平台；汉语言文学专业为教育部特色建设专业、陕西省名牌专业，入选陕西省"一流专业"建设项目，秘书学专业和汉语国际教育专业也入选陕西省"一流专业"培育项目；形成了从本科、硕士、博士到博士后完整的人才培养和科学研究体系，中国语言文学学科走上了稳健、持续发展的道路。

2017年，中国语言文学学科被教育部列入"世界一流学科"建设学科，迎来了难得的发展机遇。中国语言文学学科全体师生深知"一流学科"建设不仅决定着我校中国语言文学学科能否在新时代开创新局面、取得新成就、达到新高度,更关乎陕西师范大学的整体发展。在学校的正确领导下,各有关部门同心协力,兄弟院校及合作机构鼎力支持,文学院同仁更是呕心沥血、发愤图强,学科建设取得了显著成效。为了及时汇总建设成果,展示学术力量,扩大学术影响,更为了请益于大方之家,与学界同仁加强交流,实现自我提高,我们汇集本学科师生的学术著作(译作)、教材等,策划出版"陕西师范大学中国语言文学'世界一流学科建设'成果"丛书和"长安与丝路文化研究"丛书,从不同的方面体现我们的研究特色。

　　丛书的出版得到了陕西师范大学学科建设处、社会科学处以及有关出版机构的大力支持,在此一并致谢!

　　作为陆路丝绸之路的起点与丝路文化中心城市高校,我们既承载着历史文化的传统与重托,又承担着新时代的使命与责任。作为新时代的中国语言文学学科,既古老又年轻,既传统又现代,包容广博,涵盖古今中外的语言与文学之学。即使是传统的学术学科,也是一个当下命题,始终要融入时代的内涵。用一种人人参与、人人分享的形式,借助于具体可感的学术载体,传播中华优秀传统文化,发扬中华优秀传统文化,彰显中华现代文明,这是新时代人文社会科学工作者的重要使命。"士不可以不弘毅,任重而道远。""一流学科"建设永远在路上,中华优秀文化的发扬光大永远在路上。我们将不忘初心,不辱使命,努力前行!

陕西师范大学文学院院长　张新科

2019 年 10 月 30 日

目 录

绪　论

　　八百里秦川环抱着的关中平原,是一片神奇的土地,这里不仅孕育出周秦汉唐悠久的中华文明,形成了独特的民风民俗,也造就了独特的学术风气。这种特殊的学术自北宋张载始彰,被称作关学。明代中期,一群关中学者深察细辨儒学传统,躬身践行儒家理念,把关学传统发扬光大。他们经思辨而信奉"道",敢舍弃世俗功利去遵行"道",甚至不惜用生命去践行"道";他们定仪制规改良民俗,替无告的百姓发声请愿;他们结合自己的实践阐发经义,为往圣继绝学;也曾孤吟独唱,也曾彼此唱和,用诗文真诚地书写个人的情志。这群生活在明代弘治、正德、嘉靖时期的关中学者,其代表人物是:三原马理、高陵吕柟、朝邑韩邦奇和富平杨爵。在黄宗羲的《明儒学案》中,吕柟列于河东学案,其余三人列于三原学案。河东学案和三原学案,在学术上都归宗于张载关学。"四先生"之称最早来自明末冯从吾,冯氏主持关中书院时期,为弘扬前贤"率躬行切近语"①的宗旨,录四先生的语录成《关中四先生要语》一书,旨在以前贤的德业、节义激励后学。冯氏眼光精确,他敏锐地察知到四先生在精神气质上有同质性,而这种共同的精神气质,正可以弥补晚明士子在人生意义方面的匮乏,以之提振士气。由四先生语录进而追溯他们在事功、德行、思

————————

① 周传诵《关中四先生要语原序》,见冯从吾编《关中四先生要语》卷首,陕西师范大学图书馆藏清宏道书院刻本。

想上蕴含的价值,也利于现代人认识我们文化中的优秀传统。

一、四先生简介

"四先生"在道德、事功、文学方面均有建树。吕柟(1479—
1542),字仲木,号泾野,人称泾野先生,陕西高陵人。明武宗正德三
年(1508),吕柟举南宫第六,擢进士第一,授翰林编修。吕柟虽高中
状元,历官正德、嘉靖两朝,但仕途并不顺畅,一生三起三落。正德
朝,先因拒绝权宦刘瑾的结纳网罗几遭暗害;乞归。刘瑾被诛后,被
累荐入朝,又数次上本劝谏无果,知行道于时不合而归。嘉靖朝,因
"大礼议"中批评皇帝违背礼制被下狱、贬谪。他既不依附权贵,也不
向皇权低头,被誉为"真铁汉"①。吕柟官至国子监祭酒、南礼部右侍
郎,他"性行淳笃,学问渊粹"②。嘉靖十八年(1539)再次致仕,归乡
讲学至终老。处身于明代中期思想学术、文学旨趣、世风习俗的大变
革时期,吕柟既不跟风媚俗,也不僵化保守。他温粹笃实,踏实稳健,
出则勤勉吏事,纾困救难,劝农桑,兴水利,解民倒悬,振扬士风;处则
居敬讲学,作人化俗,绍统绪,开来学,正士风,移民俗,行学正己,淳
朴民风。诚如前人所赞:"清修厉节,抗志守道,皭然无可疵类者,关
中则有泾野先生云。"③吕柟不仅人格磊落,而且学问渊粹,学术成就
斐然。关学振兴,吕柟功不可没,清代学者李颙指出:"关学一脉,张
子开先,泾野接武,至先生(指冯从吾)而集其成,宗风赖以大振。"④

马理(1474—1556),字伯循,号谿田,陕西三原人。师从三原学
派石渠先生王恕之子王承裕。在国子监时马理已"名震都下。高丽

---

① 冯从吾撰,陈俊民、徐兴海点校《关学编》,中华书局1987年,44页。

② 冯从吾撰,陈俊民、徐兴海点校《关学编》,44页。

③ 耿定向《题泾野先生语录》,见吕柟撰,赵瑞民点校《泾野子内篇》,302页。

④ 李颙撰,陈俊民点校《二曲集》,中华书局1996年,180页。

使者慕之,录其文以去"①。举正德九年(1514)进士,授吏部主事,擢稽勋员外郎。秉持公道,匡扶正气,被誉为"真考功"②,表现了爱道甚于爱官的气节。一生五起五已,晚年隐居商山书院讲学。嘉靖三十四年十二月(1556年1月),罹难于关中大地震,享年八十三。

韩邦奇(1479—1556),字汝节,号苑洛,陕西朝邑(今属陕西大荔)人。正德六年(1511)进士,任职吏部。因上书言政忤旨,贬官。因作歌谣揭露宦官暴行,触怒皇帝,被革职为民。一生六次入仕六次隐居,于嘉靖三十四年的关中大地震中不幸罹难,享年七十八。

杨爵(1493—1549),字伯修,号斛山,陕西富平人,从韩邦奇学,为人"砭直不阿,而内实忠淳"③。以疏诋符瑞得罪,下狱榜掠后犹疏谏以期帝悟,两度系诏狱,前后近八载。获释后返还原籍,卒于家,年仅五十六。隆庆元年(1567)赠光禄卿;万历中,赐谥"忠介"。黄宗羲赞其有"刚大之气,百折不回"④。他与杨继盛均受业于韩邦奇,都是明史上著名的忠臣,并称"韩门二杨"。

四先生高风亮节,躬行践履。他们开书院,登讲席,著书立说,门生遍关中,名扬海内外。他们生前都以自己的德行楷模当世,如皭皭明日、濯濯清泉;逝后,其宗风余韵、人格典范,依然激励着关中学子修养身心,笃实向善。

二、选题说明

明代的政治文化环境极为险恶,而关中四先生以德行立世,以讲学济民、启智,以文章继往圣、论时政。作为生活在陕西的后学,对他

---

① 《明史》,中华书局1974年,7249页。

② 冯从吾撰,陈俊民、徐兴海点校《关学编》,48页。

③ 冯从吾撰,陈俊民、徐兴海点校《关学编》,55页。

④ 黄宗羲著,沈芝盈点校《明儒学案》,中华书局1985年,168页。

们除了致以深深的敬意之外，也应该继承"为往圣继绝学"的传统，从学术承传上揭示他们所起的重要作用，因此选取关中四先生之文学观为切入点，展开研究。

此处需要说明，虽然本书题是以文学观为切入点，但并不仅仅局限列举他们各自有哪些关于文学的论述以及所呈现出的关学特色，我们所想达到的研究目的是揭示学者在怎样的政治文化环境、地域文化中，形成的特殊文学观念。这种考虑基于以下两点：其一，四先生以学问、德行名世，《明史》把吕柟和马理列入《儒林传》。韩邦奇、弟韩邦靖，与陶琰同传，见列传第89，此传记录的正德、嘉靖初期，曾在南直隶任职的清正廉洁的官员，"赞曰：当正、嘉之际，士大夫刓方为圆，贬其素履，羔羊素丝之节浸以微矣。陶琰诸人清操峻特，卓然可风"①。那时期，当朝重臣不惜刓方为圆、希旨取容以立朝，而陶琰、韩邦奇等持清峻之操守，卓然立世，在朝臣中是一股清流正风，难能可贵。杨爵与杨最、杨继盛等同传，见列传第97。此列传收录因上书忠谏而遭贬谪甚至被害的正直官员，除上述三人外，还有周怡、刘魁、沈鍊等二十四人同传。此传赞曰："当世宗之代，何直臣多欤！重者显戮，次乃长系，最幸者得贬斥，未有苟全者。"②"重者显戮"，指杨最、杨继盛、沈鍊等；长系者，则指杨爵、周怡。正人真儒生存的政治环境如此恶劣，但总有一些英特挺拔之士，不怕被贬谪、被桎梏，甚至被杀头，勇于说出真相，不惧逆鳞，表达对时局的真实看法。四先生均在正人君子之列。他们并未致力于文学写作或厘清文学之地位、作用之类，而是如同所有理学家一样，侧重于道统的传承、阐扬，而非计较于章法布局、修辞声律等，他们的书写有两个共同点：一是用生命书写，即躬身践履，把高尚的人格嵌进历史时空；二是用真诚书写，

---

① 《明史》，5322 页。
② 《明史》，5545 页。

即行文真实,把所见所闻、所历所思写进诗文中。所以,本书的研究不能只罗列四先生有关文学主张的言语论断,而是关注他们笔下选取什么样的社会生活进入他们的诗文,看他们认为什么是有价值的内容。换言之,关注四先生写什么、怎么写,由此反推其文学观念。当然,用真诚书写并非不用技巧,相反,最常见的情况却是非修辞技巧无以表达复杂的思想情感,非章法安排无以表述纷繁的事件。美国学者海登·怀特的新历史主义观认为,从写作者选择记录什么那一刻起,其主观思想就开始与其记叙形影相随了。笔者对这一观点极为认可且已尝试去分析叙事话语中的各方立场①。其二,从文学史的角度看,思想史与文学史是一体两面的关系,文学现象及动态都跟学术观念及思潮紧密相关。一个时代所流行的一种哲学,确能支配该时代人们的思想,而诗歌又是思想的表现,所以,哲学和诗歌有着不可割裂的关系。从这个意义上看,本书尝试通过解析关中四先生的文学观念,揭开关学在明代中期复兴的关纽,也试图揭示学术对文学影响的途径、方式和表现。

三、研究综述

新时期以来,关学的相关研究成果斐然。占据多数的是从哲学角度研究,而且因地缘关系,陕西也多次召开关学国际研讨会。研究视角包括:其一,关学本体研究。诸如关学概念的界定、关学精神的内涵,关学学风;其二,关学与其他学术流派的关系。如关学与程朱理学、关学与阳明心学、关学与实学的关系研究;其三,关学家及其主张、特质研究。由此涌现出的一批学者,贡献出其才智心力,弥补了关学研究的不足。一批学者如陈俊民、刘学智、林乐昌、石军、赵吉惠

---

① 参见蒋鹏举《叙事的再现与表现:以严嵩用事的文史文本为比勘对象》,载《长安学术》,高等教育出版社,2017 年第 11 辑,70—75 页。

等教授,引领关学研究的深入。其中,有原创意义的,如陈俊民的《张载哲学及其关学学派》(人民出版社 1986 年)界定了关学的若干核心概念,对关学学派进行溯源追流。林乐昌的《张载关学学风特质论———兼论张载关学学风的现代意义》(载《陕西师范大学学报》,2002 年第 3 期)、刘学智的《冯从吾与关学学风》(载《中国哲学史》,2002 年第 3 期),都讨论了关学家对学风建设的主要措施和重大影响。国外学者也注意到了关学的特殊价值,并进行多角度研究,美国学者葛艾儒的《张载的思想(1020—1077)》(上海古籍出版社 2015 年翻译出版)、新加坡许齐雄的《北辙:薛瑄与河东学派》(浙江大学出版社 2015 年),都是近年来值得借鉴的研究成果。前者通过解析张载哲学中的“性”“气”等核心概念的形成及内涵,揭示张载哲学特征。后者主要梳理了薛瑄去世百年后,终获诏祀孔庙的漫长过程。明王朝近三百年历史上,共有四位大儒获诏祀孔庙,薛瑄第一个获此殊荣,而且是唯一一位北方大儒。许齐雄的研究追寻出儒家典范评价标准在明代中后期所发生的变化,进而得出结论:河东学派确立了一个不同于南方宗族联合、发展的路径,这个路径被作者别出心裁地命名为“北辙”。

　　从文学与哲学的交叉的角度进行研究,也成为一个学术聚焦点。如张晶《陈献章:诗与哲学的融通》(载《华南师范大学学报》1994 年第 1 期)、陈少明《白沙的心学与诗学》(载《社会科学辑刊》2002 年)、廖可斌《唐宋派与阳明心学》(载《首都师范大学学报(社会科学版)》2006 年第 1 期)等,及章继先的论著《陈白沙诗学论稿》(岳麓书社 1999),都力求打通文学与哲学思想的界限,在更广阔的视野上定位文学的演变。

　　从文献学的角度对关中乡邦文献的整理与研究。掌握文献是开展学术研究的基础,近年来,许多学者进行文献整理、年谱编定、作家研究、地域文学研究等工作,并取得一系列成绩。就关中四先生及相关的研究来看,有师海军《明中期关陇作家群研究》(2012年,西北大学博士论文)、杨挺《明代陕西作家研究》(2007年,上海师范大学博士论文)。刘学智教授、方光华教授主编的《关学文库》丛书,收录并出版了《马理集》、《吕柟集》(包括《泾野经学文集》《泾野子内篇》《泾野先生文集》三种)、《韩邦奇集》、《杨爵集》;对关学人物则以评传的方式进行介绍及研究,其中有《吕柟评传》《韩邦奇评传》。这些文献整理及学术研究成果,极大地方便了学者对关学的研究,促进了研究的深入。2012年以来,西北大学贾三强教授主持大型文献整理项目《陕西古籍文献集成》,对陕西古籍文献进行穷尽性的整理,其中包含《吕柟全集》《马理全集》《韩邦奇全集》《杨忠介集》等项目。

相关研究成果还有很多,此处仅粗线条地概况为三方面。为行文方便,在后面的章节里,将进一步介绍相关的成果。

四、研究方法

本课题的研究,除了依照文献搜集、归纳总结、对比分析的常规研究途径外,主要采取选择性聚焦方法。因本课题的研究对象是明代中期生活于关中平原的四位儒学先生,他们各自的学术主张、文学观念、作品风格、交游经历等内容很多,所以不能平均用力,进行平摊式论述,那样容易导致研究焦点模糊,因而迷失了研究意义。本课题选择最具代表性的样本,进行剖析研究,是为选择性聚焦的范畴所在。具体说来,从知人论世的角度,需要对每位先生的生平有所了解,但限于篇幅及研究重点所在,本书只做一全景式的生平勾勒,再择取其最具有代表性的一两个事迹进行论述,比如对杨爵来说,其上疏带来的八年牢狱之灾及其牢狱期间的思想情感就是最能体现其人格风范的事件,因此,在生平介绍中,这一事件和牢狱写作就是研究重点所在。

四先生从政多善行治绩,归隐则讲学授徒,他们的为政观、为学观是践行学术思想的体现,接续了孔门四科的"文学"观念,因此,本课题在"知人论世"之后,梳理各位先生的为政、为学观及其表现。在此,笔者提出"大文学观"的概念,目的是把关中四先生接续孔门四科的文学观涵盖其中。从学术史和文学史的衍变来看,诗教观、文以载道观,对中国文化的影响是沦肌浃髓的,于是,我们看到宋明理学家们常常抛出"叔世而重文辞"之类的观点,似乎反对醉心文词、溺于辞章。实际情况是,理学家们不仅对诗词曲赋都有所创作,且颇多情感饱满、风格独特的杰作。换言之,理学家反对溺于辞章,却不反对文学创作,或许非文词无以述怀,非辞章无以达意。因此,对每位先生的研究,都分出专门的节次分析其文章观念及创作、诗学观及其诗风。

孟森先生曾提出,对于明代学术的研究要义应该是"不分门户,惟问实行如何"①。笔者非常推崇这一学术研究原则,门户之见往往遮蔽了真相真知,对明代而言,门户之争尤烈。孟森先生所提,其针对性则尤为明确。受此启发,本书关注的重点不在于区别各家之学术派别归属,只看重他做了什么和怎么做、为什么如此做。最后,需说明的一点,笔者身处关学研究重镇的陕西,本书的研究受益于前贤时彦研究成果颇多,择取各位研究成果时,会在行文中注明,但限于学术规范,除了对明代关中四先生及他们的师长冠以"先生"之称谓外,文中所引述到各位的名讳,笔者一律直引尊姓大名,而省略"先生"之缀。为示尊敬,特此说明。

---

① 孟森《明史讲义》,中华书局 2009 年,215 页。

第一章　关中学者的大文学观

　　著名的孔门四科中有"文学"一科,《论语·先进》篇云:"子曰:从我于陈、蔡者,皆不及门也。德行:颜渊,闵子骞,冉伯牛,仲弓;言语:宰我,子贡;政事:冉有,子路;文学:子游,子夏。"①清人刘宝楠《论语正义》②注解四科内涵分别为:"德行,内外之称。在心为德,施之为行";"言语以辞命为重";"夫子言:'求也艺,由也果,可使从政。'""子游之文学,以习礼自见。""诗书礼乐,定自孔子;发明章句,始于子夏。"从上述定义中,可以看出截止到清人,儒家的"文学",有"习礼"和"发明章句"两重含义。钱穆则从四科关系上阐发"文学"的特殊地位:"四科之分,见孔门之因材施教,始于文,达之于政事,蕴之为德行,先后有其阶序,而以通才达德为成学之目标。四科首德行,非谓不长言语,不通政事,不博文学,而别有德行一目。……自德行言之,余三科皆其分支,皆当隶于德行之下,……文学亦当包前三科,因前三科必由文学入门。孔门之教,始博文,终约礼。博文,即博求之于文学。约礼,则实施之于政事,而上企德行之科。"③钱穆分析了文学在儒家思想体系中的地位,始于博文,终于约礼,文学既是为学的开端,又与德行并重。换言之,依儒家原始宗旨,"文学"是从学

---

① 刘宝楠《论语正义》,中华书局1998年,441页。
② 见刘宝楠《论语正义》,441—442页。
③ 钱穆《论语新解》,生活·读书·新知三联书店2018年,251页。

的起点,有"习礼"和"发明章句"两途,与德行并重。这个观念区别于后世作为文体学意义上的"文学"——魏晋以来,文学自觉的"文学"观念。

《明史·儒林传序》开篇辨彰学术源流,追溯《儒林》传的创述、演变及其宗旨,曰:"粤自司马迁、班固创述《儒林》,著汉兴诸儒修明经艺之由,朝廷广厉学官之路,与一代政治相表里。……《宋史》判《道学》《儒林》为二,以明伊、洛渊源,上承洙、泗,儒宗统绪,莫正于是。所关于世道人心者甚巨,是以载籍虽繁,莫可废也。"①这段话从班马《儒林传》创始,到元人修史把儒林分为《道学》《儒林》两途,认为学术都与世道人心息息相关。检讨儒家文学观念的演进历程,笔者发觉诗教观、文以载道之类观念,始终在儒家学派中占据主导地位,尤其到宋明理学家,自周敦颐、二程、朱熹到明清理学家,从内心里都鄙薄致力于文学写作的行为,但个人又从未放弃写作,只是不醉心或沉溺于辞章吟诵。《明史》设《儒林传》,分三卷,不再设《道学》。其传评述明代儒林时,多处出现"文学"字样,但这个"文学"与"诗文"是两个相对的概念,涵义不同。"明太祖起布衣,定天下,当干戈抢攘之时,所至征召耆儒,讲论道德,修明治术,兴起教化,焕乎成一代之宏规。……嗣世承平,文教特盛,大臣以文学登用者,林立朝右。而英宗之世,河东薛瑄以醇儒预机政,虽弗究于用,其清修笃学,海内宗焉。"②有明朝廷重臣"以文学登用者,林立朝右",此处"文学"的含义不是后世"文学"的指称。下文举出薛瑄、吴与弼等人属于"以文学登用者",则此处"文学"有"醇儒、清修、笃学"的要素。再如记金华范祖幹门人汪与立,"其德行与寿朋(注:指范氏门人何寿朋)齐

---

① 《明史》,7221 页。
② 《明史》,7221 页。

名而文学为优"①。记谢应芳,曰:"诗文雅丽蕴藉,而所自得者,理学为深。"②以"诗文"称,不用"文学"称。"陈谟,……幼能诗文,邃于经学。"③用"诗文"与"经学"并列。尤为明显的一处在吴与弼传中,曰:"正统十一年,山西佥事何自学荐于朝,请授以文学高职。"④显然,推荐"文学高职"是就吴与弼的儒学成就而言的。《明史》涉及到文体概念的"文学"都以"诗文"称,如称邵宝的门人王问,"以学行称。……工诗文书画,清修雅尚,士大夫皆慕之"⑤。可见,《明史·儒林传》中"文学"的概念与孔门四科中的"文学"概念相通,而用"诗文"表达与现代文体观念相同的、区别于史学、哲学的"文学"观念。遍览关中四先生文集所涉及的"文学"观念,正与《明史·儒林传》相通,且能追溯到孔门四科中的"文学"观念,因而为避免混淆,在本书中,我们把关中学者的观念称作"大文学观",以区别于后世文体学意义上的"文学"。同时,需要特别指出的是,直到明清时期,"文学"依旧与"道"密切相连,尚未形成现代文体意义上的"文学"观念。

在本书中,笔者把学者回归儒家传统的文学观念称作"大文学观",以区别于诗词文创作和文学评论概念上的"文学"观。基于这样的区分,本章将从关学流脉及文化特质、优秀文化作品的二重价值内涵、明代关中学者的文学概貌三个角度,对明代关学四先生的文学观作一总括性的描述和探讨。

---

① 《明史》,7224 页。
② 《明史》,7225 页。
③ 《明史》,7227 页。
④ 《明史》,7240 页。
⑤ 《明史》,7246 页。

第一节　关学流脉及文化特质

　　学界对"关学"这个概念的界定大体有一般意义和特定意义两种。如张岱年对关学的理解为："所谓关学,有两层意义,一指张载学说的继承和发展,二指关中地区的学术思想。明清时代,关中地区学者大抵在一定程度上都接受了张载的影响,但也有一些复杂情况。张载学说有两个最重要的特点,一是以气为本,二是以礼为教。后来关中地区的学者,大多传衍了以礼为教的学风,而未能发扬以气为本的思想。明清时代,发扬以气为本的思想的,有王廷相、王夫之等,却不是关中人士。张载关学的传衍,表现了这样一些复杂情况。"①张岱年所说的第二层意义即一般意义,是基于地理位置着眼的,指关中之学。"关中"从地缘上指东起函谷关,西至大散关,南齐武关,北抵萧关的平原地区,这就是常说的"八百里秦川"之地域范围。八百里秦川孕育了周秦汉唐的鼎盛,关中之学则远自中华文明兆基就存在。此概念因外延太广阔,反而不被使用。从特定意义上看,指张载为代表的关中理学学派。"关学"之名,较早见于冯从吾万历三十四年(1606)完成的《关学编》。冯氏说："我关中自古称理学之邦,文、武、周公不可尚已,有宋横渠张先生崛起眉邑,倡明斯学……迨我皇明,益隆斯道,化理熙洽,真儒辈出。……一时学者歙然向风,而关中之学益大显明于天下。……取诸君子行实,僭为纂次,题曰《关学编》。"②冯氏所称的"关中之学"特指张载以来的学术,并明确将此"学"纳入理学的范畴。张载所创的关学具有完整体系及鲜明特质,

---

① 张岱年《张载哲学思想及关学学派·序言》,见陈俊民《张载哲学思想及关学学派》卷首,人民出版社1986年。
② 冯从吾《关学编自序》,见冯从吾撰,陈俊民、徐兴海点校《关学编》卷首。

他认为汉唐儒家"知人而不知天,求为贤人而不求为圣人,此秦汉以来学者之大弊也"①。在出入佛老数十年,又反思北宋社会积弊的基础上,张载进行理论创造,形成了自成体系的一系列思想,包括:"'天地之性'与'气质之性'的人性论,'变化气质'的工夫论,'德性之知'和'见闻之知''心统性情'的认识论和'立诚''尽性'的道德修养论,以及《西铭》所阐发的'民胞物与'的境界论。"②这包含人性论、工夫论、认识论、道德修养论和境界论诸多方面的阐释,是当代学者建立在张载理论学说基础上的抽绎归纳。张载学说影响深远,古今学者都给予极高评价,如王夫之认为:"张子之学,上承孔孟之志,下救来兹之失,如皎日丽天,无幽不烛,圣人复起,未有能易焉者也。"③在史家看来,"关中有横渠出,若河南二程、新安朱子,后先崛起,皆以阐圣真、翼道统为己任,然后斯道粲然复明"④。自先王以迄孔孟以来的儒家道统,经宋儒周程张朱的阐释,后之明代关中诸儒,"虽诸君子门户有同异,造诣有浅深,然皆不诡于道"⑤。关学迁延至今,仍具有广泛的号召力。本文所论述的关学,使用的是其特定意义,指由张载创立、经历代学者发扬而成的,具有本源根基、学脉传承、学术宗旨,风格独特而又开放包容的多元的地域性学术流派。

一、张载的关学创基

张载学说严密,在体、用、文方面都有立论。本文重点不在探讨关学学理,而在具体而微地探究关学的要旨如何在立德、立功、立言

① 黄宗羲原撰,全祖望修补,陈金生点校《宋元学案》,中华书局 1986 年,663 页。
② 刘学智《张载关学的历史地位、文化气象和当代价值》,《陕西日报》2017 年 6月 29 日。
③ 王夫之《张子正蒙注·序论》,中华书局 1975 年,3 页。
④ 余懋衡《关学编序》,见冯从吾撰,陈俊民、徐兴海点校《关学编》附录,121 页。
⑤ 余懋衡《关学编序》,见冯从吾撰,陈俊民、徐兴海点校《关学编》附录,121 页。

中阐扬光大,因而此处对张载关学体系不做赘述,只择其影响最大的
"四为"主张做阐释,以期为关学张本。"为天地立心,为生民立命,
为往圣继绝学,为万世开太平。"①张载这段被人们广泛传扬和称誉
的四为句,也被称作"横渠四句",最能体现张载博大胸怀、精神气象
和使命担当的主体气概;也是被一代代关中学人传承实践,鼓舞激励
了众多仁人志士的精神源动力。阐释横渠四句者良多,笔者撷英集
萃,认为这四句具有"义理"和"义法"的双重意味。首先,从义理看
"为天地立心",在张载看来,"天无心,心都在人之心。一人私见固
不足尽,至于众人之心同一则却是义理,总之则却是天"②。故人者,
天地之心也。就是说,天地本无心,但人要为天地立心。人为天地所
立之心,就是立天理之心。这句体现了张载的伟大理想抱负,张载主
张一切有社会担当和有责任心的志士仁人,都应顺应宇宙万事万物
的要求,自觉肩负起为社会确立精神方向和价值系统的历史使命。
"为生民立命",是要为民众提供做人的基本准则、精神方向和价值目
标。"生民"指普罗大众,"立命"即"立道"。张载把引导民众确立正
确的生活准则和精神方向作为其奋斗的目标,以帮助他人安身立命,
确立生命的意义。在这里,张载是要通过自己的努力,给人们寻找一
个精神的家园,使之有一个安身立命之所。这一目标体现了张载崇
高的精神追求。"为往圣继绝学","往圣",指历史上的圣人,他们是
人性至善的典范,且一直是中国思想家最感兴趣的。"刑仁讲让,示
民有常"③是儒家治理社会的基本策略之一。欧阳修主张:"圣人处
乎人上而下观于民,各因其方,顺其俗而教之。"④圣人有教化之天

① 张载著,章锡琛点校《张载集》,中华书局1978年,396页。
② 张载著,章锡琛点校《张载集》,256页。
③《礼记正义》,中华书局2009年影印版,3063页。
④ 黄宗羲原撰,全祖望修补,陈金生点校《宋元学案》,51页。

职。"绝学",指历史上受异端思想冲击而被中断了的儒家传统。在
中国哲学传统中,有一个共识,就是圣人劝导众人脱离蒙昧,圣人的
作为缔造了中华文化。宋代以来,关于圣人的话题中,又增添了一个
新的元素,并在后来的道学思想中得以延续,即:人们所追寻的,并不
仅仅是遵循圣人之道,还包括自己成圣。张载以崇高的使命意识和
无畏的担当精神,承载起传承和弘扬儒家绝学道统的历史使命,通过
"一天人,立大本,斥异学"①,建立起足以与佛老相抗衡的新儒学体
系。故王夫之称赞道:"往圣之传,非张子其孰与归!"②"为往圣继绝
学"既体现了张载的学术使命,也彰显了张载的精神境界,同时也为
此后理学的发展指明了精神的方向。以上阐释是其"义理"所在,这
是横渠四句之所以被广为推崇的首要原因。

　　其次,其"义法"结构所起的作用,也不容忽略。四句从天地开
始,到今古之人——今之生民,古之往圣,到未来生生不息之万世,时
空在头尾两句达到宇宙圆满。四句的主体核心是谁呢?为学之
"士","不可不弘毅"之"士",中间两句则体现了"士"来自生民且高
于普通民众——因为受教育,得到了理性之光的启蒙;受往圣恩泽又
有传承道统的责任义务。因而"士"的责任担当就具有天命的正当性
和正义性。义法的圆融,提升了横渠四句的艺术价值,正如孔子主张
的"言而无文行之不远"。横渠四句因其所具有的文学性而增光
益彩。

　　总之,张载的"四为"句,涉及士人对民众生活原则、精神价值、生
活意义、学统传承、政治理想的追求,表达了张载宽广的胸襟与博大
的情怀,展示了士人对人类崇高理想的向往和孜孜以求,也彰显了关

――――――――――

① 张载著,章锡琛点校《张载集》,383 页。
② 王夫之《张子正蒙注·序论》,4 页。

学学人的文化精神,故一直为历代士人特别是关学学人所尊奉。当
然,张载的思想体系远非横渠四句所能概括。如前所述,因本书的研
究重心不在张载关学体系,而在阐明关中学术如何影响文风、学风,
因而,仅以横渠四句的阐释作为窥天之管,对关学精神的源头活水进
行高度概括而已。

二、明代的关学中兴

成于张载而又贯穿和发展于关学史的基本精神,有"重气学"、
"重性命"、"重礼教"、"重实用"四个方面,这些基本精神在不同的关
学学者身上也有所侧重,但大都不离宗旨。这些精神在四先生身上
均有体现和发展,他们生于斯、长于斯,传承和发扬关学文化传统。
关学在张载之后,沉寂四百余年,虽余脉绵延未绝,却未得显扬。至
明代吕柟,在程朱理学一统天下之际,援张载济助程朱,由程朱归依
孔孟,从而使关学得以振兴。其功不可没,正如清代学者李颙指出
的:"关学一脉,张子开先,泾野接武,至先生(指冯从吾)而集其成,
宗风赖以大振。"①吕柟一生讲学不辍,躬亲实践,尤其任职南京时,
"九载南都,与湛甘泉(若水)、邹东廓(守益)共主讲席,东南学者,尽
出其门"②。通过讲学,关学学脉得以发扬。

关于明代关学及学风建设,近年来已引起时彦关注,如萧无陂
《吕柟与关学》(载《船山学刊》2007 年第 4 期)就吕柟的学派归属问
题进行辨析。刘学智的《冯从吾与关学学风》(载《中国哲学史》2002
年第 3 期),界定关学内涵,阐明冯氏之"集大成"作用。马涛《论薛
瑄与明代的关学》,论述了薛瑄对关学的贡献。史小军的《论明代前

---

① 黄宗羲著,沈芝盈点校《明儒学案》,138 页。
② 黄宗羲著,沈芝盈点校《明儒学案》,138 页。

七子的关学品性》（载《文艺研究》2005 年第 6 期），厘清了关学对重要文学派别的影响。赵吉惠的《关中三李与关学精神》（载《西安交通大学学报（社科版）》2001 年第 3 期）对关学不同于洛学、闽学的精神特质予以辨析。贾俊侠《冯从吾与关中书院的教学思想及教学特点》（载《唐都学刊》2003 年第 1 期）指出冯氏关中书院"实行的'德教为先'的教学思想和'务戒空谈，敦实行'的教学特点"。这些文章或界定关学概念范畴，或挖掘理论内涵；或着眼关学的传承演变，或关注关学对文学、史学的影响；或解析关中书院的教学、学风，或论述书院的历史命运。在阐扬关学方面都有推进，利于学术的繁荣和对地域文化的探讨，同时也利于地方文化建设。

　　明代关学主要成员或属于三原学派（王恕开宗），或属于河东学派（薛瑄开宗）。吕柟属于河东学派，因此我们需要先把薛瑄及其主张给予简要介绍。在近三百年的大明王朝历史上，被国家认可而得从祀文庙的学者有四位：薛瑄、胡居仁、陈献章和王阳明。薛瑄于 1571 年第一个获准从祀孔庙（时薛瑄去世已 107 年，距明开国 203 年），也是被尊祀的四位贤儒中唯一的北方人。他前后为官 14 年，在事功上远没有王阳明平定朱宸濠叛乱那样卓著的功勋。致仕或被贬期间，在地方上的成就大约就来自两方面："管理"宗族和讲道河汾。所谓管理是极松散的，原因是"薛瑄本人很少提及有关薛氏宗族或是任何宗族组织的存在"①，但薛瑄通过书写族谱，给宗族的人树立行为模范，督促宗族子弟努力进取，多多科举中式，出更多的仕宦人才，从而达到宗族社会地位的上升。与南方吉水县、安福县宗族相比，河汾薛家不存在族产，也就不涉及经济互助和

――――――――

① ［新加坡］许齐雄著，叶诗诗译《北辙：薛瑄与河东学派》，浙江大学出版社 2015 年，67 页。下引简称《北辙》。

发展了①。这一点很值得思索,没有族产的益处是家族不会存在经济纠纷,但不益之处也显而易见,即它没有足够的经济力量密切家族成员的关系,难以有足够的财力让其成员专于治学,更缺乏脱离官学路径去独立谋取出路的力量。这样一来,薛瑄组织管理宗族的理念无非就是让家族成员"读书—科举—入仕",读书的目的跟科举考试紧密联系在一起。从学术的角度看,这种较为松散的家族"治他们最崇敬的共同祖先之学说的能力是有限的。因此,薛氏一族既不是一个组织良好的宗族,也没有足够的条件去资助薛瑄学说的传播"②。在这一点上,受河东学派影响的吕柟及三原学派的关中学者们,也存在类似的情形,即,宗族势力并不强大,四先生作为有社会声望的家族成员,也从未考虑以自己的声望去为家族、宗族谋取发展壮大的资本。他们团结宗族的方法就是修订树立婚丧嫁娶的"礼制"、"礼仪",提升宗族社会地位的途径则是鼓励成员参加科举考试。关中四先生提倡不以科举邀利禄是前进了一步。

新加坡学者许齐雄认为:"南方理学家的两个基本特质——地方意识和自发意识——在薛瑄对理想世界的想象中是缺席的。……国家在薛氏的构想中一直扮演着一个关键的角色。对他而言,宗族不是一个授权给地方领袖的途径,宗族只是辨认亲属关系的方法。更

---

① 社会史学家研究认为,宋元以来南方宗族有一个共同特征,即宗族具有地方性和公益性的双重性质。公益性指的是精英家族通过姻亲、血缘纽带,借助族产建立义庄等,利用经济手段把地方管理和实践社会秩序的理念结合起来。这种地方治理模式存在于宋元时期的南方,而北方几乎不存在。在许齐雄的研究中,他把薛瑄为代表的北方地方管理模式称为"北辙",以区别于南方的宗族管理模式。另外,明中期以来,江西吉水、安福的大宗族,接受罗洪先、邹元标传播阳明心学,其接受方式也不同于河东学派的学术传承模式。参见[新加坡]许齐雄著,叶诗诗译《北辙》,6—8页,54—55页。
② [新加坡]许齐雄著,叶诗诗译《北辙》,66页。

重要的是,一族之价值,不在于其对社群的福利或和睦有何贡献,而在于其成员从国家那里获得多少功名和官职形式的荣誉。同样,薛氏认为可以通过复性获得理学正学,且应该仰赖国家系统以及官学与科举推广之。在这个构想中,完全没有书院的存在。"①这段引文中涉及到南北理学家两种不同的构想:与南方理学家存在的地方意识与自发意识不同,薛瑄的构想中是以国家系统的官学与科举为"正学"正途的,鼓励宗族和地方士子通过科举,加入到国家管理系统中。"他视国家为家族的荣耀之源,并且认为国家的教育体系是推广理学的正确之处。"②薛瑄这一始终坚持的主张,毫无疑义是有明三百年首重薛文清的一个根本原因。这里隐藏着一个颇值得深入探讨的话题:宋元以来,士人阶层兼济天下的途径何在? 换言之,传统士人的情怀是"达则兼济天下,穷则独善其身",在封建君主专制王权达到顶峰的唐宋之后,作为社会精英的士人阶层,如何依凭一己之力去兼济天下呢? 自《左传》以来树立的伦理系统的"三不朽"思想,能否落实到普通士人的人生价值中? 薛瑄以张载"躬行",济程朱"道统",在立德、立功、立言之外,以"立行"为世人树立新典范,这一典范被河东学派、三原学派所接受、凸显且推广。应该承认,关学自张载而弘大,薛瑄的思想受益于关学,反过来又影响关中学者。因地缘关系而接近河东的关中学者,对薛瑄学说的接受,如同黄河对汾河的接受一般,汇集薛瑄的主张且进一步阐扬光大其学说,但并不拘泥于其学说。落实在关中四先生一代人身上,则既能汲取薛瑄为政、为学、为地方(组织管理地方)的思想主张,又能有所变通。所接受的一个重点就是在现有体制内,认可国家系统的官学、科举为正途。关中四先生的新变则是:参与私人书院讲学,参与公共讲学,甚至自建书院;给

① [新加坡]许齐雄著,叶诗诗译《北辙》,155 页。
② [新加坡]许齐雄著,叶诗诗译《北辙》,158 页。

读书确立的目标是不唯科举一途;克己力行,通过礼制礼仪改良民风民俗。关中四先生时代的士夫阶层,改造社会的路径是从改良读书仕宦的人做起,因而首先要改教育;从引导一般民众遵从礼俗做起,改良民众。

　　河东学派创始人薛瑄的思想有两个重要主题,即"道统"和"复性"。道统是其默认的自律,表现为传承儒家学说的自觉。复性即回归本善之性,此延续了孟子的性善论,与孟子"求放心"说一致。薛瑄认为"自考亭以还,斯道已大明,无烦著作,直须躬行耳"①。这种态度在当时颇受赞扬,比如与吕柟同时的阳明学派的主要成员邹元标,写诗致敬薛瑄,诗云:"当年我爱薛夫子,日日焚香可告天。复性功深濂洛秘,谁云书录是言诠。"②邹元标致敬薛瑄的理由是他不落言诠,而以行动复性,复宋代理学家倡导的本真。宋明以降,随着理学被立为官学,尤其又挟科举取士之力,整个社会出现越来越多的背离倾向,即一方面四书五经、朱熹注等道学话语被广泛接受、言说、传播,另一方面,克己自律的道学精神却远非话语那般让人乐从,因此出现言语与行动的背离,公共话语系统与私人话语系统的背离,求取功名富贵与遵道守礼的背离。这种情形在明代中期商品经济日渐复苏繁荣的基础上,越来越突显,因而有识之士深切认识到践行之典范的重要性。而这个典范则首推薛瑄。薛瑄在其位谋其政,方法是通过劝谏皇帝从上而下地改良社会。理想上一个英明大度、励精图治的皇帝,可实现儒家得君行道的入仕愿望。但结果并不理想,薛瑄明白皇帝对其劝谏不再感兴趣后,坚辞致仕。但他依然相信国家公器对理学传承和国家声望对宗族组织的重要性。作为一个对政治失望的理学家,依然有以国家现成形态及成规为主的取向。薛瑄致仕后,"家

①《明史》,7229 页。
② 邹元标《愿学集》卷 1,《文渊阁四库全书》本。

居七年,闭门不出,虽邻里罕得窥其面。江西、陕西诸省弟子来学者
百有余人。先生拳拳诲以从事小学以及大学,由洒扫应对以至于精
义入神,居敬以立其本,由经以求其道,不事语言文学,而必责诸躬行
之实。问及科举之学,则默然不对。终日正衣冠危坐,如对神明"①。
江西、陕西等省弟子来学,则悉心传授,但问及科举之学,则默然无
答。这种态度耐人寻味,正可见其对科举是否能弘道持怀疑态度。
薛氏晚年明确表示"道学"和"治道"不可分为二事。"治道"正是由
"道学"扩展而成。理学家之学和理想政治形态的结合,呼应了薛氏
哲学思想中的理气合一、道器为一及性气不二分等主张。因此,薛瑄
总结认为求复仁义礼智之性,即是"道学",所以"复性"就是"道学"
的组成部分。清儒陆世仪有一段评价可证薛瑄的影响:

> 邵文庄喜道学,而未尝标道学之名,不喜假道学,而未尝辞
> 道学之名。循循勉勉,为所当为而已。此薛文清一派也。后辈
> 所极当效法。②

"循循勉勉,为所当为"八字概括了河东学派的作风。薛瑄不标榜道
学,但勉力道学,他最不喜的是那些口头上标榜、行动上做假的假道
学之徒。薛瑄不喜假道学,因而以树真儒来抗衡,且带动了众多践行
者,形成河东学派。薛瑄和他的弟子们不提倡公开讲学,且未发起修
建任何私人学院,因而限制了其学派的成功与壮大。在这一点上,薛
氏与南方理学家重书院、重师承、重推广的传统相反。这被视为是一
个独特的典范。如果把薛瑄为代表的河东学派称作北方模式,那么

---

① 阎禹锡《礼部左侍郎兼翰林院学士薛先生行状》,载薛瑄著,孙玄常、李元庆、
周庆义、李安纲点校《薛瑄全集》,三晋出版社 2015 年,1123—1124 页。
② 徐世昌等编纂《清儒学案》卷 4,知识产权出版社 2008 年影印本。

与宋濂、方孝孺等南方理学家的模式相比,两者谁成功了? 如果用社会认可度和人才储备两个指标衡量,薛瑄成为第一个被国家认可从祀孔庙的大儒,成功了;河东学派人员绵绵不断,也应算成功了。

《北辙》通过梳理薛瑄得以从祀孔庙事件的始末,得出两个结论,第一,"薛氏从祀孔庙的故事,则可视为激烈的哲学思想之争的产物"①。从祀孔庙,是国家承认一个人对儒家传统有特殊贡献的表示,是儒士所能获得的最高荣耀。可以说,把薛氏刻画成明代最重要的理学家之一,是程朱学派的追随者(包括薛氏的追随者)与新兴起的王阳明学派之间竞争和抗衡的结果。第二,明代士人通过支持薛瑄从祀,树立一个品评理学家的新标准:强调躬行理学,而非阐明或普及理学。"推衍和推广理学是宋代大家应该做的事情;明代大家则有不同的角色要扮演"②,即"躬行理学"。对道学的理论阐释,其作用远不及躬行践履重要,行动远比纸上言说有价值。

成化初年,学士刘定之在上疏中认为:"若乃薛内翰瑄直躬慕古,谈道淑徒。进无附丽,退不慕恋。勤学好问,可谓文矣;归洁其身,可谓清矣,是以荐蒙圣知,殁赐美谥。其为皇朝名臣,夫何间然?"③再次肯定了薛瑄的人格价值。嘉靖元年(1522),许赞再上疏奏请薛氏从祀。他赞扬薛瑄:"年少读书,即知践履;历壮至老,不怠躬行。以圣贤为依归,以道德为己任,权势利达无以动其心,死生利害无以移其志。盖见之既明,故守之自固。然且刚强不折,和易有节。"④他主张罢祀扬雄和马融,增加薛瑄,并认为这将引导社会风俗重纲常伦理

① [新加坡]许齐雄著,叶诗诗译《北辙》,115 页。
② [新加坡]许齐雄著,叶诗诗译《北辙》,116 页。
③ 刘定之《论刘静修薛文清从祀》,见程敏政编《明文衡》卷 8,吉林人民出版社1998 年,96 页。
④ 许赞《崇真儒以隆圣治疏》,见薛瑄著,孙玄常、李庆元、周庆义、李安纲点校《薛瑄全集》,1135—1137 页。

之实而轻言语文字之习。薛瑄就是以纲常为重,以言语文字为末的真儒。在嘉靖十九年(1540)讨论有关从祀的问题时,姚镆认为秦火之后,汉儒和晋儒多因传经有功而得以从祀孔庙。可自宋代以降,只有那些"深有得于斯道"者和"大有功于经史"者,才得以从祀孔庙。而在理学大明之后,也很难真知和实践斯道。之后,元朝许衡获准从祀孔庙,明人延续元人做法。明人赞扬许衡善学朱子,特别是他不以著述为功而重躬行实践,故躬行实践应成为鉴别硕儒的标准。姚镆首次把朱熹、许衡和薛瑄作为道学传统的重要人物联系起来。关于从祀标准,持论者提出了一个时代转变的视野,即从祀标准应该是灵活而非一成不变的。正如陆深所言:

> 孔门七十二贤亲炙圣化,相与讲明,有翊道之功,故宜祀。秦火之烈,典章焚弃,故二十二经师口授秘藏,有传道之功,宜祀。魏晋之际,佛老并兴,故排斥异端者,有卫道之功,宜祀。隋唐以后,圣学蓁芜,故专门训释者,有明道者,有明道之功,宜祀。自程朱以来,圣学大明,学者趋于章句口耳之末,故躬行实践者,有体道之功,亦宜祀。①

陆深把从祀孔庙的先儒先贤按功绩及时代分为五种,即有翊道之功、有传道之功、有卫道之功、有明道之功和有体道之功。前四种已经获得从祀,第五种则自程朱之后应该大力推行却罕见践行,所以这种"躬行实践者"理应获得从祀的殊荣。陆深这里指的是以薛瑄为代表的躬行者,而这也是关中学者们推崇薛瑄之原,且落实到个人的价值取向、行动指南和生活行为中的。对那种追逐功利、汩于词章的儒士,关中学者并不赞同。

---

① 陆深《俨山集》卷34,转引自[新加坡]许齐雄著,叶诗诗译《北辙》,129页。

吕柟尊薛瑄为大儒，且很早就认识到了尊薛瑄的价值。《泾野先生文集》卷3的《少司空东泉姚公六十寿序》，记工部侍郎姚澍上疏事，曰："柟近在史局，闻先生荐薛文清公之疏，谓可从祀孔庙也，有述往圣之心焉，有惩今士之弊焉。"①在翰林院时，吕柟就认定薛瑄当入孔庙从祀。他认为："若乃先生以力行为读书，以明道为修辞，清而不诡，异而且同，潜学孔颜，抗志程朱，老不殊壮，困未改通。许鲁斋之后，未有见其能比者也。……及其既殁，或曰：今之大儒，当入孔庙。……其未祀者，盖有待耳。"(《重建薛文清公祠堂记》)②他推尊薛瑄"以力行为读书，以明道为修辞"，换言之，吕柟认为读书当以力行为主，修辞在于明道。他把薛瑄比作元代的许衡，其志向高尚可比程朱，追慕孔颜，因而假以时日，一定能获得从祀文庙的资格。由于地域关系，他对三原学派的开创者王恕同样尊敬有加，与三原学派重要人物马理、韩邦奇关系密切。吕柟和三原学派的学者们，以磊落胸襟、躬行风尚，共同促进了关学的中兴。

三、关学的文化特质

余英时在梳理中国思想传统的变迁时，认为从南宋以下，儒学的重点转到内圣一面，"经世致用"的观念慢慢淡薄了，讲学论道代替了从政问俗。这是一般状态，但一旦时代有深刻危机，"经世致用"的观念就会活跃起来，正像"喑者不忘言，痿者不忘起"一样③。关中学者的卓异之处则在于"经世致用"之观念须臾未离，他们从来没有以讲学论道代替从政问俗，且以化俗正教为己任，比如吕柟主张"仕则学

---

① 吕柟著，米文科点校整理《吕柟集·泾野先生文集》，111页。

② 吕柟著，米文科点校整理《吕柟集·泾野先生文集》，552页。

③ 参见余英时《中国思想传统及其现代变迁》，广西师范大学出版社2004年，197页。

禹稷,处则学颜孟"(《赠黄伯元考绩序》)①。明清之际关学率先走向实学,这是符合关学精神的内在逻辑的。

在 2015 年出版的关学文库中,张岂之先生在《总序》里高度提炼出关学的三个特色:首先,学风笃实,注重践履。躬行礼教,学风质朴是关学的显著特征。其次,崇尚气节,敦善厚行。关学学者大都注意砥砺操行,敦厚士风,具有不阿权贵、不苟于世的特点。最后,求真求实,开放会通。关学学者坚持传统,但并不拘泥传统,能够因时而化,不断融合会通学术思想,具有鲜明的开放性和包容性特点。由张载到"三吕"、吕柟、冯从吾、李颙等,这种融会贯通的学术精神得到不断承传和弘扬②。赵馥洁的专著《关学精神论》,全面论述关学精神,认为关学在其传衍的过程中,虽然其学术观点或旨趣屡有变化,但其文化精神则前后一贯,且一脉相承。可概括为"立心立命"的使命意识,"勇于造道"的创新精神,"崇礼贵德"的学术主旨,"经世致用"的求实作风,"崇尚节操"的人格追求,"博取兼容"的治学态度等六个方面③。其中最有特色的则是关学学人的"立心立命"的使命意识和"崇尚节操"的人格追求。关学自张载创始就表现出的求实精神就是为学不尚空谈,正如二程评价指出的,"关中之士,语学而及政,论政而及礼乐兵刑之学,庶几善学者"④,具有鲜明的求实学风。明代关学继承了张载关学的传统,注重实践,体用结合。

总之,明代关学既重视本体又重视实用,敦本和尚实相结合,明

---

① 吕柟著,米文科点校整理《吕柟集·泾野先生文集》,西北大学出版社 2015 年,268 页。

② 参见张岂之《关学文库总序》,见马理著,许宁、朱晓红点校整理《马理集》卷首,西北大学出版社 2015 年。

③ 参见赵馥洁《关学精神论》,西北大学出版社 2015 年。

④ 张载撰,陈俊民校编《关学经典集成·张载卷·拾遗》,三秦出版社 2020 年,607 页。

体和适用相统一。其中三原学派王恕是以程朱理学为体,体用结合;关陇学派薛瑄、薛敬之是以心气为体,体用结合,这两派是明代关学的中坚力量。明代关学的显著特点是以会通朱陆为其理论价值取向,敦本尚实为其实践价值取向,潜心修养是其道德价值取向,教化为本是其社会价值取向。这些取向反映到吕柟、马理、韩邦奇和杨爵四先生的身上,就是以行动表达信仰,以真诚抒写思想。

第二节　关中学者的大文学观

关于 20 世纪以来的明代文学研究,一般认为促使明代文学思想发生转变的外在因素主要有三种:王朝的政治状况、心学派别的崛起与经济领域中资本主义的萌芽;从内在因素上观照,则主体价值观念、人格理想等要素对文学的影响重大。文学反映社会生活,社会生活影响和规定了文学形态。关中四先生的文学观是在怎样的政治文化环境下形成的? 这是需要加以阐述的一个问题。

一、明代的政治文化环境

明代的政治文化环境笼罩着整个社会文化的走向,学术形态、文学思潮都受其钳制,因而需要先扼要地梳理一下明代的政治生态环境状况。2008 年,余英时《宋明理学与政治文化》在大陆出版(吉林出版集团出版),此书检讨了两个重要问题,一个是宋代理学的起源及发展,以及与政治文化之间的复杂关系;另一个是研究明代理学与政治文化的关系,特别分析了阳明心学的发生及走向,阐明了明代程朱理学与阳明心学之间相反相成的关系。余著探讨的这两个问题恰恰是本书研究的大背景,其分析和结论对认识和分析关中四先生的学术活动、思想观念都有烛照作用。因此,下文不揣简陋,通过融入自己的思考,引用余著观点,搭建本书的一个研究平台。

在哲学思想史上,"宋明理学"通常被看作一个整体,个中的合理性不必赘述,但在看似整体的思想内部,宋代理学和明代理学实则各具面貌。概括地说,中国士大夫阶层安身立命的传统是兼济天下,"内圣外王"是人格理想。宋明理学把对"内圣外王"的追求提升到无以复加的高度,用关学创始人张载的说法就是"为天地立心,为生民立命,为往圣继绝学,为万世开天平"。明代绝大多数士大夫阶层包括所有理学家继承和发扬的也是内圣外王的道统,少有例外。但明代的政治生态迥异于宋代,士大夫阶层的政治文化环境较宋代大大恶化,具体表现为三方面:第一,士大夫"独善其身"的退路被彻底堵死。"达则兼济天下"是士大夫阶层理想的人生状态,而"穷则独善其身"是用于抗衡政统权势的最后退据之地。历来贤人智士在现实政治斗争中无法坚持自己的原则和信仰时,往往出尘归隐以保全性命身家,保持人格;理学家则以此维护道统的传续。而这条退路在明初便被堵死,明太祖有"寰中士夫不为吾用者当杀身灭家"①之威令。被征之士不得抗拒,抗拒的下场则为"杀身灭家"。这种事例在史书中多有记载。最典型的事件则是方孝孺因拒绝起草朱棣即位诏书被诛十族之事。而明太祖的这一"家法"被子孙延续,明中期依旧如此。谷应泰《明史纪事本末·刘瑾用事》载:

> (正德四年,四月)以王云凤为国子祭酒,尚书张彩以人望起之。始被命,欲坚辞,及有遗书,言"执政者诵太祖'寰中士夫不为吾用者当杀身灭家'语"。云凤父大司徒佐曰:"吾老矣,汝置我何处死耶?"云凤泣就道。至无所馈,瑾怒,欲重以祸,不能得而罢。②

---

① 谷应泰撰,河北师范学院历史系点校《明史纪事本末》,中华书局 2015 年,649 页。
② 谷应泰撰,河北师范学院历史系点校《明史纪事本末》,649 页。

王云凤(1465—1518),即虎谷先生,弘治年间提学陕西,试诸生时发现了吕柟、韩邦奇、韩邦靖的才干,拔他们进正学书院读书。在洞悉官场之不可作为时,既不能致仕归隐,也很难保证洁身自好①。至正德、嘉靖朝,不能兼济天下的情形下,四先生退隐讲学已经算一条上好的退路,虽然多数不得不起复,复而难隐退,如韩邦奇七十一岁五疏求致仕方得放归,能保住清名、晚节实属不易。"仕与隐"是士大夫的两个选择,经世出仕之外,悠游林下、寄情山水、诗酒自娱为保持心灵净土、维护人格尊严的另一选择。隐而不逸,却成了关中学者的一条共同的选择,他们反对入道入佛,或耽酒颓唐;他们不做官但做事,所做之事,不是为安逸自己的身心,不是"独善其身",而是启发民智,改善民风民俗,具体的做法就是立乡规民约、族规家规来一点点地改变社会。

　　第二,明代君主高压政治文化形态下,斯文扫地,士大夫的尊严被彻底打落,导致士风柔靡。宋代自太祖赵匡胤便立下"不杀大臣及言事官,违者不祥"②的"家法",因而宋代士大夫敢于上书言事,直道逆鳞。宋代理学家在这种政治生态下,进,敢于干预政事;退,可以保持尊严。但明代的情形大为不同,明太祖起自布衣,以武力立国,对士大夫察其才、用其长,但未必礼尊。凡欲得君,需顺从帝意,曲谨而行。君主专制体系中,"得君"往往与"曲谨"并行,正人君子遇到开明之君、励精图治之主,尚可行道治理天下;遇不到,则或被谪或致仕,无计可施。奸佞之徒,则以谄媚曲谨得君行恶,乱纲纪、坏吏治、谋私利,败坏世风,鱼肉百姓,终致民困库乏,激化社会矛盾。到了武

---

① 据沈德符《万历野获编》载:"以张彩荐,召入为国子祭酒。时正德初年,刘瑾用事,虎谷上疏,请以瑾所行新法,刻板颁行,永著为令。又请以瑾临太学,如唐鱼朝恩故事。此载之《武宗实录》中者。一虎谷耳,何慷慨于昔,而媚谄于今耶?"可见,正直有骨气的官员,很难一贯保持,反证当时政治环境恶劣。
② 《宋史》,中华书局1985年,11700页。

宗正德朝,更是斯文扫地,士大夫无论在朝还是在野,动辄被下诏狱,甚至廷杖,毫无尊严可言。可用来佐证的典型证据,就是廷杖之刑罚的设立及广泛使用。此处我们不去考订"廷杖"之始作俑者为谁,也不必纠结于谁是第一个被"廷杖"者,只说明它对士风造成的伤害。廷杖,就是在朝堂之上,皇帝对忤旨逆鳞的大臣施以杖打的刑罚。这种刑罚能把所谓的"有罪"之臣打得皮肉开裂,甚至由此丧命,更重要的是,大庭广众之下的施刑,从人格上,彻底打落了臣下的尊严、志气。据《明会要·廷杖》记载:

> 廷杖之刑,实自太祖始。……至正德间,南御史李熙劾贪吏,触怒刘瑾,矫旨杖三十。正德十四年,以谏止南巡,廷杖舒芬、黄巩等百四十六人,死者十一人。嘉靖三年,群臣争大礼,廷杖丰熙等百三十四人,死者十六人。中年刑法益峻,虽大臣不免笞辱。
>
> 四年,林俊疏论曰:"古者鞭扑之刑,辱之而已,非必欲糜烂其体肤而致之死者也。又非所以加于士大夫也,……正德时,逆瑾窃权,始令去衣,致末年多杖死。"①

众口之呶呶,不如一士之谔谔,但诏狱、廷杖等重罚之下,严重打压了清正刚直的士风,助长了因循依违的谄媚之风。虽然终明一代,有不惜生命前赴后继的上谏者,但对整个士风来说,不能小觑严刑酷法及虐待士人带来的弊端。从价值取向上看,明代中期的遁世之风与晚明的玩世之风,都与政治生态的恶化息息相关。关中四先生所处的正是斯文扫地的恶劣政治环境,除马理外,其他三位先生都曾入诏狱,尤其如杨爵,一疏上奏九重天,两拘下狱近八年。翻阅《杨忠介

① 龙文彬《明会要》,中华书局 1956 年,1296—1297 页。

集》，不能不时时被其恻怛之诚、殷忧之思所感动。马理因谏违旨，则几次受廷杖。四先生的正直作为，在士风萎靡颓唐之际，给出了一点亮色。而这亮色反衬出的是专制极权的黑暗。

第三，"得君行道"、"致君尧舜上"政治理想的破灭。明代建立后，中央集权高度强化，表现在三方面：一、军政大权归皇帝掌握，从根本上消除对皇权的武力威胁；二、恩威并施，一面通过八股取士矮化窄化读书人的思想，一面通过大兴文字狱，加强思想控制；三、加强特务统治，设置诏狱等，形成以皇权为中心的特务统治系统。对于士大夫阶层来说，在明代施展才干并不容易，而保持思想独立、个人独立则难上加难。明太祖通过颁发诏令"寰中士夫不为吾用者当杀身灭家"，把士人归隐的道路也断绝了。据《明史·选举志》，八股程式要求士子"其文略仿宋经义，然代古人语气为之，体用排偶，谓之八股，通谓之制义"①。从文章形式上，对读书人又加上一重枷锁。"学得文武艺，货与帝王家"本是中国士大夫阶层的主流观念，然而随着社会的巨大变迁，明代士大夫阶层的思想观念也有所迁移。具体说来，明初以宋濂为代表的士大夫阶层，以得君行道而"救世"为主流；明代永乐以降，以丘濬、三杨为代表，歌德颂圣而"颂世"；明代中叶，以薛瑄、王阳明为代表，助君行道以"治世"；晚明，袁宏道等"遁世""玩世"。为什么封建王朝酷法下，士大夫阶层尚有敢逆鳞上谏，甚至敢于死谏者？明初、中期的养士之风、讲学倡道起了振奋士气的作用。孟森分析认为："帝之纳谏奇，拒谏亦奇，其臣之敢谏死谏尤奇。士大夫遇不世出之主，责难之心，不望其君为尧舜不止，至以言触祸，乃若分内事也。以道事君，固非专以保全性命为第一义矣。风气养成，明一代虽有极黠之君，忠臣义士极惨之祸，而效忠者无世无之，气节高于清世远甚。盖帝之好善实有真意，士之贤者，轻千里而来告之

①《明史》，1693 页。

以善,一为意气所激而掇祸,非所顾虑;较之智取术驭,务抑天下士人之气使尽成软熟之风气者,养士之道有殊矣。"①"以道事君"是明代士大夫阶层的夙愿,且不乏践行者。弘治皇帝求直言、行善政,鼓舞了士气,朝政清明,直言敢谏之气成风。正德皇帝一意孤行,宠幸阉宦佞臣,正气衰萎,奸邪盛行,伤及士风元气。加之八股取士的科举制度,确如孟森所言有"抑天下士人之气使尽成软熟之风气者"。如果说"外王"的实现途径是"得君行道",在明代严酷的政治生态下,士大夫集体逐渐认清形势,就是只能求"独善其身",莫问"兼善天下"了。余英时分析王阳明龙场驿悟道后,其政治取向由"以道事君"的幻想转变为"觉民行道"②的修为。其分析论据细密,极具说服力。至明代中期,士大夫群体由传统的"以道事君",出现了分化和转向:聪慧者不问兼济天下,专心"独善其身",柔靡之风渐增;保守者依旧翊道直行;独醒者如阳明先生,开创"觉民行道"之径。王守仁的受挫,可用以证明、推演与其同时代、同朝为官的四先生处于同样的政治生态下,对嬉戏荒政的武宗、参道修仙的世宗,"致君尧舜上"的希望只剩破灭。当朝臣们无望于"得君行道"时,若不归隐,就得靠唤醒同僚、世人的道德底线来救世。四先生都致力于讲学,讲学的目的不为举子业,如吕柟未第前就与同志者相约"不为举子业",而要通过"躬行礼教,崇尚气节"的教育,达到"懦者振其志,暴者抑其悍,愚者开其蒙,敏者达其材,忠信者益其诚,贫者恤其私,质朴者成其德"(《高氏族谱序》)③的目标。

二、明代中期的经济发展及世风迁移

明代中期(弘正嘉万四朝)世风随着经济发展而发生了巨大变

---

① 孟森《明史讲义》,70 页。

② 参见余英时《宋明理学与政治文化》,吉林出版集团 2008 年,188—208 页。

③ 吕柟著,米文科点校整理《吕柟集·泾野先生文集》,42 页。

化,且以顾炎武《天下郡国利病书·凤宁徽备录》引《歙志风土论》为例证,文曰:

> 国家厚泽深仁,重熙累洽,至于弘治,盖綦隆矣。于时家给人足,居则有室,佃则有田,薪则有山,艺则有圃。催科不扰,盗贼不生,婚媾依时,间阎安堵。妇人纺绩,男子桑蓬,臧获服劳,比邻敦睦。诚哉一时之三代也,岂特宋太平、唐贞观、汉文景哉!诈伪未萌,讦争未起,芬华未染,靡汰未臻,此正冬至以后、春分以前之时也。
>
> 寻至正德末、嘉靖初,则稍异矣:出贾既多,土田不重。操赀交捷,起落不常。能者方成,拙者乃毁。东家已富,西家自贫。高下失均,锱铢共竞。互相凌夺,各自张皇。于是诈伪萌矣,讦争起矣,纷华染矣,靡汰臻矣,此正春分以后、夏至以前之时也。
>
> 迨至嘉靖末隆庆间,则尤异矣。末富居多,本富尽少。富者愈富,贫者愈贫。起者独雄,落者辟易。资爰有属,产自无恒。贸易纷纭,诛求刻核。奸豪变乱,巨滑侵牟。于是诈伪有鬼蜮矣,讦争有戈矛矣,芬华有波流矣,靡汰有丘壑矣,此正夏至以后、秋分以前之时也。
>
> 迄今三十余年则复异矣。富者百人而一,贫者十人而九。贫者既不能敌富,少者反可以制多。金令司天,钱神卓地。贪婪罔极,骨肉相残。受享于身,不堪暴珍,因人作报,靡有落毛。于是鬼蜮则匿隐矣,戈矛则连兵矣,波流则襄陵矣,丘壑则陆海矣,此正秋分以后、冬至以前之时也。①

顾炎武把弘治以来的经济形势与世风的变化用四季作比喻。截取弘

---

① 顾炎武撰,黄坤等校点:《天下郡国利病书》,上海古籍出版社 2022 年,1025 页。

治至正德末嘉靖初的情况看,这段时期,农业繁荣,家给人足,摧科不扰,盗贼不生,社会安定,百姓敦睦;世风则是"诈伪未萌,讦争未起,纷华未染,靡汰未臻"的淳厚俭朴,因此顾炎武比这一时段为万物各安其位却一派生机隐含的冬至后、春分前的时期。谁知,不过二三十年,商业经济发展,农业不足,社会贫富分化加剧,社会走向动荡;世风则"诈伪萌矣,讦争起矣,纷华染矣,靡汰臻矣",伪诈争讦之竞、浮华奢靡之风起,社会不安定风险增加。此后"末富居多,本富益少",指通过工商业致富者颇多,而通过耕种土地致富者则少。说明在工商业蓬勃发展的形势下,农业趋于没落的大势。由于贫富分化严重,看似繁荣实则包藏着严重的社会危机。顾炎武介绍的是歙县一地的变化,但何尝不是整个大明王朝走向的一个缩影呢?虽然明朝的社会财富总量在暴涨,但随着社会矛盾、阶级矛盾的积累,社会风气越来越走向伪诈、浮夸,最终导致大明王朝的灭亡。

明代中期由于经济形势的变化带来世风的变化,身处这一时代变幻中的关中四先生,各自以不同的方式去拯救社会,比如,马理、吕柟谆谆嘱托上任的官员爱惜民力,韩邦奇以《富阳民谣》替穷苦无告、赋税繁重的小民立言,杨爵以《固邦本疏》为饿殍满地的灾区百姓哀求赈灾。另外,他们忧时忧世,在自己的职位上,扶正气,保善类,正士风,把一切理念尽量落实到一系列的行动上,因而他们展现出的人格魅力也格外引人瞩目。

三、关中四先生之文学观概述

关中四先生生活在弘治、正德、嘉靖三朝。这三朝弘治给人希望,正德让人失望,嘉靖先给人希望,终令人绝望。读《明史·孝宗本纪》较常见到的词汇是"求直言",弘治皇帝在位十八年,涉及"求直言"的年份有五年,嘉善纳正,励精图治,修明制度,重用王恕、刘健、

丘濬等许多正直之士,"一时正人多在列矣"①。也是在弘治朝,薛瑄
得诏祀于乡,诏名"正学";又颁赐薛瑄的《读书录》于国学,俾六馆诵
习。另一位大儒陈献章在广东新会的家乡讲学终老,"则门弟子等
盛,学说等行,出大儒之门者,终身服膺师说,服官皆有名节,不负所
学。……一时学风,可见人知向道,求为正人君子者多,而英挺不欲
自卑之士大夫,即不必尽及诸儒之门,亦各以名节自见"②。南北讲
学盛行,学风振肃清正,"故阉宦贵戚,混浊于朝,趋附者固自有人;论
劾蒙祸,濒死而不悔者,在当时实极盛,即被祸至死,时论以为荣,不
似后来清代士大夫,以帝王之是非为是非,帝以为罪人,无人敢道其
非罪。故'清议'二字,独存于明代,读全史当细寻之,而其根源即由
学风所养成也"③。可见弘治朝是正气充盈的朝廷,是给人希望的朝
代。然而,正德皇帝荒政淫嬉,导致宦官专权,正直的臣下无可奈何,
大失所望。嘉靖皇帝由即位时的励精图治,到大礼议后的阴狠刚愎,
巨大反差不过才三五年的时间。蓬勃向上的君臣和洽治政转瞬即
逝,代之以日渐怠政混乱的时代。四先生入仕主要在正、嘉两朝,均
仕途不顺,比如正德朝,韩邦奇作诗上疏蒙祸在前;嘉靖朝,杨爵上疏
论时政蒙祸在后。然而,四先生没放弃对道的持守,更不易容曲附图
荣显,他们用行动书写信念,在他们的诗文中,散发着真诚:阅世,讽
世,上谏,劝民。

(一)关中四先生的大文学观念

受关学影响,四先生有一些共同的文学观念。首先,从崇实尚节
的角度出发,普遍认为写作重在"切于时务,关乎经世",而非仅以繁
富奇华取胜;主张"文行无二道,知行恒一理"。"切乎时务,关乎经

---

① 孟森《明史讲义》,152页。
② 孟森《明史讲义》,152页。
③ 孟森《明史讲义》,158页。

世"出自韩邦奇《陕西奏议序》:"夫言不切于时务,不关于经世,则虽富如相如,奇如子云,徒为君子嗤。吾病夫建议者,泛言蔓说,虚谈迂论,橄牒纷纷,罔裨实用,遂使胥史目为通行,诸司挥而弗视,眷录者执笔称苦,依准者惜纸浩叹。"①韩邦奇反对泛言蔓说,虚谈迂论。吕柟在解梁期间,还批评当时学风不正,曰:"世之云学者,类多从事于高谈阔论而力行不顾。至或聪敏之士亦率文性命而质污浊,言周程而行庸俗。凡其智巧辞辩,适足为饕餮奔竞之资。"(《送王克孝还解州序》)②在另一文中又强调:"柟尝谓:文行无二道,知行惟一理。其知真者其行至,其行高者其文实。"(《刊文潞公集略序》)③主张文行合一。同卷《改斋文集序》,赞美高贤王宜学"其人孝不违心,忠不违身,贞不苟异,和不苟同。志若有定,视势如无;义若有见,临难不顾。"(《改斋文集序》)④他对志有定、义有见,而不苟同异的人品给予高度赞扬。

其次,从躬行礼教的原则出发,重视诗礼的教化作用。经学家皮锡瑞《经学通论》谓:"六经之文,皆有礼在其中;六经之义,亦以礼为尤重。"⑤儒家经典,贯穿着礼的精神。礼是建立在宗法社会基础上的仪式制度与行为规范,以礼乐的形式将各个阶层人们的权利义务秩序化、体系化,以使社会处于相对稳定和谐的运行状态。因此礼乐所重视的是对人的生活与精神的塑造,强调的是行为实践,是把六经文本的精神追求外化为具体的行为教养和艺术风度。从文学意义上说,礼则是一种具有实践意义的诗学精神。在周代礼乐制度中,"礼乐"相连、相通却并不相同,礼是外在的行为约束,乐是内在的精神和

① 韩邦奇著,魏冬点校整理《韩邦奇集》,西北大学出版社2015年,1367页。
② 吕柟著,米文科点校整理《吕柟集·泾野先生文集》,205页。
③ 吕柟著,米文科点校整理《吕柟集·泾野先生文集》,142页。
④ 吕柟著,米文科点校整理《吕柟集·泾野先生文集》,206页。
⑤ 皮锡瑞《经学通论》,中华书局1982年,81页。

谐。周代礼乐文化的重要意义,就是实现了礼与乐两种不同文明形式的合流。外在的强制性纪律约束与内在的自觉的生命愉悦融合一体,刻板的制度规定与审美的艺术形式相互渗透相互影响,最终实现了礼仪制度的艺术化,也实现了生命的诗化。

四先生中的吕柟、韩邦奇都是著名的教育家、理学家,他们教书育人,著书修史,修礼定则,在他们的写作中,融贯经学内容和礼乐精神。吕柟评诗、礼,可反映出其重视学术,认为学术之重高于文学的观念。如《泾野先生文集》卷20《答王端溪子德征书》:"夫礼莫大于宜,诗不越乎兴。故商祝、夏祝间用于周世。《仪》《周》二礼者,小记之经也,君子犹委诸。故孔子曰:足,则吾能征之矣。又曰:今用之,吾从周。岂无意乎? 若乃采传而据经,本人而按世,援志而兴言,错时而立义,假象而匿形:《诗》有五实,小序具之。"①吕柟在这封回信中提出"礼莫大于宜",质言之,礼仪、礼数不能过,合宜即合礼,过犹不及。"诗不越乎兴",因此,无感兴则无诗,《诗经》之诗有"五实",故能成为被经世疏传的经典。在这封信中,吕柟还提出了自己的治学、治经主张。"夫义理可以心权,事实必由口授。生乎数千载之下,而以己意逆料数千载前之事,以为尽不然也。则吾岂敢? 故通今可以议《礼》,穷古可以说《诗》。《礼》本古人之迹,《诗》即今人之情。故尝谓,《诗》《礼》当因迹以求用,《易》《春秋》当外言而求意。不然,则虽多奚以为之? 消买椟还珠之讥宜矣。"②吕柟认为义理是可以用心琢磨的,史实必须有凭据,不可逆料其尽然或尽不然,吕柟对《礼》《诗》并不盲目推崇,以为都来自生活。读经的方法体现了吕柟关学家躬亲实践的作风,这一种学术观念很重要。至于如何看待"礼"? 他认为:"夫礼,非徒洁笾豆,丰粢盛,要在序其道德,课其职

① 吕柟著,米文科点校整理《吕柟集·泾野先生文集》,681 页。
② 吕柟著,米文科点校整理《吕柟集·泾野先生文集》,682 页。

业,洁其身心,堤其交游。无使或败教以污明神,则彼虽诵法、墨、老亦可以少变化矣。"(《送武库大夫陆元望升湖广少参序》)①"礼"之诚不在于物资、仪式之丰,而在于贯穿行为方式的道德精神;保有真正符合礼义的精神,哪怕口诵法、墨、老等非儒家的语句文词,心性也不会因之改变。由此可见,吕柟对礼的重视,不是空泛地序道德,洁身心,更不是徒有洁笾豆、丰粢盛的仪式,而是要落实到"课职业""堤交游"上。以现代话语系统解说,"课职业"即敬业,无论从事何职何务,行礼即郑重其事。"堤交游"即诚恳待人,不妄交游。倘如此,则口诵非儒家之外的典籍辞章亦无碍。归拢而言,礼应落实在日常行为中,而且不排斥读外道旁门的书籍。这反映了吕柟开放的心胸。

第三,主张言行合一,崇尚气节,反对言过其实。吕柟曾论述言、行,知、仁之间的关系。《泾野先生文集》卷6的《别胡汝臣东行诗序》云:"夫言至而行不至,孟子比诸狂;知及而仁不及,孔子不以为必得也。斯二者于道皆病焉。颜渊曰:舜何人也,予何人也? 有为者亦若是。故志必如颜渊,学必如舜,道之不获,鲜矣。颜之志,虽箪瓢不改其乐;舜之学,虽耕稼亦取诸人。"②言至而行不至,知及而仁不及,两者都是弊病;言行合一,知仁同及方为君子。又专门论及言行合一,在同卷《送别程惟信诗序》中说:"惟信曰:世之论学者,言或出事物之表,行或滞尘俗之中。以然论之学,惟言行合一之为美乎? 予曰:惟信而及此,学可谓知本矣。《易》不云乎:默而识之,不言而信,存乎德行。于此有人焉,辩如悬河,谈如鼓簧。非不可听也,然文饰之顷,肺肝毕见。耳闻之,心鄙之。不以为伪,则以为欺,是言而不信者也。于此有人焉,讷如钳口,默如结舌,非不可略也,然形着之间,

---

① 吕柟著,米文科点校整理《吕柟集·泾野先生文集》,96页。
② 吕柟著,米文科点校整理《吕柟集·泾野先生文集》,206页。

风神具存。目视之，心重之。不以为醇，则以为真，是不言而信者也。夫言与行，岂惟合一者哉？故曰君子与其言浮于行也，无宁行浮于言。今之士于先贤圣，求其行则不如；然每于其言，则议之，素甚不取也。"①评判一个人，应听其言，观其行。倘一人言出事物之表，行滞尘俗之中，对这种行浮于言者则"耳闻之，心鄙之。不以为伪，则以为欺"。其言愈辩，其人品愈低下。远不如"讷如钳口，默如结舌"者。但可叹的是，当时的读书人，不学圣贤的行为，却专就前人留下的言论展开议论。吕柟鄙视这类人，进而对文弊与士习批评道："夫自训诂辞繁，经义反障。于是学子大夫率驰心他歧，争崇异说，不知务本。故文日弊，俗日偷。其于政亦有害焉。《存稿》如行也，以正士习而敦文教，不又可乎。"（《日讲存稿序》）②以上论述的中心意旨就是反复申诉言行合一的重要性，言过其实者不堪大用，是虚伪之士。虚假之风，带给社会的是害政祸俗，危害世风。

　　学者之立志、立言与德、行的关系如何呢？四先生在这方面都有所论述，吕柟认为："夫学者之于德也，不患立志之不高，患其力不足以继之耳。不患立言之不妙，患其行不足以充之耳。是故，观苍海而叹汪洋，非得水者也。惟夫携侣以乘航，上瞻摇光，下穷尾闾者，斯得乎百川之会矣。睹岱岳而叹崒嵂者，非得山者也，惟夫奋足而蹑梯，下遗石闾，上止天门者，斯得乎千峰之尊矣。"（《赠五山潘君考绩序》）③人常说立志高远，志向远大。吕柟却不这样认为，他的主张是立志不在高，力行则高；言不在妙，践行则充。因而，得水者不是望洋兴叹的人，而是行船击水者；得山者不是高山仰止的人，而是攀爬登山者；推而得之，得道者不是景行行止的人，而是闻道而行者。修辞

---

① 吕柟著，米文科点校整理《吕柟集·泾野先生文集》，207 页。
② 吕柟著，米文科点校整理《吕柟集·泾野先生文集》，207 页。
③ 吕柟著，米文科点校整理《吕柟集·泾野先生文集》，233 页。

需立诚,学以致用为根本,吕柟认为:"如所说的言语,见得都是实理所当行,不为势所挠,不为物所累,断然言之,就是立诚处。如行不得的,言之,即是伪也。"①言说的根基在"不为势所扰,不为物所累",即不计利害得失,是为"立诚"处。言行必须保持一致方为"诚",立诚是修辞的根本。治学的目的是为己,而非为做官,吕柟告诫学生:"诸生有言及气运如何,外边人事如何者,曰:'此都怨天尤人的心术,但自家修为成得个片段,若见用,则百姓受些福;假使不用,与乡党朋友论些学术,化得几人,都是事业。正所谓畅于四肢,发于事业也。何必有官做,然后有事业。'"②这里提出的学以致用,特别指出不把学问用作当官的敲门砖,而是真正有所修为,进,为百姓造福;退,与朋友探讨,获得精神愉悦。读书治学的目的何在? 从先秦至宋儒,都有阐释,如荀子"古之学者为己,今之学者为人",借古讽今,说明理想与现实的矛盾。张载"四为"句,则阐扬了读书人的远大抱负,代表了宋儒的开阔心胸,而吕柟更平和切实,学而优则仕,造福一方百姓;退而善,则身正行端,感染周围的人。"何必有官做,然后有事业?"这样的反问,掷地有声,具有超越时代的力量!

在重视言行合一的同时,亦应重视言语的力量。言语具有感化或伤害人的力量,温和的语言容易感动人心,疾声厉色只能令人生畏,未必能使人信服。吕柟告诫弟子:"凡与人言,贵春温而贱秋杀。春温多,则人见之而必敬,爱之而必亲,故其言也,感人易而入人深,不求自信,自无不信也。秋杀多,则人闻之而必畏,畏之而必恶,畏恶生则言之入人也难,将欲取信而反不信也。"③从化人的角度看,温和的言语胜过峻厉严肃者。有一次吕柟的学生请教如何行事而不废

① 黄宗羲著,沈芝盈点校《明儒学案》,152 页。
② 黄宗羲著,沈芝盈点校《明儒学案》,153 页。
③ 黄宗羲著,沈芝盈点校《明儒学案》,151 页。

学，"（章）诏曰：'来见的亦未免有些俗人。'先生曰：'遇着俗人，便即事即物，把俗言语譬晓得他来，亦未尝不可。'"①言语是否恰当，还要看所应对的具体场景，而非一味求雅。由此处处可见关中学派的笃实学风。

第四，回真化俗，应以培养士夫的学风为起点。吕柟认为师者垂行示范之身教更重要，他说："夫尽职莫先于作士，作士莫先于兴行。……夫得之司教者，或遗行而重文，或并其文而废之。"（《贺李掌教受奖序》）②又批评当时没有职守的现象。吕柟对社会充斥着为教不尊的风气极为不满。对于科举考试，吕柟持批评但不反对的态度，对于考五经四书也有自己的看法，他认为考试应该达到的理想效果如下："某官某人考《易》，深贵显，远贵近，虚贵实，异贵经，小贵大。某官某人考《书》，杂而不理，非精也；同而不殊，非一也。某官某人考《诗》，成心忘者其辞冲，隘心去者其辞遂，妒心横者其辞险。某官某人考《春秋》，正传以发经者为上士，假传以求经者为中士，泥传而废经者为下士。下士勿取。某官某人考《礼记》，迂者陈古而周宜，荡者徇时而忘旧。迂则不行，荡则非止。四书者率此者也。论者以此议者也，策者以此测者也，诏诰表判者以此准者也。"（《陕西乡试录前序》）③科举考试，出考题也应从培养人的角度区别各经对作士育人的不同功效，试题应各有侧重。

（二）马理、吕柟、韩邦奇与前七子多有交往，与复古派的许多文学主张相通

弘治、正德以来，经济平稳发展，社会较安定，文学上则台阁体长期盘踞，正如清人总结的："成（化）弘（治）间，诗道旁落，杂而多端，

---

① 黄宗羲著，沈芝盈点校《明儒学案》，150 页。
② 吕柟著，米文科点校整理《吕柟集·泾野先生文集》，63 页。
③ 吕柟著，米文科点校整理《吕柟集·泾野先生文集》，73 页。

台阁诸公,白草黄茅,纷芜靡曼,⋯⋯理学诸公,击壤打油,筋斗样
子,⋯⋯北地一呼,豪杰四应,信阳(何景明)角之,迪功(徐祯卿)犄
之,⋯⋯霞蔚云蒸,忽焉丕变,呜呼盛哉!"①庆阳人李梦阳为首的"前
七子"以复古改变文坛萧条之势,文学发展得以大大改观。关中四先
生与前七子为同时代人,有同朝为官的情况,除杨爵外,彼此多有诗
文唱和。从地缘上看,七子派中的王九思、康海是陕西人,李梦阳所
籍的庆阳,在明代也属于陕西行省。何景明曾任陕西提学副使,因而
借地缘之便,四先生与前七子多有交往,比如马理、吕柟与康海为好
友,三人经常互访唱和。他们与李梦阳、何景明也有交往。吕柟《送
李空同献吉归汴》有"深惭无健翼,接影共翱翔"②句,表达对李梦阳
的敬佩和留恋,李梦阳去世后,作品结集出版,吕柟为之序。嘉靖初
年,吕柟在翰林院任上,值何景明在京,两人交往密切,留下多篇唱和
诗篇。吕柟、韩邦奇与王九思、康海交往频繁。王九思在韩邦奇之父
莲峰先生韩绍宗去世后,为其作墓志铭,康海则有《韩邦靖传》记邦奇
之亡弟。吕柟七律《同渼陂游金峰寺登山二首》,不无遗憾地吟唱
"名山指点无康子,高兴登临有渼陂"③,康海不在,还好有王九思陪
伴,可见友朋交往之亲近。马理的[醉太平·寿渼陂先生]④四首,热
情洋溢地为王九思祝寿。

　　吕柟对前七子在诗坛取得的成就大为称赞。吕柟在南京时,值
边贡致仕,有《赠边华泉致政序》,曰:"今夫诗,儒人之所喜谈而力为
者也。删后以来,士林率称汉苏李、唐李杜之为其模,而作者不可以
缕数。今且千余年,无能一追其踪。我朝弘治以来,当文明熙洽之

①　朱彝尊著,姚祖恩编《静志居诗话》卷10"李梦阳"条,人民文学出版社1990
　　年,260页。
②　吕柟《泾野先生别集》卷11,陕西师范大学图书馆藏道光庚子宏道书院版。
③　吕柟《泾野先生别集》卷9。
④　见马理著,许宁、朱晓红点校整理《马理集》,354页。

时,于是公与庆阳李献吉、安仁刘元瑞、信阳何仲默、姑苏顾华玉、鄠杜王敬夫、侯官郑继之诸君子,奋翼联起,刮磨砥砺,首倡雄制。当其铿锵,真可颉颃李杜,以为圣代一时文字之光。"①马理也写有《边处士幽居》②诗赞扬边贡的人品高洁。李梦阳去世后,吕柟作《空同李子集序》③,时李梦阳的外甥曹仲礼(时任凤阳太守)搜集其诗文将梓行,吕柟在序文中认为:"向使李子一为《定性》《订顽》,即如程、张;一为《大学》《中庸》,即如曾、思。惜其力不加之乎此耳。"序文中对李梦阳肆力于文学而非理学倍感惋惜。他赞扬的是李梦阳的作为及疏谏。"故予每读二疏,深为李子惊。及观他文诗,则又怅然惜矣。……使天下后世知吾李子止可为曹、阮、李、杜辈,而不知究其极有如此之美也。且今天下之材如李子者,几人哉!"④他对李梦阳充满惋惜,惋惜的是他材用无当,大材小用。可见在他的观念中,政用及学术高于文学。

何景明任陕西提学使期间,吕柟曾与他就谈道作文的问题发生过一次争执。

> 何子仲默曰:"今之谈道者,犹作文之无益也。"先生曰:"言于是行于是者有矣,不言于是行于是者,未之有也。且舍是而不言,忘言则不能,乱言则不敢。"⑤

① 吕柟著,米文科点校整理《吕柟集·泾野先生文集》,249 页。
② 马理著,许宁、朱晓红点校整理《马理集》,西北大学出版社 2015 年,396 页。
　注:正文征引文献用《谿田文集》者,盖因在《马理集》出版前查找的刊本,有些内容及标点断句不同于《马理集》,故保持征引原刊刻内容。
③ 吕柟著,米文科点校整理《吕柟集·泾野先生文集》,312 页。
④ 吕柟著,米文科点校整理《吕柟集·泾野先生文集》,312 页。
⑤ 吕柟撰,赵瑞民点校《泾野子内篇》,2 页。

二人意见不一致,何景明认为谈道作文均无益于世;吕柟则认为谈道是行正道的开始,因此必须有言,但不能忘言,不敢乱言。关中四先生与前七子的复古主张不尽相同,但站在崇实尊古的角度,对前七子的文学主张多持赞同的态度。如四先生推崇秦汉文,对宋文持否定态度。韩邦奇《论式序》称:"春秋秦汉之文,富而丽,雄而健,渊宏而博大,波澜转折,变化无端,入口脍炙,掷地金声,莫之尚矣。""夫衰宋之文,枯涩萎弱,已不足观。"①

当今也有学者研究明代关学与前七子的关系,普遍认为关学多赞同前七子的文学主张,此处我们引用金宁芬给韩邦奇的评价为判语:"韩邦奇生活在以文学复古求革新的思潮风起云涌之时,他的文学主张与复古派有相通之处。"②四先生与复古派在文学观念上相通之处不少。

综上可见,关中学者的大文学观不同于寻辞数调、谋篇布局的文学观念,而是把人本纳入文学的范畴。由个人文质彬彬,使社会和谐融洽。其中包括几重涵义:比如真诚为本,不做作虚言伪饰;躬行实践,不流于言辞口头;关心黎民,不惟上是从;从实际出发,不趋附权威古人。因而他们的书写不同于一般的文学写作,而是以真诚书写,甚至以生命抒写!

第三节　中国优秀作品的二维码及立体评价

在评价一部作品的价值时,通常会秉持两个标准:思想性和艺术性。倘借用当下网络术语,这两方面可称为作品的"二维码"。凡思想进步、艺术高明的作品,双维俱佳,我们就认定其为优秀的作品;若

① 韩邦奇著,魏冬点校整理《韩邦奇集》,1370 页。
② 金宁芬《明代中叶北曲家年谱》,中国大百科全书出版社 2012 年,169 页。

一维不佳,则等而次之;而双维俱差的,无疑就是劣等之作了。当然,也存在思想性强,但艺术性差强人意,或艺术性高,但思想内容上有所不足的作品,它们则不能被视为优秀的作品。作品思想之优在何处?艺术之优在何处呢?

从思想流派来看,中国古代先有诸子百家,后有儒道释三教。诸家各教,孰是孰非、谁长谁劣,并非本文所关注之要点,本书以是否利于社会进步、利于人民安居乐业作为评判标准,采用"人本—人道主义思想"为标尺。这个标尺也可以看作中国文化优秀传统的概括。具体落实到个体身上,应包含这么几方面的内容:第一,关怀人民疾苦、直言指斥暴政的态度;第二,自尊、自重、自强、自信、自律的品德;第三,知其不可为而为之,为实现理想不辞劳苦、不惜弃私利而敢于牺牲的高尚精神。我们把具有这些品质的人称为君子圣贤或仁人志士。放到文学作品中,要看其是否或在多大程度上有以天下为己任,关心国事安危,同情人民疾苦,追求一个统一、清明富足的政治局面,使人人得以尽其所长、各得其所的倾向。因此,在思想内容的维度上,我们把顾炎武"文须有益于天下后世"[1]的主张看作评价作品的首要标准;其次,忧患意识是各个时代优秀作品的一个共性;再次,积极入世、努力进取的精神,也是优秀作品之所以优秀的品质所在。

作品的艺术之维,标准很多,概而言之:文学作品如能使读者得到精神的愉悦、洗涤,获得美好的享受,无疑是其成功的标志,这是评价的审美标尺。作者能发现客观世界之不寻常事物且出色地描写它,使之成为对人产生魅力的艺术品,这个过程就是创造创新能力,这是作品的创新标尺。诗词曲的韵律和悦、文章的真善美融会,这也是评价作品的文体标尺。这些标尺不一而足,且就具体作品尚需具

---

[1]　钱大昕著,陈文和、孙显军校点《十驾斋养新录·文字不苟作》,江苏古籍出版社 2000 年,393 页。

体分析,但可总称艺术之维。

用思想性和艺术性这两个维度去评价中国文学史,会发现古往今来的文学评论家都在自觉不自觉地使用着这两个标准。比如金圣叹评点出的中国六大才子书——《庄子》、《离骚》、《史记》、杜诗、《水浒》、《西厢》,这些作品的思想情感和艺术水准都达到了当时无出其右的水平。我们用这个二维码去扫描中国古典文学作品,高下成败,则一目了然。而且,用这个二维码去衡量现当代文学作品及世界文学作品,也具有普适性。然而,除了对作品进行二维扫码之外,还需要从作者品行上去衡量,经得起衡量的作品才是真正优秀的;否则,哪怕艺术玄妙、立论高明,人们即便不因人废文,却总会有美中不足之缺憾。正如有的学者指出的"重视文学家的人品、道德修养是中国文学界的一贯见解。谁都不会因其略有文才而原谅一个大节有亏的无耻文人"①。中国式的先道德而后文章论,具有要求作者高尚品德的倾向,带有传承性和普遍性。具体而言,诸如刚正不阿、不畏权贵,是值得赞赏的品德,是风骨所在;相反,巧言令色、谄媚利口,危害之大则可能倾覆邦国。高尚的品德是人类社会得以发展的应有准则,向来就有且今后仍需要,这种道德伦理是不能排斥,也排斥不了的。也就是说,优秀的作品,只有加上作者优秀的个人品格一维,作家作品才能立得住,成为人类精神文明所在,才具备文明灯塔的引领作用。

黄宗羲认为读书与求功名之间存在一定的反向关系,比如"士皆无意于功名,埋身读书,而光明卒不可掩。嘉靖之盛,二三君子振起于时风众势之中"②。当科举制度把读书人诱赶至"学而优则仕"之

---

① 参见徐中玉《孔孟学说的普遍性因素与中国文学的发展》,1987年在香港大学"儒学与中国文化"国际学术研讨会上的报告。
② 黄宗羲撰,陈乃乾编《黄梨州文集·明文案序》,中华书局2009年,387页。

途,读书成了获取功名富贵的途径,读书的意义何在? 学者的价值何在? 苍茫混乱的时局下,究竟该如何生存? 这些问题思考是否有解?怎样做才不至于随波逐流? 在三教融合的情形下,士夫君子怎样做才能维护自身的价值和尊严,又能坚持修齐治平的准则? 关中四先生给出了一类生存样法,树立了一种不同流俗的活法:笃守学术,存诚主敬;订礼厚俗,躬行履践。四先生中除杨爵外,都致力于讲学,讲学是他们救世的方式。如果说,宋儒趋向于"得君行道"的话,明儒,尤其是正德朝以后的士大夫放弃了这个幻想,通过讲学唤起读书人的心智(相约不以科举为业),通过制定乡约改善基层伦理风俗。如果说宋儒走的是上层路线,那么明儒走的则是"群众路线"。在关中地区,通过礼俗治理社会、救治人心,更是四先生为代表的贤士大夫的自觉选择。当时人给予关中学者很高评价,认为他们都是"当世迪德蹈道之士,如龙游凤翥,不食人间臭味"(《答仇世茂》)①。

关中四先生行事不宣扬不争论,他们每到一地,便踏踏实实地为当地百姓做实事;每任一职,就尽心尽力地引导向善。不希旨用世,不趋附取容,进无附丽,退不慕恋,如此而已。因为以上种种,特别是他们高尚的人格风范,使他们的作品成为可观可诵的真诚心声,因为他们的著述具有立体感召之力。关中学者开办书院,不以举业为务,而是树人弘道行礼。比如王恕季子王承裕讲学于宏道书院,"冠婚丧祭必率礼而行,三原士风民俗为之一变"②。从自己做起,率先垂范,通过改变士风民俗,进而改善社会。

关中四先生以学者著世而非以文学有名,在他们的政绩之外,多以讲学为主,孟森曾论述"英宪孝三朝之学术",认为讲学对士大夫的影响是:"一时学风,可见人知向道,求为正人君子者多,而英挺不欲

---

① 王廷相撰,王孝鱼点校《王廷相集》,中华书局 1989 年,493 页。
② 黄宗羲著,沈芝盈点校《明儒学案》,164 页。

自卑之士大夫,即不必尽及诸儒之门,亦皆思以名节自见。故阉宦贵戚,混浊于朝,趋附者固自有人;论劾蒙祸,濒死而不悔者,在当时实极盛,即被祸至死,时论以为荣,不似后来清代士大夫,以帝王是非为是非,帝以为罪人,无人敢道其非罪。故清议二字,独存于明代,读全史当细寻之,而其根源即由学风所养成也。"①从英宗到孝宗三朝,学风正,士风亦正,讲学起了重要作用。论及明代君子小人之学术取向,《明史讲义》云:

> 程朱、陆王之辩,明季最烈,沿至于清,显分门户。夫讲学心得不同,愈辩愈明,不害其各有论著。至就其人品而观,非程朱之派极多正人,不能不谓得力于讲学。学程朱之学者,若不课其躬行,亦岂无托门户以争胜者?第存诚主敬,流弊终少;超超玄悟,一转而入于禅,自陈白沙已不免。明一代士大夫之风尚最可佩,考其渊源,皆由讲学而来。凡贤士大夫无不有受学之渊源;其不肖之流,类皆不与于学派,不必大奸大恶也。……不分门户,惟问实行如何,此研究明代学术之要义,当专力为之。②

中国传统是以明道救世为治学理念,受学的贤士大夫终究正人为多,学程朱者加以躬行,更成可敬佩之风尚。四先生均为人品卓越的正直高洁之士,他们瞧不起那些言辞华美、夸夸其谈却无是非观念的人,如马理作诗论汉代扬雄,诗云:"扬子摛文颂莽时,著书犹欲比宣尼。凭谁为问田恒事,沐浴曾朝知未知?"(《扬雄》)③扬雄著书摛文,工辞赋,著《法言》,然而在他趋附于篡权的王莽时,可曾想到孔子

---

① 孟森《明史讲义》,158 页。
② 孟森《明史讲义》,215 页。
③ 马理著,许宁、朱晓红点校整理《马理集》,439 页。

沐浴上朝请求鲁哀公出兵灭田成子的事呢？马理否定扬雄缺乏是非观念，因而不取其文。

　　如同各朝读书写作者一样，明士人也有两种，有舍身取义践行道义者，有为己谋利求仕苟且者，后者众而前者少。这两种人在写作时大都遵循道统，却有真假之别。用身心拥抱理学是真道学，而假道学则是让别人去殉道，缺乏真实的东西。假道学的作品没有自我，没有感情，只有说教。真道学者，则是用行为树立典范，用一生去践行理念，将其对社会的关怀与学术理念编织成文，且映照他所处的时代，因而其文其诗则为立体的、用生命抒写的篇章。

第二章　行为言之根：吕柟的
大文学观及其成就

四库馆臣评述吕柟学术认为："柟之学出薛敬之，敬之之学出于薛瑄，授受有源，故大旨不失醇正。"（《泾野集提要》）①关中四先生按年齿论，则马理最长，吕柟、韩邦奇同岁，杨爵年辈最晚。如果按照学术流派看，则吕柟受河东学派影响深刻，且学术地位最高；马理等三人属三原学派。因而，本文则先叙吕柟，后及马理、韩邦奇，最后话杨爵。

秉持"知人论世"的传统治学方式，简明客观地逐一勾勒关中四先生的生平履历。关学重践履、善躬行的传统，在四先生的行实中表现得尤为突出，他们治理社会、振拔士风、独善其身，是"大文学观"的表征；而诗文创作、文学评论和文学旨趣，则为常规意义上的"文学观"。这是本书的研究思路，特此说明。

第一节　政举化行　俗用丕便：
吕柟生平经历及著述

吕柟（1479—1542），字仲木，陕西高陵人，别号泾野，人称泾野先生。正德三年（1508），吕柟举南宫第六，擢进士第一，授翰林编修。

---

① 永瑢等《四库全书总目》，中华书局 1965 年，1571 页。

吕柟虽高中状元,历官正德、嘉靖两朝,但仕途并不顺畅,一生三起三落。正德朝,因拒绝权宦刘瑾的结纳几遭暗害;嘉靖朝,因大礼议中批评皇帝违背礼制被下狱、贬谪。他既不依附权贵,也不向皇权低头,被誉为"真铁汉"。吕柟官至国子监祭酒、南礼部右侍郎,性行淳笃,学问渊粹,处身于明代中期社会思想学术、文学旨趣、世风习俗的大变革时期,吕柟既不跟风、媚俗,也不僵化、保守。他温粹笃实,踏实稳健,出则立身刚正,勤勉吏事,纾困救难,劝农桑,兴水利,解民倒悬,振扬士风;处则居敬讲学,作人化俗,"绍统绪,开来学"①,正士风,移民俗,中兴关学,淳朴民风。诚如时人赞扬的"先生初试于史局,史局钦其文;再试于解郡,解郡倾其化;继试于太学,太学服其教;终试于南宫,南宫娴其礼"②。

自嘉靖六年(1527)冬,迄嘉靖十八年(1539),在长达十三年的时期内,由解州迁南京吏部任职的吕柟,除了在嘉靖十四年(1535)到北京任国子监祭酒职一年有余外,其余时间均在南京任职、讲学,嘉靖十八年七月,致仕归乡。又建北泉精舍讲学,他还著述、修志,至嘉靖二十一年(1542)七月一日病逝。"卒之日食时,复有大星流光震陨之变。远迩吊者以千计,大夫士及门人悲痛如私亲,皆走巷哭,为罢市三日。解梁及四方弟子闻讣,皆为位哭。"③倘天变异常可认为附会,而他曾主政的解梁弟子为位哭则真实地反映了吕柟受士子们爱戴的情形。至隆庆元年(1567),吕柟被追赠礼部尚书,谥文简。

关于吕柟的生平事略,除明清人传记资料外,现代学者也进行了梳理。金宁芬在《明代中叶北曲家年谱》中收录了《吕柟传略》和《吕

---

① 吕柟撰,赵瑞民点校《泾野子内篇》,306 页。
② 胡缵宗《泾野先生别集》卷首,陈俊民校编《关学经典集成·吕柟卷》,三秦出版社 2020 年,1813 页。
③ 马汝骥《通议大夫南京礼部右侍郎泾野吕公柟行状》,见吕柟撰,赵瑞民点校《泾野子内篇》,331 页。

柟年谱》，西北大学李峰硕士学位论文为《吕柟年谱》，米文科亦有
《吕柟年谱》（中国社会科学出版社，2017 年）。《关学文库》收录有
米文科撰写的《吕柟评传》一书。《吕柟评传》晚出，篇幅最长，因而
记叙吕柟事迹最详尽。该书第一章第一节为吕柟的生平与著作介
绍，将吕柟的生平分作四个阶段：（一）未仕前的求学与讲学时期：成
化十五年（1479）出生，到正德二年（1507）先求学再讲学；（二）在北
京为官和居家讲学时期：正德三年（1508）会试中魁首，入翰林。两年
后辞官归乡讲学到正德十六年（1521）；（三）维护讲学与贬官解州时
段：嘉靖元年（1522）病起赴京仍官翰林修撰，至嘉靖三年大礼议事件
被贬官解梁，治理解州；（四）南都讲学与任职国子监时段：嘉靖六年
（1527）由解州晋南京吏部考功司郎中始，至嘉靖十八年（1539）致
仕；之后乡居讲学至嘉靖二十一年（1542）病逝止。米文科的《吕柟
评传》侧重于归纳和分析吕柟的哲学观念，作者先以高度概括的笔
触，粗线条地勾勒出吕柟的生平经历，随后则结合其道统观、理气论、
工夫论、仁学思想、与阳明学关系、讲学思想，以七章的篇幅，从理学
史、明代思想史的语境中，评介和分析吕柟。受这种以评来分析介绍
哲学家思想观念的写作方式影响，对传主的生平经历的介绍略而有
据，主要突出其哲学主张及学术源流。鉴于前贤时彦对吕柟生平事
略的梳理已经成熟，故本文不再繁墨赘言，仅以点带面地给予介绍，
着重叙述几项体现其价值取向的事迹。

纵观吕柟一生的追求及事功，大致在四方面：其一，求学、劝学，
求学是他一生矢志不渝的追求，劝学是他不懈的事功；其二，尽臣之
道，多次上疏劝谏皇帝，诚恳真切地提出对时局的见解，替下级官吏
和百姓纾解困苦，这是他从政的原则；其三，关心民瘼，勉励训诫官吏
爱惜民力，关心民瘼，是他一贯的施政主张；其四，制礼化俗，敦化风
俗、立礼教民、振拔士风，是他的具体行政举措。在这四方面，治理解
梁和管理国子监最能体现其举政化俗、作则育士的行政能力。

在求学、劝学方面，吕柟资性颖悟，自开蒙就显示出聪慧好学的气质。十二岁受陕西提学副使马中锡选拔进县学，便矢志于圣贤之学。其少年、青年求学经历，可据冯从吾所作《泾野吕先生传》。传曰：

> 先生少俊悟绝人，羁丱为诸生，受《尚书》于高学谕侍、邑人孙大行昂，即有志圣贤之学。又问道于渭南薛思庵氏，克乎有得。不妄语，不苟交。夙夜居一矮屋，危坐诵读，虽炎暑不废衣冠。
>
> 年十七八，梦明道程子、东莱吕氏就正所学，由是学益进。督学邃庵杨公、虎谷王公拔入正学书院，与群俊茂游。①

渭南薛思庵，即薛敬之，为河东薛瑄三传弟子。吕柟由此接受河东学派影响，逐渐形成穷理实践的价值观。《明史·吕柟传》记载："柟受业渭南薛敬之，接河东薛瑄之传，学以穷理实践为主。"②时任陕西提学副使的杨一清重建正学书院，推尊张载及元儒许衡，大力复兴关中理学。弘治十二年（1499）虎谷王云凤提学陕西，倡明道学，讲论性理。就学于正学书院的吕柟深受影响，形成重视礼教，注重躬行实践的观念。

弘治十四年（1501），吕柟以乡试第十高中举人，次年参加会试，落第，入国子监读书。在国子监，他与三原马理、秦伟，榆次寇天叙，安阳张士隆、崔铣，林县马卿诸同道志士相互激励：不惟举业邀利禄，以进德修业为事。讲学宝邙寺，相约："文必载道，行必顾言，毋徒举

---

① 冯从吾撰，陈俊民、徐兴海点校《关学编》，41 页。
② 《明史》，7244 页。

业以要利禄,毋徒任重弗克有终。"①(《泾野吕先生》)吕柟曾回顾这一段勤勉互励的生活,曰:

> 昔在弘治间,予与谿田马子伯循及四五友朋入太学,同舍居肄业。或共窗读书,或一寺习礼,或面规其过,或阴让其善,或求法于祖宗,或问学于舜、颜。冬出,不辞沍寒;夏行,不惮祁暑。访友或于深夜,论世或至千古。坐则联席,行则接影。若是者盖四年也。(《送谿田西还小序》)②

这是发生在弘治末年、未中进士之前的事,吕柟、马理等一方面相互勉励,开阔心智,修身正己,体认性理;另一方面也彼此激励不以举业换利禄,而要担负起行道进德的重任。

嘉靖三年(1524)二月,朝廷爆发论争世宗生父尊号的事件,史称"大礼议"。大礼议事件对有明影响很大,诸如君臣关系、官场风气、士风文风等都深受影响。最明显的影响在于一批士人因对现实失望而逐渐放弃了社会理想,转入追求个人的内心世界的平衡,追求主体精神的独立与人格的完善。前七子的复古声势至嘉靖初已趋于低落,许多人先后脱离了复古阵营,弃文入道,如郑善夫、高叔嗣、王廷相、薛蕙、吕柟等,他们或宗儒学,或崇释老,表现出重道轻文的倾向,悔弃早年的文学生涯;顾璘、杨慎、江晖等则走向另一面,放情任诞,沉酣于六朝初唐之绮丽流美,复古阵营呈离散之势③。吕柟走向重道轻文,决心用社会实践躬行道义。大礼议事件发生后的同年四月,

---

① 冯从吾撰,陈俊民、徐兴海点校《关学编》,41 页。
② 吕柟著,米文科点校整理《吕柟集·泾野先生文集》,165 页。
③ 见周潇《明中叶"前七子"文学复古运动与阳明心学之关系》,《上海师范大学学报》2004 年第 4 期,50—55 页。

吕柟奉旨修省,以十三事上疏议礼,认为大礼未正。疏议明显有拂上意,遂遭下诏狱。随即由翰林修撰、经筵侍读之职被贬为山西解梁(今山西解州)判官。至解梁不久,因知州病逝,吕柟主政。主政解梁三年,吕柟施展行政才能,秉持儒家理想的执政观念治理地方,取得了良好效果。

判解梁期间,他恤茕独,减丁役,劝农桑,兴水利,筑堤护临池,行《吕氏乡约》及《文公家礼》。为政之余,筑解梁书院以讲学,《泾野子内篇》中的《端溪问答》、《解梁书院语》即是这一时期的讲学记录。"久之,政举化行,俗用丕变。"①他的具体行政措施有:其一,行乡约化俗,办书院变士习。据《泾野先生文集》卷4《乡约集成序》,他谈到在解梁行乡约的情形:"予往年谪解时,过潞州东火村,见仇时茂率乡人举行《蓝田吕氏乡约》,甚爱之。至解州,选州之良民善众百余人,仿行于解梁书院,而请宸、王二上舍主之。方恨其无定规也,而时茂以其所行《乡约条件》一书见寄,且请校编。于是,遂并旧所抄略于《会典》中诸礼参附之,而第其篇次,节其繁冗,以附仇氏。凡十四篇,若修身齐家之旨,化民成俗之道。"②在他的文集、诗集中,多处涉及行乡约以化俗事,如《文集》卷14《仇氏同心堂记》也是为仇氏家族而作,约作于正德丙子之前。卷20《与宸、王二上舍书》谈行乡约礼事,"其礼生,欲择从仆游者生员辈六人,如何?"③都为行乡约事而写。另外,他办解梁书院,聘请德艺之师教学其中,有时亲自去督学。文集卷11《赠张运夫升山西兵宪序》里,回顾在解梁的情况:"昔者予之谪判解州也,仿取《蓝田乡约》以教州之士民。请诸当路,建解梁书院。月朔望,耆民髦士序谒乡贤祠,出,升仰山堂,予亲临课校。……

① 冯从吾撰,陈俊民、徐兴海点校《关学编》,44 页。
② 吕柟著,米文科点校整理《吕柟集·泾野先生文集》,123 页。
③ 吕柟著,米文科点校整理《吕柟集·泾野先生文集》,667 页。

行几二年，讼争既鲜，盗亦颇戢。耆寿修行，小子有造。予既迁官南来，则谓解梁士民曰：去矣，无漏我堂馆，无墤我墙堵，毋折我树柏……"①张运夫，字鹏翰，庆阳人，正德甲戌进士。张氏接替吕柟为解梁判，继续执行吕柟兴学化俗的做法，故吕柟有赠序。经过行乡约、办书院这两方面的措施，民俗、士习翕然改观。

其二，关注地方文化建设。吕柟抽编刊刻宋儒张载、周敦颐、二程、朱熹等的著述，以扩大诸生读书范围。"暇尝粹抄成帙，注释数言，略发大旨以便初学者之观省。谪解之第三年，巡按潜江初公恐四方无是本也，命刻诸解梁书院以广布云。"（《横渠张子抄释序》）②这是编注张载的书，通过注释阐发旨意，目的是方便初学者入门。四库馆臣认为吕柟此书"简汰不苟，较世所行张子全书亦颇为精要矣"③。还整理周敦颐的著述，"柟……既举后，得全书刻本于宁州吕道甫氏。又恨编次失序，雅俗不伦。暇尝第其先后，因演其义于各章之下，分为内外二篇。既谪解，而巡按潜江初公亦甚好焉，遂命刻之解梁书院"（《周子演序》）④。吕柟对《周子演》这本书下了大功夫，按其序所言，自中举后就因原书编次失序而变动章节顺序，分成内外二篇，且在篇目下进行解说、推演。在解梁期间，刊刻出来，方便士夫学习。四库经部收录的《周子抄释》，应该就是在解梁刊刻的这本《周子演》。《四库全书总目》对此书评价很高，认为其简洁淳实，囊括精华，说："宋五子中惟周子著书最少，而诸儒辨论则惟周子之书最多。……（柟书）较全书特为简洁。每条之下，各释以一二语，或标其大旨，或推所未言之隐。较诸家连篇累牍之辨，亦特淳实。……观周

---

① 吕柟著，米文科点校整理《吕柟集·泾野先生文集》，401 页。

② 吕柟著，米文科点校整理《吕柟集·泾野先生文集》，131 页。

③ 永瑢等《四库全书总目》，793 页。

④ 吕柟著，米文科点校整理《吕柟集·泾野先生文集》，131 页。

子之书者其精华略具于此矣。"①又有《二程抄释》八卷,其序曰:"暇
尝抄出心所好者,集为八卷,凡二十九篇。稍释其下,以备遗亡。而
于诗文亦抄出数篇,以为外卷。巡按潜江初公见之,命刻诸解梁书
院。而以其赎罪金纸作工食费。"②全书抄释二程著述 29 篇,此外还
抄录若干诗文,可见吕柟颇欣赏二程的诗文,认为诗文有论说达不到
的价值。"予方刻周程张朱之书,以为求入《论语》《孟子》之门。"③
说明吕柟的观点是由程朱上溯到孔孟。在解梁期间,吕柟还刊刻了
不少书籍,有多篇代作之出版序文,如卷 4 有《重刊四书集注序》《重
刊汉文选序》《重刊唐文粹序》《重刊宋文鉴序》《刻四书集注后序》
《刻汉文选后序》《刻唐文粹后序》《刻纪事本末后序》等,足见选文刻
书之丰富。另外还刊刻有司马光、文彦博等集子,卷 4 有《司马文正
公集略序》《刊文潞公集略序》。联系吕柟所作其他序文,可以想见
吕柟到解后,与巡按初公等达成共识,发展文化事业,开展民俗民风
建设。解梁乃至山西的文化出版出现一时之兴盛局面。为继承地方
文化传统吕柟还主持修撰了《解州志》、《阳武县志》(2 卷)等。

　　其三,躬行礼教,身先垂范。吕柟当年在翰林院任职史官时,与
安阳崔子锺相约从《司马先生传家集》中抄出《集略》32 卷。未及对
读,两人先后离馆。吕柟至解后,请内滨初公襄助刊刻之。巡按初公
读后,因"解夏乃其(司马光)故里。……于是命柟校刊于河东书
院"④。司马光是解梁夏县人,吕柟整理乡邦文献以提振士气。吕柟
敬佩司马光的直道而不讦、广识而不骤,赞誉其文不冶、不可欺,序文
称"柟谓公之道直如汲长孺而不讦,识如贾太中而不骤,文如陆敬舆

---

① 永瑢等《四库全书总目》,792 页。
② 吕柟著,米文科点校整理《吕柟集·泾野先生文集》,132 页。
③ 吕柟著,米文科点校整理《吕柟集·泾野先生文集》,205 页。
④ 吕柟著,米文科点校整理《吕柟集·泾野先生文集》,126 页。

而不冶，广如韩稚圭而不可欺，任如程正叔而世不可党。……君子谓公天资学力皆不可及，不其然乎！"①司马光天资卓越，学力深厚，又能任重而不结党营私，因而应该立为当地的楷模。卷21《与崔司成后渠书》的信中，吕枏向崔铣借原书来校对："仆今在河东书院校刊《温公传家集》且半，但此本当时吏抄字多差讹，……仰求原本一校便返，十一月中刊完。"②建司马温公祠堂，择温公后裔祭祀祖先，以光大君子积德之泽。嘉靖丁亥元日，有司马光后裔号菲泉名邦柱者在解梁祭祀司马光。吕枏与菲泉交往甚密，其《积德之什序》曰："《积德之什》者，赠菲泉司马邦柱祭其先温国文正公还京之作也。菲泉，温公之十五世孙。……既举进士，仕刑部……果求便差，日夜驰诣夏县，遂获举丁亥元日之祭。"③这是以褒扬"积善之家必有余庆"的方式，倡导敬祖礼贤之风。吕枏还编校刊刻关羽事迹成《义勇武安王集》。吕枏自序叙述了此集编刻之缘起、经过，曰："王集，元季巴郡胡琦已尝编刻，名《关王事迹》。……然今板本模糊，文字缺谬，则已不可传远。……于是枏遂得申次其文，裁删其冗，采补其缺。或考诸蜀记，或质诸本史，或访诸《当阳志》，或问诸常平里，而王集成，凡六卷。"(《义勇武安王集序》)④提倡关羽的义勇精神。这都是通过挖掘地方文化资源，既为往圣继绝学，也为生民树起行为表范以移陋俗，成良序。自己也率先垂范，奉迎其母孝养，以为百姓先。

嘉靖五年(1526)夏雨成灾，河堰到处决口，吕枏差官领民夫堵塞决口。为防止洪水冲入盐池，早早地布置人夫高筑围墙，堵决口、筑围堰，他带病指挥抗洪。卷21《答内滨书》连续三信谈论此事，为公

---

① 吕枏著，米文科点校整理《吕枏集·泾野先生文集》，127页。
② 吕枏著，米文科点校整理《吕枏集·泾野先生文集》，701页。
③ 吕枏著，米文科点校整理《吕枏集·泾野先生文集》，148页。
④ 吕枏著，米文科点校整理《吕枏集·泾野先生文集》，125页。

之心,历历可钦。三年考绩,吕柟升职南京,临行,"士民无虑千数哭送至于河干,先生既渡河,犹闻哭声琅琅,乃口占一绝云:'试听黄河东岸哭,为官何必要封侯!'去后,州人感德不忘,为之立碑以纪其实,塑像以慰其思"(李开先《泾野吕亚卿传》)①。

养士劝学是吕柟终生用力之所在。吕柟著有《礼问内外篇》,以作士变俗为己任,任国子监祭酒时期,他以四书五经及《仪礼》为教材,把正心、修身、忠君、孝亲作为道德教育的基本内容,要求学生严格按各种道德规范和礼节约束自己。他说:"若无礼以堤防其身,则满腔一团私意,纵横四出矣。"②治理太学时他"本躬行以率之,正心修身为本,忠君孝亲为先"(《泾野吕亚卿传》)③,以躬行率之的道德师范,维护师严道尊。从"正己"入手,通过修身功夫,以达到张载所说的以天地万物为一体的精神境界。吕柟治校立教有一个对今天的教育仍然有启发的观念,即"严"与"宽"相济。因当时学风废弛,教育官员们多因循姑息,吕柟任国子监祭酒时期则严格要求太学生,因此有人劝他宽敷治校。吕柟解释了他对宽与严的理解:"宽非纵肆之谓,乃日刮月劘,以要其成,而不责效于旦暮之间。然曰敬敷,则又不可不谓之严矣。古称师严而道尊,道尊而民敬,意正在此。"(《泾野吕亚卿传》)④在教育上"宽"是什么?允许学生有一个成长期,而不是旦暮之间责其成。生长期内却需要日月刮劘锻炼,日日有所长进,在严格督促下,让人慢慢成长为才。宽与严的尺度是严加要求日用功,宽以时日待成才。这一对相辅相成的观念,启发世人。在吕柟的管理下,"太学有古辟雍之风"⑤。

---

① 见吕柟著,米文科点校整理《吕柟集·附录》,1326 页。

② 黄宗羲撰,沈芝盈点校《明儒学案》,152 页。

③ 见吕柟著,米文科点校整理《吕柟集·附录》,1327 页。

④ 见吕柟著,米文科点校整理《吕柟集·附录》,1327 页。

⑤ 冯从吾撰,陈俊民、徐兴海点校《关学编》,45 页。

　　吕柟著述丰富，涉及经史子集诸方面，同时代人为其作传记、墓志铭者罗列出他的多部著述，比如马理为之列了25种，李开先列出24种，薛应旂列了16种；乾隆年间吕柟的七世孙吕吉人认为吕柟的生平著作30部有奇，四库馆臣列了12种。赵瑞民教授的《吕柟著述知见录》①综合各种公私书目，考出33种，这是迄今最为详尽的关于吕柟著述的考证文章。可惜的是，多种著述未见流传，或已佚，至今能得到的有《泾野先生五经说》（包括《周易说翼》《尚书说要》《毛诗说序》《春秋说志》和《礼问》五种）、《四书因问》、《泾野子内篇》、《泾野先生文集》、《泾野先生别集》、《十四游记》等。其中，《泾野先生五经说》21卷和《四书因问》6卷，被收入《关学文库》之《吕柟集·泾野经学文集》，由刘学智教授点校；《泾野先生文集》36卷，入《关学文库》之《吕柟集·泾野先生文集》，由米文科教授点校。赵瑞民教授点校的《泾野子内篇》，《理学丛书》和《关学文库》都有收录。这些著述都是我们了解吕柟、了解明代关学的重要资料。

第二节　振拔学风　作士变俗：吕柟的教育观

　　吕柟赞美在高陵任师职的高俦，曰："初，先生之诲我高陵也，懦者振其志，暴者抑其悍，愚者开其蒙，敏者达其材，忠信者益其诚，贫者恤其私，质朴者成其德。高陵之士至今戴先生若父母焉。"（《高氏族谱序》）②高俦因材施教，根据学生品性培育其成人，因此懦者与暴者，愚者与敏者，忠信者与贫者、质朴者都能学有所成，而不以其资质不同有所取舍。吕柟认为跟随这样一位老师学习，学生都能成才。具体说来"因材施教"，就是根据学生品性，使其"开蒙、达材、振志、

---

① 见吕柟撰，赵瑞民点校《泾野子内篇》附录四，340—356页。
② 吕柟著，米文科点校整理《吕柟集·泾野先生文集》，42页。

益诚、成德、恤私、抑悍"。这既是高侨教学思想的总结,也是吕柟教育观念的体现。我们从分散于《泾野先生文集》的论述中,梳理一下吕柟的教育、教学思想。

首先,吕柟认为学者立志不在是否高远,而在是否继力以践行;学以定心为上,治学应定之于心而放之于行。"夫学者之于德也,不患立志之不高,患其力不足以继之耳。不患立言之不妙,患其行不足以充之耳。是故观苍海而叹汪洋,非得水者也;惟夫携侣以乘航,上瞻摇光,下穷尾闾者,斯得乎百川之会矣。睹岱岳而叹崒嵂者,非得山者也;惟夫奋足而蹑梯,下遗石间,上止天门者,斯得乎千峰之尊矣。"①吕柟以观海看山为喻,观海而赞叹大海之汪洋浩瀚,睹泰山华岳而叹服山势崔嵬,倘不去泛海登山,则不能真正了解水山之妙。因此,立志不在是否高远,而在是否落实在行动中;言辞不在是否美妙,而在言行是否一致。这一观点他在多种场合下反复讲述,并且推阐到治理社会中。比如卷2《送崔开州序》②:"夫政也者,教之成也。教也者,行之成也。夫士自始学即念利者多矣,得则喜,不得则忧,故心定者鲜矣。心不定,故廉耻寡;廉耻寡,故礼义忘;礼义忘,故无教。无教故不得士,不得士故无政,无政故百姓不安。故君子之道,定心为上。"治学在于践履,学不践行,等于未学。故"事至而谬,行出而戾,言发而违,则于经犹弗治也,则何居? 其经也,未有之于其心也。故曰:心定者,斯谓之经治;心不定,斯谓之经不治";"若夫经明矣,足不能惑;心定矣,卒不能摇"。为政的关键在教化,教化的关键在得士。评价读书人是否为有用之才的标准,则在其是否定心治经且知廉耻。让他痛心的是读书人念利者多,有学无行,导致士风败坏,"今之乱经者又多矣。以权者假,以术者贼,以功利者叛,以辞赋者荒,以

---

① 吕柟著,米文科点校整理《吕柟集·泾野先生文集》,233 页。
② 吕柟著,米文科点校整理《吕柟集·泾野先生文集》,54 页。

章句者支，以记诵者浅，以静虚者玄，以俗者卑，以名者袭。故治经求之于心而放之于行者鲜矣"。学风败坏的根源在于诚心正义治经且践行于世的读书人少。又批评当时一些执教者没有操守的现象云："夫得之司教者，或遗行而重文，或并其文而废之。"（《贺李掌教受奖序》）①吕柟对社会充斥着为教不仁、为学不行的风气极度愤懑。

其次，吕柟认为，教授者应善于因势利导，学习者应具有忠信善学、简淡坚持又能有所变通的品德。善教者能因势利导，"教学不明，士习颇僻，俗用偷敝"。"故道立而后化行，法备而后教广。善教者因其人而导之"②。具体做法如："聪察问辩者，矫之以默；质朴迟钝者，激之使敏；暴悍者，抑之使顺；委靡自废者，鼓其气，使之奋然以有为。"③吕柟在《送李时馨序》中列举了十种人，除以上四种外，还有"昏昧者、浅陋者、耽玄而遗事者、攻文辞直记诵不成于用者、安于卑近者，修饬其外者"六种，对这些属"人情之偏"的人各采用针对性措施，"能救斯十者，则能为人师"。但仅此还远远不够，因为人情之偏变幻无尽，为师者可类推施教，"凡因问而答，随感而应，如造物者也"，这样的教师才是真正"善教者"。善学者有"五美"，《别寇子惇序》④曰："夫学有五美亦有五不美。夫忠信不谲则美，固执有志力则美，简淡则美，不畏高明虐茕独则美，持此道终其身不易则美。""五美"的反面是"五不美"："夫忠信不谲弗克明，则或速欺侮则不美；固执有志力弗克变，则事愤则不美；简淡之流弊，守雌守黑则不美；不畏高明虐茕独，乃或长傲长奸则不美；持此道终其身不易而不知也，则差毫厘缪千里则不美。"从学习者的美与不美来看，需要一个度的把

---

① 吕柟著，米文科点校整理《吕柟集·泾野先生文集》，63 页。
② 吕柟著，米文科点校整理《吕柟集·泾野先生文集》，12 页。
③ 吕柟著，米文科点校整理《吕柟集·泾野先生文集》，12 页。
④ 吕柟著，米文科点校整理《吕柟集·泾野先生文集》，13 页。

握,学习态度应该忠信不谄、志力坚持等,但也要善于变通,不可食古不化、泥而不通。其中"不畏高明虐茕独"条,颇具破除权威、追求真知、学术平等的进步精神。

再次,吕柟提出了许多具体的教育方法。比如,认为小学教育的内容极其重要。卷3《小学训序》是写给李白夫的十四岁儿子的。此子名得友,从四川来到高陵跟随吕柟学习,吕柟为其制定了学习计划为:"予……惧其蒙养或未正也,于是取小学诸书分类训之,令日诵习焉。其篇:曰扫洒,曰应对,曰视听,曰手仪,曰足仪,曰衣服,曰饮食,曰礼训,曰乐训,曰射训,曰御训,曰书训,曰数训,凡十三篇。……夫小学之教不行,则治身无法,治天下无具。得友其勿忘乎此哉!"①卷20有三封信,谈及李白夫从四川剑门遣送两个儿子得舆、得友到高陵,从吕柟学之事。后李白夫升职临安,两个孩子回到他身边。吕柟在信中嘱咐李不要让这么小的孩子外出求学,信曰:"再嘱二子,到家可防闲,勿再令远出求师。只守庭训,自当大成就。大抵年未老成,学未卓立,远出,鲜不被小人诱也。"(《复李白夫书》)②虽勿令远出求师的理由是防止被小人引诱,客观上利于少年儿童的身心成长。又认为为学莫如去过:"夫为学莫如去过。去过殆如去病,所病不同,为医亦异。一病既去,百体咸嘉。故虽商汤以改过不吝为称,而孔子以闻过为幸。见过自讼,为未见也。"(《秋江别意诗序》)③改过自新是为学的最佳途径。

科举时代的读书人如何对待举子业,向来颇费思量。吕柟作为由科举晋身,且夺得魁首的中式者,他不反对科举,但明确地反对唯科举是从,尤其反对把参加科举当作求取功名利禄门径的做法。《泾

---

① 吕柟著,米文科点校整理《吕柟集·泾野先生文集》,85页。
② 吕柟著,米文科点校整理《吕柟集·泾野先生文集》,688页。
③ 吕柟著,米文科点校整理《吕柟集·泾野先生文集》,200页。

野先生文集》卷 4《易经大旨序》指出："夫世有二学,一曰性命学,二曰举子业学。为举子业学者,或背经而荡于辞;为性命学者,或浚经而沦于空。之二者,于治道皆损焉。夫举子业与性命岂有二乎哉?……昔程子教门人十日为举子业,余日为学。予亦尝疑焉,将程子不以圣人道待举子邪?若知性命与举子业为一,则干禄念轻,救世意重。周之德行、道艺,由此其选也;汉之贤良、孝廉,由此其出也。"①吕柟认为当时为学有性命学和举子业二途,凡为举子业者,则驰骋于言辞,实际上违背了儒家经典的精神;而为性命学者,如果只是把目标定于疏通经文上,则遁入虚空的陷阱。若如程门教学把举子业学与性命学(安身立命之学问)虽合二为一,也不够理想,因为程门只是在时间上强行为合:十日为举子业,余下的二十日为性命学,究其实还是两途。最理想的为学意趣应"干禄念轻,救世意重",一切从救世着眼。吕柟虽不反对举业,但提倡不唯举业,难能可贵的是,他认为求道应有"志"和"力"。《泾野先生文集》卷 8 的《田氏家乘序》,就举人田子中来求序以传布家乘之事,提出:"是传田氏于千百年者,在子中不在文序。望子中于千百年者,在斯道不在科甲。……夫省科,子中已有之。所将有者,进士科也。苟徒以是为足,而不惟斯道之求;又或斯道之求也,志忽于隐微,力辍于流俗,则子中……亦不能增美,而予之序又岂能有加于庐陵者哉?"②守正除邪、诚心力行、齐家睦族,都是求道得道,而不在于科举是否中第。再如,吕柟赞美容思段先生"志节高峻,言不空发。……盖先生仁以及民,皆出心诚之求;义以守身,皆本志道之定。负休休有容之量,抱謇謇匪躬之忠"(《容思先生年谱序》)③。此文的容思先生即兰州人段坚,其承

① 吕柟著,米文科点校整理《吕柟集·泾野先生文集》,118 页。
② 吕柟著,米文科点校整理《吕柟集·泾野先生文集》,296 页。
③ 吕柟著,米文科点校整理《吕柟集·泾野先生文集》,297 页。

传河东学派,是私淑薛瑄而有得的学者。吕柟认为段坚言不空发,仁以及民,义以守身,都应得到盛赞,是真正的为师长者。

明代科举以四书五经命题,对四书五经怎样读、怎么考,吕柟曾担任官师及考试官,因而也提出了自己的看法。"某官某人考《易》,深贵显,远贵近,虚贵实,异贵经,小贵大。某官某人考《书》,杂而不理,非精也;同而不殊,非一也。某官某人考《诗》,成心忘者其辞冲,隘心去者其辞邃,妒心横者其辞险。某官某人考《春秋》,正传以发经者为上士,假传以求经者为中士,泥传而废经者为下士。下士勿取。某官某人考《礼记》,迂者陈古而周宜,荡者徇时而忘旧。迂则不行,荡则非止。四书者率此者也。论者以此议者也,策者以此测者也,诏诰表判者以此准者也。"(《陕西乡试录前序》))①五经各有读法,亦各有考查评判原则,但总的来说,不可拘泥于经文,而在于宽扩心胸,鉴古知今,学以致用。因此,读书的目的不是积攒异说奇行以炫博,更不是立异猎奇。

因此,治理社会应以整肃士风为起点,倘若士夫师生都能做到行己有耻,社会亦将向善。"夫子云'行己有耻'者,此其人也。今天下士风颓靡,士一入郡县学,多为媚礼干有司,以免役而丐利。既入国学,多托亲故干司成,以鬻假而速历。于是,例贡生道长,岁贡生道弃。虽至铨以仕者,往而不返也。"文司训虽仕途淹蹇,却慨叹:"又岂能如今州县吏奔走跪起以媚悦人者乎?"(《送文黎城司训序》))②士风颓靡到如此不堪的地步,吕柟对现实采取批判的态度,同时又没有完全失望,而是期望从一人一事做起,改变士风世俗,这是一个儒者博大仁慈的胸怀。论及士风败坏、学风空疏之变化,他认为有些教师本身就存在许多问题。卷3《送李新安序》,因太学上舍生李邦宪(字

① 吕柟著,米文科点校整理《吕柟集·泾野先生文集》,73页。
② 吕柟著,米文科点校整理《吕柟集·泾野先生文集》,90页。

希尹）得迁新安司训，吕柟以序赠。序曰："予闻弘治成化以前之师，笃于亲以来孝，厚于兄弟以来友，薄于财以来廉，敏于自责以来耻，言行同以来实，遍于背诵以来业，发真启性以来义。是故，朝入而朝益，暮入而暮益。日有所渐，月有所改，岁有所化，而不自知其大异于庶民也。当是时，虽驱之使去，盖有不欲者矣。自弘治末年以来，媚师以势教，鄙师以利教，懦师以悍教。夫惟以势为教也，士固有青衿居而奔竞心者矣。夫惟以利为教也，士固有诗书诵而金帛志者也。夫惟以悍为教，士固有孱弱躯而跋扈行者矣。"①教师的作用很大，教师以势、以利、以悍为教，士风必然大坏。吕柟区别师风以弘治末年为断限，之前师者为庶民的模范，因此从师者学，则日有所进，时有裨益。之后，师者或媚或鄙或懦，因而与师者交往，则口诵诗书，心向宝帛，造成身躯孱弱、气焰猖獗跋扈的恶习。吕柟曾在翰林院讲经筵，在南京任国子监祭酒，他对教师德行的重要性有深切体会，如他认为："至诚之道不行于天下者，则以学者虚而不真，仕者猾而鲜实耳。学不真，故俗弊；仕不实，故政偷。俗弊，故治日少；政偷，故乱日多。"（《新建元城书院记》）②元城书院，在司马光弟子刘器之的故乡所建。刘器之"遭变不渝，人称为铁汉"，吕柟敬重其人，于是为新建元城书院作记，希望能培养学真之士，为政府输送人才。涵养士风的关键是读书人以至诚求真为目标，倘若学者虚而不真，仕者猾而鲜实，就给社会带来一系列弊端：仕猾、俗弊、政偷，进而乱象横生社会动荡。士夫治学的关键在贵识且用心力，"夫学之道一贵识，二贵力。力而不识，虽行不至。识而不力，与不识者同"（《别张师孔序》）③。致力于学且获得远见卓识，那么就不会被外在的俗念所左右，所谓"夫士患

---

① 吕柟著，米文科点校整理《吕柟集·泾野先生文集》，99 页。
② 吕柟著，米文科点校整理《吕柟集·泾野先生文集》，515 页。
③ 吕柟著，米文科点校整理《吕柟集·泾野先生文集》，157 页。

夺于外者,志弱也;士患狃于近者,见小也"(《蒲津话别序》)①。学风端正,则士风振拔;士风振拔,则世风向上;世风向上,则社会走向治世。这一治理社会的路径,是吕柟所向往的。

倡学养士是儒家治理社会的一条重要途径,随着明代中期社会经济发展,世风日渐奢靡,人心迷荡,有识之士对社会弊端看得清楚,也希望能纠弊向好。吕柟认为最大的问题在于虚言矫饰掩盖了社会问题,尤其是作为社会中坚力量的士夫阶层,曲学阿附、诌媚取容成风。现实的社会问题,不仅难以靠士夫主动去发现、解决,而且这部分人进一步败坏了世风,加剧了社会矛盾。吕柟对国家本要抡才取士,却被夸辞无行之徒窃取公器的情形,满怀忧愤。他揭露这种无行之徒一旦做官后更是依违利害,模糊是非,富贵至乎其身,危殆及乎国门。个人既富且贵,国家且危殆在前了,因此"夫国家取人以言而用人以行,则言行非两物也"(《山西乡试录前序》)②。通过科举所取人才言行一致,是理想状态。然而实际情况是"某尝遍观尔文矣,论仁惟恐不如舜,论忠惟恐不如周公,论圣惟恐不如孔子。有司者既已心悦口诵、目击把玩之矣。所望于诸君子者,其行之无改乎!"③(《乡试录后序》)某些士子秀才作文论言,慷慨陈词不嫌登峰造极,而观其行止则无落实处。吕柟希望中举的人都要言与行一致,要记得济世救民的责任,切不要地位一变就变换了嘴脸。学生曾问他读《尚书·大禹谟》的心得,他回答说:"且不要说尧舜是一个至圣的帝王,我是一个书生,学他不得。只道不虐无告,不废困穷,日用甚切。如今人地步稍高者,遇一人地步稍低者,便不礼他,虽有善亦不取他,

---

① 吕柟著,米文科点校整理《吕柟集·泾野先生文集》,155 页。
② 吕柟著,米文科点校整理《吕柟集·泾野先生文集》,122 页。
③ 吕柟著,米文科点校整理《吕柟集·泾野先生文集》,122 页。

即是虐无告,废困穷。"①"不虐无告,不废困穷"是儒家的优良传统,吕柟希望读书人要付诸行动中。除了批评士风鄙薄的某些现象外,他还借古讽今,比如他斥责富贵及身却卖友求荣、曲学阿世的公孙弘,认为他败坏了世风人心。"昔者齐辕固生及公孙子并举于汉,辕生直,公孙子反目事之。……今观公孙之策,其不合于尧舜周孔者鲜矣。及其行也,以一布被谀言入武帝之左腹,乃卖长孺,黜仲舒,使汉治虚耗而危乱,皆曲学之罪也。诸君子能不怵惕于中乎?夫士之且仕也,其言仁智忠圣若是切矣。及其既仕也,……甚至依违利害,模糊是非,终其身老于位,无毫发裨世而止以富贵毕。"(《乡试录后序》)②吕柟的乡试录前后序文严厉地谴责有些士子参加科举考试时,言辞冠冕堂皇,为官后却唯利是图,完全忘却了经书要旨的行径。吕柟下猛药、针砭士风,目的在于提醒这些新科中举的未来官员们,看清楚这种士病时弊,以便"怵惕于中",警示自己,成为一位有良知、良心的官员。

当吕柟看到虚言大话、妄语空言成为时代痼疾时,他希望通过士夫阶层的共同努力,改变社会风气。"故君子举诚以醇俗,登节以格天,贡直以定经,称仁以广化,发孝以罗忠,褒廉以阜财,援智以存略,汲敬以立纲。"(《乡试录前序》)③这是他的出发点,也体现了一位仁厚长者力图端正学风、士风,以改造社会的追求。

第三节 致力讲学 关学中兴:
吕柟的讲学成就

如果说黼黻帝躬、以临下民是传统士大夫治理社会的理想路径

---

① 黄宗羲著,沈芝盈点校《明儒学案》,145 页。
② 吕柟著,米文科点校整理《吕柟集·泾野先生文集》,123 页。
③ 吕柟著,米文科点校整理《吕柟集·泾野先生文集》,71 页。

的话,那么,这一向往在薛瑄身上体现得尤为明显。薛瑄在朝廷虽有
疏表与皇帝争论,一旦发觉自己的主张不为皇帝所用时,则辞官致
仕;致仕期间则以教导族人参加科举考试,争取为官一任造福一方实
现安身立命、治理社会的途径。吕柟在具体做法上,比如主张"毋徒
举业以要利禄,毋徒任重弗克有终"①,比薛瑄走得更远,但在治世理
念上,则秉持了薛瑄的一贯主张:通过振拔士风,作士变俗,达到治理
社会的目标。因此,吕柟不仅从理念上注重对士风的纠治和培养,在
行动上,除了身先示范,以身作则,以身教典范外,还通过不断讲学,
宣讲关学思想价值的精髓,从而在一定程度上,改善了关中学风,也
使关学在明代中期得到中兴。

关于明代关学及学风建设,长期以来得到时彦关注,如马涛《论
薛瑄与明代的关学》(《孔子研究》1991 年第 3 期),论述了薛瑄对关
学的贡献。萧无陂《吕柟与关学》(《船山学刊》2007 年第 4 期)就吕
柟的学派归属问题进行辨析。刘学智的《冯从吾与关学学风》(《中
国哲学史》2002 年第 3 期),界定关学内涵,阐明冯氏之"集大成"作
用。但对吕柟这样一位重量级的中兴关学的教育家、思想家,对其讲
学实践的关注还不够深入,对其何以且如何振兴关学的动因及实施
办法还未细化。本文围绕吕柟之讲学实践,考察他的学术宗旨,说明
其在振兴关学上所起的作用,并试图辨析历来史传中给予吕柟的评
价是否确切。

(一)讲学不辍　学肆而辨

吕柟年十四获超补郡廪膳生,十七八岁时,便被拔入正学书院学
习。因名声显著,地方当政者欲援引为坐馆塾师,柟坚辞不就,于是
在开元寺开馆授徒。这是他讲学实践的开始。此后,他先后在十二
处讲学,时间长达四十余年。为清晰起见,笔者特综合各文献记载,

_____

① 冯从吾撰,陈俊民、徐兴海点校《关学编》,41 页。

把吕柟的讲学经历列表如下：

吕柟讲学经历表

书院名称	主讲时期	著述	备注
开元寺	弘治十年（1497）后		
云槐精舍（今陕西高陵）	弘治十四年（1501）前正德年间亦时来讲学	《云槐精舍语》《云槐精舍记》	
宝邛寺（北京）	弘治十五年（1502）后至正德三年（1508）		
东郭别墅（高陵）	正德五至七年（1510—1512）		
东林书屋（高陵）	正德九至十六年（1514—1521）	《东林书院语》《东林书屋语》	
解梁书院（今山西运城）	嘉靖三至六年（1524—1527）	《解梁书院语》《端溪问答》《张子抄释》《周子演》《程子抄释》初刻于解梁书院	修成《解州志》《阳武县志》
柳湾精舍、鸳峰东所、太常南所（均在南京）	嘉靖六至十四年（1527—1535）	《柳湾精舍语》《鸳峰东所语》《太常南所语》	
国子监（北京）	嘉靖十四至十五年（1535—1536）	《太学语》《监规发明》（已佚）《朱子抄释》	编刻《仪礼图解》《诗乐图谱》
礼部南所（南京）礼部北所	嘉靖十六至十八年五月（1536—1539，5）	《春官外署语》《礼部北所语》	《宋四子抄释》刊刻
北泉精舍（高陵）	嘉靖十八年至二十一年（1539—1542）		吕柟修成《高陵县志》并序

　　注：本表综合冯从吾《关学编》及《明史》本传、《吕柟先生文集》、《泾野先生别集》、《泾野子内篇》等著作所述而撰。然以一己之力寓目文献，或不免罅隙存焉，俟贤者指教。

　　综合上表,吕柟讲学主要在四地:家乡高陵、北京、解梁(今山西运城)、南京。可大致分为四个时段。其中,乡试之前,是他初涉讲学,尊奉和吸收程朱,尚无自己明确的学术宗旨,只是一般的开馆授徒。这一阶段大约有四五年。

　　第二阶段,在北京和家乡高陵两地讲学,自弘治辛酉(1501)乡试中举,至正德十六年(1521),约二十年。进士及第前在北京的六年,他除入太学学习外,还"与三原马伯循、秦世观,榆次寇子惇,安阳张仲修、崔仲凫,林县马敬臣诸同志讲学宝邛寺。尝约曰:'文必载道,行必顾言。毋徒举业以要利禄,毋徒任重弗克有终。'日孜孜惟以古圣贤进德修业为事"①。开始有了明确人生方向,即不以科举为业,而"日以进修为事"②。正是因为有了坚定的人生信念——不以科举为业,不惮任重道远,做事要有始有终——反而能在会试中取得第六名的好成绩,更因殿试表现出色而被钦点为状元。正德五年(1510)因担忧时局混乱和权阉迫害,吕柟第一次辞官。乡居期间他先在东郭别墅讲学,四方学者日集,吕柟声望日著。正德七年(1512),吕柟起供原职,但到正德九年正月上元节,因武宗放烟花导致乾清宫火灾,损失严重。吕柟应诏上书六事,切中时弊,皇帝却不予理睬。吕柟看到救弊无望,只好再次引疾归里。这次回乡讲学,东郭别墅已不能满足四方慕名而来的众多学者,于是另辟东林书屋。这一阶段,两次大起大落的人生经历,同志执友的相互切磨砥砺,使吕柟逐渐明确了自己的学术取向:取张载关学改良程朱理学,由程朱上归孔孟。

　　第三阶段,谪判解梁的三年。正德十六年(1521)三月,武宗卒于豹房,世宗随即登极。因吕柟声名卓著,很快被诏起用,"复馆职,纂

---

① 冯从吾撰,陈俊民、徐兴海点校《关学编》,41页。
② 马理《南京礼部右侍郎泾野吕先生墓志铭》,见马理著,许宁、朱晓红点校整理《马理集》,330页。按:下文引马理此铭,标作"马理《吕先生墓志铭》"。

修武庙实录"①。但到嘉靖三年,由于大礼议事件中,吕柟站在与皇帝对立的朝臣立场上,委婉地批评皇帝破坏礼制,因而与另一名臣邹守益一起被下狱,不久贬谪判解梁。在解梁期间,他"不以迁客自解,摄守事,兴利除害若嗜欲"②,还兴办解梁书院。很明显,这一时期,他学以致用,躬行实践,把其独特的学术宗旨贯穿到社会治理中,并卓有成效。

第四阶段,在南京、北京、家乡高陵讲学。约十五年。这一阶段,他著书立说,躬行礼教,敦本尚实,复兴关学。

(二)继承程朱　宗推张载

吕柟是河东学派薛瑄的四传弟子,"柟之学出薛敬之,敬之之学出于薛瑄,授受有源,故大旨不失醇正"③。河东学派自薛瑄开宗就"融合关学,修正朱学,并开始向张载气学复归"④。由于地域关系,他对三原学派的开创者王恕尊敬有加,与三原学派重要人物马理、韩邦奇关系密切。这样他天然地受到关学学风的熏染,对关学尊崇有加。这在其讲学中有具体表现。

弘治辛酉(1501),吕柟举于乡,中举前开馆授徒所讲授的内容,已不得而知。现存吕柟《泾野子内篇》开头两卷的《云槐精舍语》,是他讲学时最早的语录。语录标注有"正德年间语"字样,云槐精舍在高陵东郊。吕柟中举后赴京参加礼部试,不第,入国子监为太学生并僦馆与马理、崔铣等相切磋。此后主要在京师生活,至正德五年(1510)第一次辞官归里,辟东郭别墅为讲学场所。故《云槐精舍语》的"正德年间语"字样,应指他居京城时期或回乡之际,到云槐精舍讲

---

① 马理《吕先生墓志铭》,见马理著,许宁、朱晓红点校整理《马理集》,331 页。
② 黄宗羲著,沈芝盈点校《明儒学案》,137 页。
③ 永瑢等《四库全书总目》,1571 页。
④ 马涛《论薛瑄与明代的关学》,《孔子研究》1991 年第 3 期,97 页。

学的经历和感悟。

云槐精舍在"邑郊东后土宫",彼时此处槐树密植,树龄有长达二百岁的,"虬枝蟠干,蠹入穹窿"①,叶茂花繁时节,"昼盖日,夜映星月。时与泾云渭雾萦绾绸缪,接秋花开十里,外望之黄如金山。长夏居之,不知酷暑;风雪交零,宛非人世。时有奇羽灵禽栖鸣其上,如鼓笙簧"②。《泾野先生文集》卷 36 有《试云槐精舍诸士》③一组策问题目。逐一分析这组题目,可以探明吕柟对士子学习志趣的引导,亦可知其讲学主旨。

这组策共六问。第一策就史上称颂的周之"成康之治"与汉之"文景之治"做比较,认为文帝时尚重黄老,使贾谊的治安之策未能得以尽用,赶不上成康时期,于是问:"说者谓有是君则有是臣,汉君臣如此,而史氏之言果溢美乎,抑别有其说耶?"第二策则直逼读书与为学的目的而问,指出时弊在于:"夫读书今谓之学,亦有读其书而不知学者,往往是也,其故安在?"于是问:"将读其书而废其学乎,此尤不可也。必也不失读之之法而有以得乎!为学之道,其究安在?"提炼这一策的本义在于,问者认为"读书不等于为学",联系吕柟的讲学内容,他侧重于学以致用,读书不应是博取功名利禄的敲门砖。启发学生端正学风。第三策,就宋朝以文官节制兵权来映射明朝出现的问题,"民贫困而文莫能恤,虏跳梁而武莫能抗。则用文同宋亦无补,而用武异宋亦无益。无亦宋之法不可行于后世,而政体不一,又别有其说耶?"这一策直接应对的是国家政策,议论时政。第四策,就颜子好学得圣人之道,与大程聪明好学却未得圣人之道辨析原因。这一策要求"愿尽言之以为共学之助"。第五策,标引汉魏唐宋之贤相,指

---

① 吕柟著,米文科点校整理《吕柟集·泾野先生文集》,481 页。

② 吕柟著,米文科点校整理《吕柟集·泾野先生文集》,481 页。

③ 见吕柟著,米文科点校整理《吕柟集·泾野先生文集》,1087—1089 页。

出："夫士之读书,将以修身而论世。如或知尔,则何以哉？"第六策,
首先提出议题"养民莫如财,卫民莫如兵,故民穷则盗起,兵弱则寇
侵"。既而陈述当代的税赋名目之繁、兵卫设置之密,却出现"至一遇
军国之需犹告乏而不能济者,其故安出？""至一遇风尘之警犹缺伍而
不能捍者,其咎安在？"估计这一条针对的是严峻的边疆形势,所以吕
柟恳请"是皆时务之急,诸生不可以莫之讲也"。

　　六策中,二、四、五策都是针对读书的根本目的而设问,尤其第二
策,直截了当地指出读书不等于为学。这三策都指向学风建设,表明
了吕柟反对读书仅以科举为目的的空疏学风。三、六策都是具有鲜
明针对性的时政题目。第一策则要求辨析"定论"、"成见"。需要说
明的是,明朝实行科举选官,在考试方式上,科举制以书义来考核士
子掌握《四书》的程度,用策论来了解对经史的掌握和应用能力,用诏
诰律令检查对典章律例的熟悉情况。其实,三场考试中最重要的是
第一场的四书经义,如果这场所作的经义八股文没得到内帘官赏识,
后面的策论一般得不到考官的关注。从教育内容上,与科举无关的
内容往往被排斥在读书人的阅读视野之外,甚至读书人皓首穷经,专
攻一经,其余经史子集都束之高阁。这种情形较为普遍,比如"后七
子"的宗臣,在进士及第后观政吏部期间,才从李攀龙那里看到《史
记》。学专而识陋,造成教育、学术的空疏。因而后来顾炎武批评明
代生员,不能通经知古今,不明六经之旨,不通当代之务①。而吕柟
的策问引经据史,融汇古今,又着眼现实。说明吕柟反对以读书为猎
取功名的进身之阶,反对生员沦为四书五经的副墨洛诵之徒。关心
时务是关学的鲜明标志。关学从张载创立时起就有强烈的求实精
神,张载为学不尚空谈,吕柟正是汲引关学之求实来纠正空疏学风

---

① 参见顾炎武撰,华忱之点校《顾亭林诗文集·亭林文集·生员论》,中华书局
　1983 年,21—22 页。

的。值得注意的是,这组策问的题目是《试……诸士》,而不是"诸生",表明虽然他在讲学,但视诸生为友,不以师者自居。

"君子习文不如习行,习行不如习心。习心以忠信,而文行在其中矣。"(《云槐精舍语》)①强调忠信、践行而不要流于文辞言语,这是吕柟反复教诲诸生的。

对科举中式者,吕柟更是一再敦促他们关心时务。正德十四年陕西乡试后,吕柟应邀代作《陕西乡试录前序》《后序》。两序核心论点都是要求中式的举人应言行合一。他提出国家抡才取士的关键在"明当时之务"。常言有"识时务者为俊杰",那么"时务"是什么? 如何能成"俊杰"? 能通过层层筛选中举者俨然如俊杰,但身为举人即俊贤吗? 在《乡试录后序》②中,他问道:"夫二三子,固今日之俊贤也。有司者已即其言占其行而取之矣,不知他日能酬斯志否耶?"名义上的俊贤能否成为名副其实的俊贤,关键要看日后的行动。"夫所谓时务者,非媚俗以同尘也,非附势以窃荣也,非避危以苟安也,非取便以合乖也,非罔人以谋利也。"在《陕西乡试录前序》③中他一再强调:"二三子如捐行而惟言之华,弃义而惟利之图……则天下之忧何时而已也?"认为那些兢势射利之徒、媚世蹈俗之众,社会危害严重,这样的人中举中进士、为仕为宦将败坏天下社稷。如果读书仅为求取功名富贵,则会出现"有知荣身而不知荣君,知安家而不知安国,知附上而不知附下,知避害而不知避污"④之败类,这样的人入世为官,就会导致"财屈而兵羸,民怨而神恫",这类人就是孔子所鄙视的"异端",众士子要避免沦为这种祸害天下的人。

---

① 吕柟著,赵瑞民点校整理《泾野子内篇》,7 页。
② 吕柟著,米文科点校整理《吕柟集·泾野先生文集》,72 页。
③ 吕柟著,米文科点校整理《吕柟集·泾野先生文集》,73—74 页。
④ 吕柟著,米文科点校整理《吕柟集·泾野先生文集》,74 页。

（三）躬行实践，修正程朱

《明史》吕柟本传说："柟……官南都，与湛若水、邹守益共主讲席。……时天下言学者，不归王守仁，则归湛若水，独守程朱不变者，惟柟与罗钦顺云。"①吕柟果真"独守程朱不变"吗？经考察，《明史》的这个观点很值得怀疑。

吕柟讲学不同于前儒，其教学方式重辩难、善启发，主旨是培养能"断以独见"的人才。吕柟有多部诠释经、子的著述，均以"问"、"说"、"抄释"之类命名。吕柟的这类著述看似"述而不作"，却不同于一般的解经书籍。明儒不少人对程朱经传加以整理、集注，使之成为整齐划一的、得到官方认可的系统学说。这种做法的目的不在于弘扬学术，而在秉承皇帝的旨意，以确保程朱理学的独尊地位。讲学也以灌输的方式，培养出循规蹈矩、墨守尺度的循吏，而非有思想、有辨识的人才。著书立说的目的是为了配合学校教育，以制造科举人士为目的，这种状况严重阻碍学术的进步。吕柟则看到问题的严重性，他的"抄释"虽然形式类同前儒，也是以经义注疏的方式写作，但其原则是"断以独见，归于至当"（《刻圣学格物通序》)②。"独见"则非人云亦云，"至当"则非天理认定。讲学内容虽不外当时最常见的四书五经，但讲学方式却大大不同于学校的灌输，不是一言堂，而是采用活泼的问答启发式教学，故今存的《泾野子内篇》都是师生问答、辩难的记录。他的辩难式教学，允许并鼓励学生发表见解，相互之间通过辩难得出正确认识，并指导和约束自我行为。

吕柟对于格物的内容和朱熹的看法不同。他认为朱熹的格物内容太泛，容易造成学者注重格物，忽视诚意，只在知识上下功夫，不能时时关注身心修养的弊病。他认为朱子以诚意正心告君"虽是正道，

---

① 《明史》，7244 页。
② 吕柟著，米文科点校整理《吕柟集·泾野先生文集》，172 页。

亦未尽善"①。他认为格物之"物",包容广泛,"凡身之所到,事之所接,念虑之所起,皆是物,皆是要格的。盖无一处非物,其功无一时可止息得的"②。可见,吕柟"物"的概念,超出物质范畴,还包括社会关系及个人认知的层面。这与张载"物吾予也"的观点一脉相承且有发展。他多次强调"下手去做",认为:"须将圣人言行,一一体贴在身上,将此身换做一个圣贤的肢骸,方是孝顺。故今置身于礼乐规矩中者,是不负父母生身之意也。"③这是以张载修正朱熹,他领悟并贯通张载学术思想的真谛,把张载学理贯彻执行到世俗生活中,用张载学说指导现实伦常礼仪。他说:"夫孔子之道,非有异说奇行,即斟酌二帝三王之道,以为人伦日常之用耳。"(《陕西乡试录后序》)④在解梁的三年他下手去做,把学理贯彻到实践中。

　　嘉靖三年(1524)八月,他谪判解梁,到任不久,"会守缺,先生摄事,不以迁客自解免"⑤。在解梁他施展了一系列行政措施,"恤茕独,减丁役,劝农桑,兴水利,筑堤护盐池,行《吕氏乡约》及《文公家礼》"⑥。建解梁书院,纠正当时士人"视圣学与举业为二"的不良风气,教诲"若知性命与举子业为一,则干禄念轻,救世意重"⑦。因政举化行,解梁民风丕变。解梁书院的学风大变,名声远扬,甚至在吕柟离开多年后,他制定的书院条规依然执行。《泾野子内篇》卷19的《再过解州语》,记录了吕柟从南京回乡路过解梁时受到士夫欢迎的情形。

---

① 黄宗羲著,沈芝盈点校《明儒学案》,145 页。
② 黄宗羲著,沈芝盈点校《明儒学案》,148 页。
③ 黄宗羲著,沈芝盈点校《明儒学案》,151 页。
④ 吕柟著,米文科点校整理《吕柟集·泾野先生文集》,74 页。
⑤ 冯从吾撰,陈俊民、徐兴海点校《关学编》,44 页。
⑥ 《明史》,7243 页。
⑦ 吕柟著,米文科点校整理《吕柟集·泾野先生文集》,118 页。

吕柟讲学解梁书院时期，聘请多位名士来讲学。在《泾野先生文集》卷36中有这时期出的七组策问题目，都注目现实，关心时政，要求诸生能"酌古准今"，不要变成穷经皓首的腐儒。特别是第四组的《试河东书院诸士》，问孔子晚年仅仅用一二年时间编订了六经，但今之学者"或治一经至白首而未精，其故何欤"①，今人或终生不得通一经的根源何在？这一问仅是入彀引线，随后引出议论：先儒治一经便可"断狱"、"相国"、"救时"、"佐天下"，诸生应如何"穷经以致用"？这一发问方是策试目的所在。"穷经以致用"是吕柟讲学、策士的根本宗旨。这一宗旨的贯彻扬厉，是关学得以中兴的关键。

在解梁的第三年（嘉靖五年丙戌，1526），解梁书院陆续刊刻吕柟编纂的《横渠张子抄释》《周子演》《二程抄》，吕柟分别为序。日后吕柟应弟子之请加《抄释朱子》，成《宋四子抄释》刻诸江南。他最推尊张载，认为张载的《二铭》《正蒙》《理窟》《语录》《文集》等"诸书皆言简意实，出于精思力行之后。至论仁孝、神化、政教、礼乐，自孔孟后未有能如是切者也"②。取二程，在于"其言行多发孔孟之蕴"③。在解梁的三年，他"以作士变俗为己任"。为政则"不虐无告，不废困穷"④，讲学则"教人因材造就，总之以安贫改过为言，不为玄虚高远之论"⑤。以踏实的实践，履行自己的理念，纠正空疏的学风和世风。

正德、嘉靖以来，讲学之风日盛。王守仁心学就在此阶段兴起。对王学主张，吕柟虽不尽赞同，却采取宽和的态度且赞同王守仁积极进取的精神，且处处护佑不同学术流派，支持阐发不同见解，认为："不同乃所以讲学，既同矣，又安用讲耶？故用人以治天下，不可皆求

---

① 吕柟著，米文科点校整理《吕柟集·泾野先生文集》，1092页。
② 吕柟著，米文科点校整理《吕柟集·泾野先生文集》，131页。
③ 吕柟著，米文科点校整理《吕柟集·泾野先生文集》，132页。
④ 黄宗羲著，沈芝盈点校《明儒学案》，145页。
⑤ 冯从吾撰，陈俊民、徐兴海点校《关学编》，46页。

同,求同则谀谄面谀之人至矣。"(《泾野吕先生语录》)①他较早觉察到"心"一旦放开,"若无礼以堤防其身,则满腔一团私意,纵横四出矣"(《泾野吕先生语录》)②的流弊,故而对"良知"、"致良知"以及阳明之学都有所评判取舍。他不仅能与心学湛若水、邹守益"和而不同",还曾亲自去泰州拜访王艮,与之谈学论道。这些都表明其开明的学术态度、从善如流的治学精神。

吕柟通过讲学,弘扬圣贤之学,推动了学术的传播和交流。他制订学规,践履乡约,一定程度上纠正学风、世风。他的学术思想开明,信念坚定,对程朱理学能批判地吸收,而非固守不变。

第四节　统理成章　旨趣悠然：吕柟的文章观

关中四先生生活的时代,正是明七子文学复古运动兴盛、唐宋派声气显彰的时期。马理、吕柟、韩邦奇与前七子中的李梦阳、何景明、王廷相、康海、王九思均有交谊,读他们的文集、诗集,或见书函往来,或有赠序互答,或诗文相唱和;也有不少不谋而合的文学主张。但最终,七子派走上了以复古振兴文学,以文学救弊拯世的道路,在文学史上开辟一片新壤。而四先生则不屑于古文辞,坚持文以载道的儒家文统观,对文学史似乎没有什么贡献。事实上,四先生每个人都有热爱文学写作的经历,终因学术积累、思辨而放弃对古文辞的爱好,而转入安身立命之学。在这样的观念下,他们具体的文学评论和文学创作成就呈现怎样的面目? 以下试论吕柟之文学创作。

吕柟的文学创作活动最早始于何时,已经不得而知。但从《泾野先生文集》卷 1 诸序文中,可以看到他在京城时期参与的诗文雅集活

---

① 黄宗羲著,沈芝盈点校《明儒学案》,139 页。
② 黄宗羲著,沈芝盈点校《明儒学案》,152 页。

动很多。其文集的第一篇序是《太学送张仲修序》，文曰："弘治壬戌之冬，西渠张子仲修自太学归章德。同志之士矢诗以别，令予为序。"①弘治壬戌为公元 1502 年。前此一年，吕柟以第十名的成绩举于乡，"乡举后，入太学，择诸严惮执友僦馆同居，始辍举业，日以进修为事"②。说明此时他已经不太关注举业，而以修己养性为主了。文章之事是士子提升修养的一个途径，于是他经常以诗文会友，参加雅集吟诗作文。而且，吕柟常被推举为雅集作诗序，这些诗序集中在其文集的第一卷，从中可见雅集之频繁。1502 年冬太学生九人赋诗送张仲修，吕柟参与其中并作诗序。1503 年太学生十五人赋诗赠送秦世观之父慎庵先生，吕柟有诗且有诗序。正德三年（1508）他被点为状元，授翰林修撰。次年，参加"燕山野饯"，有诗并两序；同年，又参与僚友曹时范的贺诗燕集并为诗序。从众多诗序中，尤见他在京城不断参加诗文燕集。从这些为雅集而作的序文中，还可领略其文章观念。

予素弗能诗，又不嗜作。年洽三旬，箧靡片稿。自戊辰入仕抵今甲戌，七阅春秋，告病还山，两协十载尔。乃朋友之索问，事物之感触，道路之阅历，药饵之纷纠，会别之答述，卒然酬作，率拟前体。暇日翻览，闻之不足以感人，习之实足以荒志，追忆无诗为雅多矣。第抽篇咏思，壮志未渝，而行多不逮。掩卷自悯，谁因谁极！又诸名家赠遗唱和，如珠玉璀璨，弃予弗忍尔。乃萃为一编，曰《泾野九咏》。亦可以伤空言之苦，观实际之地也。（《泾野九咏序》）③

① 吕柟著，米文科点校整理《吕柟集·泾野先生文集》，7 页。
② 马理《吕先生墓志铭》，见马理著，许宁、朱晓红点校整理《马理集》，330 页。
③ 吕柟著，米文科点校整理《吕柟集·泾野先生文集》，38 页。

这篇序文包含以下几个信息：其一，吕柟对作诗的态度及兴趣不大。
"习之实足以荒志"。其二，他的诗事活动从正德三年中状元之后才
频繁，三十岁之前的诗作较少。今查《泾野先生别集》，明确标注作于
"戊辰"（正德三年）之前的诗篇屈指可数，其后则多起来。其三，他
的文艺观明确表述为"伤空言之苦，观实际之地"，即诗作有记录行踪
游历及情思变化的功能。他的诗作均为有感而发，他认为优秀的诗
作应该"感人"，而自己的诗作"闻之不足以感人"，因"壮志未渝，而
行多不逮"而自愧。

《泾野九咏序》明确地表达了吕柟早期的文学观念。一，文学的
内容是生活。"予素弗能诗，又不嗜作"，然却有所积，"乃朋友之索
问，事物之感触，道路之阅历，药饵之纷纠，会别之答述，卒然酬作"而
成。可见其诗作实际上很多且内容题材广泛。二，文学作品应当感
人，但不能因此而"荒志"。他自谦地评价自己的诗作"闻之不足以
感人，习之实足以荒志"。恰恰说明他认为文学作品应该"感人"。
"荒志"指荒废意志，说明前文所言"不嗜诗"是主观上的自我约束，
客观上很喜欢写诗言志。三，诗言志只是在言语上的，重要的还是要
践行，故自谦"第抽篇咏思，壮志未渝，而行多不逮"，"萃为一编曰
《泾野九咏》，亦可以伤空言之苦，观实际之地也"。

吕柟主政解梁期间，除"方刻周程张朱之书，以为求入《论语》、
《孟子》之门"（《送王克孝还解州序》）①外，还重印了《汉文选》《唐文
粹》《宋文鉴》，并为重刊各书作前后序文。这一组文章，分别评价了
汉文、唐文、宋文的得失成败。评汉文曰："自六经、四书后，关切学
者，无如汉文。汉文而又选之，其精也已然，类多董、贾之英发，马、杨
之筹思。于政体、民俗，显如指掌。以其去古未远，犹有三代之遗意

---

① 吕柟著，米文科点校整理《吕柟集·泾野先生文集》，205 页。

焉。"(《重刊汉文选序(代作)》)①这是为重刊《汉文选》作的序文。
《刻汉文选后序》云:"《汉文选》之刻,类多长篇大论,取其成章可诵
而已。然就《汉书》观之,如申公顾力行何如?汲长孺论礼乐仁义之
类,虽寂寥数言,予尝以为又汉文之尤粹者也。"②从两序文看,吕柟
对汉文推尊甚高,推崇的作家是董仲舒、贾谊、司马迁、扬雄等,认为
他们的文章有三代之遗意,关注了政体、民俗。在后序里,吕柟告诫
学者读是编的高层次目的是"治身辅世"。显然,吕柟对文章价值的
评价侧重于教化佐政。

　　吕柟主政解梁时期,重新刊印北宋姚铉编选的百卷本《唐文粹》。
吕柟的序文曰:"吴兴姚铉即唐人文字中,选其高者、美者,为《唐文
粹》。虽不及汉文质确,然具一代之精华,列二三百年之物实,则固不
可以莫之传也。且韩愈、李翱辈之文,元结、杜甫辈之诗,亦非苟作。
自宋以来文士、韵客,率多习仿而不能,则固不可以莫之传也。"(《重
刊唐文粹序(代作)》)③这段文字值得注意的有三点:其一,吕柟认为
唐文不如汉文质确。其二,唐文则取韩愈、李翱,唐诗则取元结、杜
甫。其三,唐人影响深远,宋以后成为楷模,人率仿习而不得,说明唐
人文学高峰地位不可取代。姚铉在编选序言中明确指出"止以古雅
为命,不以雕篆为工,故侈言曼辞率皆不取"④。因姚铉本人提倡古
文、古体诗,排斥声律,因此《唐文粹》的文赋只收古体不收骈文,诗歌
只收古体诗不收五言、七言近体诗。这种取舍标准,其实是把唐诗最
精华的近体诗排除在外,不能反映唐诗文的全貌,不得不说《唐文粹》
取舍标准本身带着偏颇,但吕柟没对姚铉的选文选诗标准提出异议。

---

① 吕柟著,米文科点校整理《吕柟集·泾野先生文集》,133 页。
② 吕柟著,米文科点校整理《吕柟集·泾野先生文集》,134 页。
③ 吕柟著,米文科点校整理《吕柟集·泾野先生文集》,133 页。
④ 姚铉《唐文粹序》,见四部丛刊初编本《唐文粹》卷首。

吕柟还有《刻唐文粹后序》①,云:"《唐文粹》既刻完,然而辞赋诗歌固睥睨数代而高出之矣,第于修己治人之方,犹恐或缓。惟韩退之文字明理致用,辟邪翊正,说者或以为六经羽翼。学者若先从事乎此,次以治诸家之言,可一览而毕也。"整个后序不足百字,但其观点鲜明:唐代的辞赋诗歌固然睥睨数代而高,于"修己治人"方面却作用不大。吕柟认为唐文成就最高的是韩愈,韩愈文水平最高的是那些"明理致用,辟邪翊正"者,主张学者从读韩愈的这类文章入手,之后则可以"一览而毕"。轻视唐的格律诗而不选诗歌,儒家文学观起决定作用,这是他的狭隘之处。

　　吕柟对宋文的评价,也可以从序文中体现出来。"《宋文鉴》为宋名儒吕伯恭等编集。简质虽不如汉,华藻虽不如唐,然其间如周、程、张、邵之书,韩、范、富、马之疏,皆据经明道,即事切理,纯粹精确,又非汉唐人之所能及也。……观者取其所长,弃其所短,于修身、治民之用,无往不可。若乃因周程之精义,以绎孔孟之坠绪,则又系人之志力如何耳。"(《重刊宋文鉴序(代作)》)②对宋文的评价:其一,宋文简质不如汉,华藻不如唐。其二,宋文却具有汉唐文赶不上的长处,即据经明道,即事切理,纯粹精确。"据经明道"从阐发精义上说;"即事切理"从社会实用上着眼;"纯粹精确"从逻辑论述上看。其三,选宋文应取长弃短,作用是修身治民。至于是否能由宋道学回到孔孟原始儒学,则要看学者个人的志向及功力了。

　　从以上这组文章可以看出吕柟的文学观念:其一,文学代有所长。如汉文质确,唐文华美,宋文说理深刻,各有所长,不应以时代分优劣。其二,以儒家文学观为主导,认为文学的目的是有关治世修身等社会功用的,离开这一宗旨,文章就谈不上有多少价值。这一宗旨

---

① 吕柟著,米文科点校整理《吕柟集·泾野先生文集》,135页。

② 吕柟著,米文科点校整理《吕柟集·泾野先生文集》,133页。

从根本上说，仍属儒家"文以载道"的观念，但在"道"的具体表现上，吕柟的文章观表现出言之有据、不尚虚华的特征，故不可否认其文章的价值。

吕柟散文创作典型的特色是理盛词茂，气韵生动。作为学者，他循循善诱，说理充分，文辞整饬。其文内容丰富，格调雅正。例如，他常常采用"数字+名词"的方式，对一个事情的多方面或一个道理的多侧面，予以充分表述，因而文章辞沛义丰，气势滔滔。卷1《送马固安序》，对为官原则，指出："君子法以制财而民不困，时以兴事而民不劳，惠以慈民而民不离，逊以导民而民不乱，中以折狱而民不争，时以简民而民勇。六者具举，非不欲者不能也。"①"故君子之为政，老者欲其佚之也，幼者欲其生之也，壮者欲其有服也，鳏寡孤独者欲其有养也。审此四者，则知所以驭民矣。苟利于民，虽害不避；苟害于民，虽利不取。审此二者，则知所以事上矣。民安矣，虽倨而不与校也；民不安矣，虽谄而不与喜也。审此二者，则知所以驭官矣！"（《送张广平序》）②前四者虽为儒家仁政常谈的内容，后两者升华出"苟利于民，虽害不避；苟害于民，虽利不取"的主张，则反映出吕柟以民众之利为上，不避个人利害的高尚品质。

《泾野先生文集》中的赠序之文，意存劝勉，往往对社会现象、吏治"请再申教戒之言"③，毫无敷衍之语。比如，卷1《送董青州序》："今天下博旱，诛求百出，细民嗷嗷，不聊其生，青州尤甚。又盗贼充斥，家室或播离逋逃，治亦难矣。故夫畜慈良之心，秉英特之操，直屈挠之时，发损益之政，民犹可与也。不然，知应上不知应下，知近图不

---

① 吕柟著，米文科点校整理《吕柟集·泾野先生文集》，24页。
② 吕柟著，米文科点校整理《吕柟集·泾野先生文集》，25页。
③ 吕柟著，米文科点校整理《吕柟集·泾野先生文集》，169页。

知远虑,此风彼靡,政斯怠矣。"①此文写于正德四年(1509),对即将赴任的地方官员殷殷叮嘱,希望地方官能蓄慈善之心,考虑细民百姓的生活,不做"知应上不知应下"的官员。古今对比,发出今不如昔之感慨,曰:"古之获上者,法举而无间,德布而不私,廉而率履,忠信而断,是以其上孚而其下可治也。古之称善政者虑民,今之称善政者贼民;古之刑罚惩民之恶,今之刑罚剥民之财;古之征敛计安其国,今之征敛弗由其经;古之折狱求民之情,今之折狱任己之情。"(《送张广平序》)②四组排比句从善政、刑罚、征敛、折狱四方面进行对比,得出古政为民,今政不为民的结论。当然,此处之"古"并非确指,而指代着吕柟理想中的政治图景。又问为什么今之盗遍及天下,吕柟认为"由今之政,兹其所以棘盗也"。贼民之政导致盗贼多有,民无以为生则被逼成盗,"夫盗岂民之所欲哉? 不得已耳。故饥寒切身,虽慈父不能保其子。愚而不教,师虽贤不能有其弟子也"。吕柟深深同情被逼为盗贼的百姓。在给同年黄卿的赠序中,谈及吏治之腐败,痛心疾首,曰:"昔者吾与子之在青州也,诵仲尼之书,慨郡邑之官。见胥史饵奸,黎民饮恨,征徭科赋,倍诛厥耗,依名索求,惮于锱铢。……求悦于当道,私假舟车。马不停厩,吏不停足。假名营缮,立意克剥,罔人欺鬼,共疚于心。"(《送黄武进序》)③希望同年黄卿能做轻徭薄赋的仁义君子。百姓疲敝的根由何在呢?"今之有司之治民也,听讼而已矣。讼之弗获,取贿而已矣。贿之不得,峻刑而已矣。三者兴,民斯毙矣!"(《送吕章丘序》)④明代考核官员有大计、京察等考评制度。对官吏政绩的评价,有才与不才之分。吕柟认为对官员的评判

---

① 吕柟著,米文科点校整理《吕柟集·泾野先生文集》,18 页。
② 吕柟著,米文科点校整理《吕柟集·泾野先生文集》,24 页。
③ 吕柟著,米文科点校整理《吕柟集·泾野先生文集》,25 页。
④ 吕柟著,米文科点校整理《吕柟集·泾野先生文集》,26 页。

标准应该以民为本，而不能以上司的考语为判。"世有温良慈祥，事至不能举，讼至不能折，今谓之不才者也。世有见事风生，敏事上官者矣，然弱民力，殚民财，民畏其威不敢言诸口，今谓之多材者也。兹二者，何居焉？曰：皆非也。但今之所谓不才者，效虽缓，殃民实浅；今之所谓多才者，效虽速，殃民实深。君子苟怀永图，则知所择矣。"①有些"多才"的官员，看似政绩显赫，实则殃民害民；而有的"不才"之官，看似成效缓慢无功，实则少祸害民众，是真正利民的好官。

　　从艺术上看，作为理学家的吕柟，其文内容博雅，讲论有序，循循可读。有时文章涉及到的一些事物吕柟并不熟悉，由于其拥有渊博的学识、仁者的情怀，文章写得充满书卷气，依然可品可读。如《赠正斋萧君序》，是受托代赠太医萧昂的。吕柟对此人及其医术都不熟，但其文列举了世间种种医术不正者，如"不知人病而医者为庸医，知病而出异眩巧医者为乱医……"②，还有无权医、桀医、细医、无能医、轻医等等，均称心术不良之医。之后，概括指出这些人非但不仁道且"足以杀人"。然后转而指出太医萧昂全无这些行径，是十全的国医。既为所赠者抬高身份品格，又指出了社会上庸医害人的现实。从文章的角度看既言之有物，也言之有序。卷9的《懒轩秦君六十寿序》，通过列举四懒、七懒，对世风提出批评，角度新颖，刻画了有所不为的狷者形象。吕柟为文也不乏磅礴气势，真情流露处，辞丰情沛，源源不断。如文集卷3的《送四川朱金宪序》③谈到"自礼乐之道既疏而刑罚之尽实难"的社会弊病时，论曰："是故显微相持则穷独塞，德怨相形则反侧流，贫富想攻则冤郁结，左右相习则暧昧匿，胥吏相听则权柄迁，请谒得通则忠信沮，鉴察不洞则欺诡肆，决断不果则贪缘行。

① 吕柟著，米文科点校整理《吕柟集·泾野先生文集》，26页。
② 吕柟著，米文科点校整理《吕柟集·泾野先生文集》，18页。
③ 吕柟著，米文科点校整理《吕柟集·泾野先生文集》，92页。

兹数者,皆所以开奸恶之门,而杜善人之路也。"全文雄辩滔滔,气势磅礴,是一篇言之有物的好文。其文具有说理充分、理直辞茂的特征。再如卷3《赠沈文灿考绩序》曰:"柟闻之,见善忘举者妒,知恶废劾者比,中心依违于是非者谲,借公行私者佞,意存觊觎者狡,惧恶结舌者偷,指摘疑似者刻,怒人简傲盖其所长而论者忿,喜言奔竞便儇者贪。此九者,无一二焉……谓之不职可乎? 此九者有三四焉……谓之职可乎?"①

文章的功用在明道,然而还有比写文章更重要的明道、广道途径,即自我德行的充实。他认为如薛瑄那样"以力行为读书,以明道为修辞"②,才是读书写作应有的境界。文、行得当,则不逞"靡辞、冶辞、游辞、艰辞"为技,惟以明心广德为务。文以明道,道以经德;德厚则道广,道广则文行。在《泾野先生文集》卷6《宝制堂私录序》中,曰:"夫文何为者也? 以明道也。夫道何为者也,以经德也。其德厚者,其道广。其道广者,其文行。是故,靡辞不足以阐幽,冶辞不足以适治,游辞不足以贡俗,艰辞不足以辩理。"③吕柟心目中好文章的标准是:"朴而华,典则而敏给。……先行谊而后文学。"(《送提学祝惟贞升广东参政序》)④

就文与行的关系,吕柟也有主见,《泾野先生文集》卷6《前溪文集序》有曰:"窃谓文不徒然也,必本诸行,达诸政而后成。是故,其行敦者,其文实以切;其政平者,其文简以明;其行与政躁而浮者,其文夸诐而支离。尝持是以观往古,虽硕人巨卿莫能掩也。予年友前溪景子伯时者,……盖有古长者之风。故其酬答著述率出新得,漫兴偶

---

① 吕柟著,米文科点校整理《吕柟集·泾野先生文集》,94 页。
② 吕柟著,米文科点校整理《吕柟集·泾野先生文集》,552 页。
③ 吕柟著,米文科点校整理《吕柟集·泾野先生文集》,217 页。
④ 吕柟著,米文科点校整理《吕柟集·泾野先生文集》,61 页。

作亦蹈前工。文趋秦汉而不诡，诗奔晋唐而有余。若乃绘章句以为丽，博引譬以为富，辞虽多而无味，言滋巧而不根。以吾景子视之，几何不为异端哉！"①按：景伯时此文集由其门人顾英玉、顾华玉兄弟裒辑刊刻，这篇序反映了吕柟的文章观：其一，文不徒然也，必本诸行、达诸政而后成。他强调文本于行、达于政，而非玩弄文字游戏。其二，德行、行政是文之基础。此即文如其人的观念。吕柟评文有两组关键词：实切、简明，夸诐、支离。实切或夸诐是就内容而言的，简明或支离是就文章章法而言的。其三，赞扬景伯时诗文的关键词有三个：新得、工（整）、不诡，夸赞景伯时没有常人常犯的毛病："绘章句以为丽，博引譬以为富，辞虽多而无味，言滋巧而不根。"吕柟于文章不取绘饰富丽、滥辞无味、巧言无根，提倡"君子志超乎事外，身居乎物表"的价值观念。同书卷 6 的《改斋文集序》，辩明"以行为文"与"以言为文"的显著区别，曰："古者以行为文，后世以言为文。夫惟以行为文也，凡其著述，皆发乎在己之先得也。是故简而切，是故实而理。可以范俗，可以弘化。虽其人已殁千万世，重如蓍蔡，不敢慢焉，盖非徒以其文也。夫惟以言为文也，凡其著述皆剽乎他人之先失也。是故藻而泛，是故虚而诡，可以惑世，可以诬民，虽其人且存咫尺间，轻如糟粕，不欲观焉，盖非徒以其文也。"②这段论述有四个关键词：简切、实理，藻泛、虚诡。前一组褒，后一组贬，都是从文风及内容而言的。"以行为文"，其作用是范俗、弘化，"以言为文"，作用则是惑世、诬民，两者具有天壤之别。空言惑世，诡言害民。吕柟认为"以行为文"者重，重如蓍蔡；"以言为文"者轻，轻若糟粕。

　　出于史官的职业身份，为文他想的是"有采有观"，有可供观瞻的东西。比如《甲子举人叙齿录叙》是夏县尹杨枢编刊的一份同年录，

① 吕柟著，米文科点校整理《吕柟集·泾野先生文集》，203 页。
② 吕柟著，米文科点校整理《吕柟集·泾野先生文集》，206 页。

吕柟受托写序。给这种通讯录性质的东西作序，很难阐发出意义，而吕柟的序文开头则曰："吾观于乡试举人之叙齿录而有采焉：有兄弟之仁焉，有长幼之序焉，有宾主之礼焉，有朋友之信焉。先王之风、朝廷之化，于斯可观也已。"①原来一本通讯录也有可观之处，即名次排序中隐含着伦理秩序，仁、序、礼、信均得以体现。他多次强调文章不能空写，需要有可观可采之处，比如他认为："夫文也，足以征性。……诗也，足以征志。……法也，足以征才。"(《寿孟静乐公序》)②又说："窃闻之，君子悯俗以观风，悯风以观政，因政以观化。"(《观风余兴序》)③"悯"字代表了其不忍之心。此与孟子"仁政"观的"不忍"之心相通，反映了一位仁厚学者的朴素民本思想。

第五节　山水比德　游而不嬉：
《十四游记》的创获

　　吕柟一生勤于讲学，著述丰实，仅被《四库全书总目》收录者就达12 种162 卷之多。但这一数目尚未包括吕柟著述之全部，比如，他官南京时期，曾刊刻有一部《十四游记》，而《四库总目》或《明史》本传都未予记载。笔者翻检古籍时，得以寓目此集子，且予以点校整理，发现其具有重要的文献价值，而其内含鲜明的个性风格和文学意义，也值得介绍和研究。

(一)《十四游记》的版本及著录情况

　　在各藏书家的著录中，对吕柟著述的记载多侧重于其经说子抄，文集别集亦多有载录，最为详尽的当数近年赵瑞民先生点校本的《泾

---

① 吕柟著，米文科点校整理《吕柟集·泾野先生文集》，39 页。
② 吕柟著，米文科点校整理《吕柟集·泾野先生文集》，47 页。
③ 吕柟著，米文科点校整理《吕柟集·泾野先生文集》，65 页。

野子内篇》附录四之《吕柟著述知见录》。此文把公私著录中涉及吕柟著述的情况进行了穷尽式的摸查，其中也提到《十四游记》。其文曰：

> 《赵定宇书目》著录《吕泾野十四游记》，一本，抄。雍正《陕西通志·经籍》著录吕柟《十四游记》，二卷，录胡大器序……。《千顷堂书目》著录司马泰《文献汇编》，卷六十九有吕柟《南游诸记》，无卷数。按：《游记》未见传本。推测《文献汇编》中《南游诸记》即胡氏所云在南京所作游记。三十八卷本《文集》卷二十有《游龙门记》等八篇，《续刻文集》卷五有《游省中南竹坞记》等四篇，可能是《十四游记》的篇章。①

赵瑞民先生所寓目之书目文献相当周详，且记述准确，只是按语部分的推测尚有缺漏。据笔者所翻阅书目文献，记述吕柟《十四游记》的的确极为罕见。但《十四游记》并非没有传本，就目前而言，国家图书馆有藏本，陕西师范大学图书馆亦有此复制本。现依此本进行研究。

《十四游记》全一册，页面25.5厘米×15.5厘米，半叶9行，行18字，白口，双鱼尾，四周单栏，版框16.5厘米×13厘米。封面题：吕泾野先生十四游记。另有四行题识，曰：

> 好好一书，竟被顶评污损。细绎之，全是訾毁讲学家。学之不讲，孔圣犹忧之，人而菲□（按，应为"薄"字）讲学自命，果居何等？即论书法亦适形□□妄而已矣！壬子秋中七十六老人敬识。

---

① 赵瑞民《吕柟著述知见录》，见吕柟撰，赵瑞民点校《泾野子内篇》，347—348页。

　　全书有三序,依次为胡大器《十四游记序》、李愈《十四游记叙》、曹廷钦《叙刻十四游记》三文。据三序所署知是本成于嘉靖十六年(1537)。此即国图所记"嘉靖十六年胡大器刻本"之依据。

　　此本刊刻相当精美,篇头广阔,属于高头讲章式。从胡大器序知道,休宁人胡大器兄弟(其兄大可)均为吕柟鹫峰东所的学生,抄读老师的游记并深为喜爱,于是联络几位同学,集资纠工刊印出来。全书分三部分:序及目录6页,正文51页,附诗应为12页,第一、二页佚失。正文有游记14篇,附诗部分目录为44首,现存32首。雍正《陕西通志经籍》著录"吕柟《十四游记》,二卷"之说,盖因前为游记散文,后为游览唱和诗而误析为二卷所致。书册既不厚,又是老师的著作,当然可以刻成高头讲章式了。

(二)《十四游记》的文献价值

　　其一,可察知吕柟的游历行踪。《十四游记》分为两组——河东六游和江南八游。这两组游记写于嘉靖三年(1524)十月至嘉靖十一年(1532)九月的八年期间。

　　河东六游是吕柟被贬官解州期间所记。吕柟一生三次被谪,解梁之贬的根由是嘉靖三年四月,仅复官两年的他"以十三事自陈,中以大礼未定,谄言日进,引为己罪"[1],实质上是委婉批评明世宗违背礼制,结果触犯龙威,与邹守益一起被下诏狱。不久,吕柟谪为解州判官,同年八月抵解州任。会守缺,先生摄事"恤茕独,减丁役,劝农桑,兴水利,筑堤护盐池,行《吕氏乡约》及《文公家礼》,求子夏后,建司马温公祠"[2]。为政之余,筑解梁书院以讲学,今本《泾野子内篇》中的《端溪问答》《解梁书院语》即是这一时期的讲学记录。此外,这时期他还留存下多篇文章,其中包括河东六游。六游依次为《游王官

――――――――

[1]《明史》,7243 页。

[2]《明史》,7243 页。

谷记》《游龙门记》《观底柱记》《游傅岩记》《游雷首山记》和《游涑水记》。

　　吕柟官南都前后长达十二年，江南八游作于任职南京的前期。嘉靖六年（1527），他转为南都吏部考功郎中。自此，吕柟逐渐走出仕途的低谷，先后升南京宗人府经历、尚宾司卿、太常寺少卿、国子监祭酒等，累官至南京礼部右侍郎。官南都期间，吕柟除与一些著名学者进行了频繁的学术交往和辩论外，还广招学者进行讲学，《泾野子内篇》中的《柳湾精舍语》《鹫峰东所语》即是这一时期讲学的记录，而《再过解州语》也成于这一时期。《泾野先生文集》中收录多篇这一时期的作品，江南八游的第一篇《游燕子矶记》作于嘉靖七年二月，其他几篇依次为《游灵谷记》《游高座记》《游省中南竹坞记》《游鸡鸣山记》《游牛首山记》《游献花岩记》和《游卢龙山记》。最后一篇成于嘉靖十一年九月。

　　据《泾野子内篇·序》知，《泾野子内篇》刊刻于嘉靖十二年，较《十四游记》早四年。说明《十四游记》刊刻时，吕柟已声名远扬。

　　其二，具有版本校勘作用。经过笔者过录、校对发现《游傅岩记》《游雷首山记》，36 卷本《泾野先生文集》失收，《游涑水记》稍作变动，在《文集》中以《重建温国文正公司马先生祠堂记》为题收录。

　　另外，吕柟文集还有清代道光壬辰《重刻吕泾野先生文集》38卷，及《续刻吕泾野先生文集》8 卷。这两个本子都为关中书院藏板，前者据明万历壬辰李桢序本重刻，卷首有"富平县后学杨浚敬校"。后者则题有"富平后学杨浚重编校"。38 卷本看起来卷帙很多，实际却是选本，每卷只收录 3 至 12 篇文章，卷 1 至卷 16 收录"序"文，共146 篇，卷 17 至 20 收录"记"文，共 49 篇。比照 36 卷本，卷 1 至 13 收录"序"文，计收录 557 篇，卷 14 至 19 收"记"文，共 177 篇。可见，38 卷本所收录的同体文章，仅占 36 卷本 1/4 的篇幅。清人杨浚对此不满意，故又编刊《续刻》。《续刻》本虽仅 8 卷，但收录的文章篇幅却远远超过了 38 卷本。

《游傅岩记》《游雷首山记》两文,在 38 卷本及杨浚《续刻》本中亦失收。

《十四游记》附诗部分也有校勘意义。目录上有 44 首,因佚 2 页,故现存本实际收诗 32 首。吕柟的诗作收录于《泾野先生别集》。《别集》经吕柟亲手编辑,但未及刊刻去世。嘉靖二十一年(1542)吕柟去世后,其子吕昀请王九思为别集作序,王序成于"嘉靖癸卯(1543)十二月",即吕柟去世的次年。胡瓒宗的序标注成于"癸卯中元",且称"汉南刻泾野先生别集成",证明《别集》的确曾经吕柟手订。

用《十四游记·附诗》部分去校勘《别集》,也有收获。其一,部分诗作《别集》失收。《别集》13 卷,依诗体分卷。有三首七律诗不见于《别集》,题目分别为《王官谷之聚仙堂次宋御史韵与孟学》《燕子矶登水云亭怀前溪有作》《于燕子矶和弘斋大观亭雨坐》。五律《顾东桥示雪后同陈石亭游牛首诗次韵》,《别集》失收。五言古风《于涑水赠司马公裔孙邦柱主政南还》,《别集》失收。另外,游砥柱有联句诗两首,《别集》未收。这样,总计有 7 首不见于《别集》。其二,通过互参对校,可看出吕柟晚年的取舍。《游记·附诗》有《趋龙门忆敬轩夫子》五古一首,《别集》卷 7 五言拟古诗收录此诗,诗题为《过河津忆敬轩夫子》。敬轩为河东学派创始人薛瑄之号,吕柟为薛瑄四传弟子,故有此作。《别集》改了两字,原诗为"天市耀执法,青兖教尤<u>尊</u>。方绾黄扉印,遽遭<u>风雷</u>屯",四句诗说薛瑄曾入主礼部,官尊位高,却突遭祸患。下划线两字,分别改为"敦"、"云"。后一处改"风雷"为"云雷"更合乎《易》卦象,"风雷"为"益"卦,"云雷"则为"屯"卦,象征着险难环生。前一字改"尊"为"敦",则大有意味。由"尊"教换为"敦"厚而行教,为什么? 是否可推测出吕柟心胸更开阔,对不同学术派别持容纳的态度? 结合吕柟生平事迹及讲学言论,这种推

测不无根据。此外，还有书手刻写的错误亦可予以纠正。此处不一
一列举。

(三)《十四游记》的文学意义

自清初钱谦益开始，论者对关中学派的文学成就便颇有微词，以
为文学成就不高，但就吕柟的诗文创作看，其作具有相当高的审美价
值。其文笔精意远，结构严谨，辞气畅达，文词雅洁，刻画简约生动，
在一定程度上反映了关中理学家的学术思想和艺术品位，具有浓郁
的文学色彩和重要的文学意义。

作为理学家的吕柟，虽不十分着力于文字，然其丰富的学识、高
洁的襟怀、卓越的器识和诚挚的救世情怀，使其游记呈现或囊括宇
宙，或往视古今，或恢宏大块，或精雕细刻的面貌，具有构思巧妙、文
笔生动、随处点染的优点，读来倍感文笔精美而富有情趣。

清代桐城派三祖之一的姚鼐提出为文需义理、考据、辞章三者并
举。生活在明代中期的吕柟虽无如此提法，但其游记却做到了三者
并举。吕柟的游记从结构上看，多以游览先后为序，从游览缘起、经
过，到结束，不急不慢、娓娓道来。记叙中，他特别注意交待景点的地
理位置、掌故由来，表现出学者严谨的观察视角和缜密的逻辑思维。
读《十四游记》，读者基本上能据其叙述还原出景胜之所在，明了其地
何以有名，其景如何美妙。让我们看一看河东六游之一《游王官谷
记》：

> 王官谷者，唐司空表圣隐居之地，今少参许君德征重修而增
> 饰之。往时，诸友多言其胜。泾野子至解之再月，偕丘孟学往游
> 焉。马至故市，西折而南，谷水北流入市，问，即贻溪也。沿溪南
> 行五里，至谷口。

开头直言王官谷为晚唐司空图隐居之地，随后交待去的时间（"至解

之再月"，即嘉靖三年十月）、陪同人员（丘孟学，解梁书院的学生）、路途所经，实际上就把王官谷所处的地理方位详明简略地记述出来。类似这样清楚明白地交待景点所在的，在《十四游记》中几乎篇篇都有，当然，介绍的方式各各不同。大景观内部的小景点，其方位处所也交待得清楚明白，先来后到，东西南北，上下左右等等，读者简直可以跟随游者的笔端游历而不会迷路。

如果清楚地交待游历过程属于"言有序"的话，那么，吕柟在叙事上还做到了"言有物"。其游记内容充实且详略有致，法随义变。

《游燕子矶记》用五观长江之景和两叹"此非唐虞"贯通整个游程，使整篇游记结构严谨又浑然无痕，无懈可击。未至燕子矶，先从观音岩一观长江："而大江自龙江关西南而来，直过其下。俯按女墙睇之，颇可惊骇。"上观音阁，二观："凭之瞰江，若在楼船顶立也。是时，晴见万里，日映碧流，江豚吹浪，上下逐波。细望定山，细如蛾眉。东指瓜步，小如丘垤。他山皆闪闪冥冥，如落雁蹲鸬，不可辨矣。"到寿亭侯祠，三观："至此看江，日隐断云，烟雾霏微，苍茫无际"；"遂攀松扪萝以上燕子矶"。四观："矶皆巉石叠起，水围三面，其石鳞犹见江转矶底。此可以高览八极无碍也。"待"传杯兴酣"，微醺中醉观，则"北望泰山，东瞰苍海，灏气萦回，灵光掩映，盖又不知此身之在天地间也！"此为第五观。五观景致，移步换形，近俯远眺，高瞰迥观，随着视角变化，长江简直穷变百态，显露出不同风貌，瞬间的变化被敏锐地捕捉到，不仅酣畅地表达了游者的益然游兴，也使读者勃然兴怀。

游山玩水少不得看馔宴饮，但记可餐之秀色易，记传酌宴饮却难。弄不好或沦为饕餮之俗，或变成罗列山珍海错之奢。《十四游记》之游，少则三五人，多则十数人，吕柟游记不避俗，常常写到吃饭传酌，却又匠心独运，巧妙布置。不仅详略得当，而且能起结构上下的作用。仍以《游燕子矶记》为例，从晨兴"迤逦而步登"，游览半天后，"虚斋又列席于观音堂，予曰：'此非唐虞也。'""抵暮而下，则虚斋又命列豆筬、旅肴核于水云亭矣。予曰：'此又非唐虞也！'"如果初读"此非唐虞"尚未引起足够注意，再读"此又非唐虞"，则必然满腹疑窦了。至此作者方给出解释："盖平日与二君交游，常曰唐虞时言人之短不为刺，言己之长不为夸。故禹或曰'吁'而皋陶不怒，皋陶或自曰'都'而禹不嫌。后世口虽溢美心实隐情。在外有余，在内不足。学废政弊，皆此出也。故饰情之辞，过礼之费，彼此有见称唐虞规。"至此，读者心中的疑窦豁然洞开，作者则是借此讽喻虚文浮礼和学废政弊的世情。由此我们也得知吕柟常以改变奢靡浮华之世风为己任。"遂命童子撤其繁品，三人、两几、一灯、长江。"这简笔白描式的叙述不得不让人想起晚明张岱的名文《湖心亭看雪》，两者神韵何其相似！两次"此非唐虞"起结构上下的作用，又各不相同，第一次出现引起"神"与"善"的议论，第二次出现则讽喻世情。此外，在它文中，也多次写到宴饮，有引起游兴的，有结束游程的。前者如《游高座记》，出游之因是"有友馈鲜鱼者"，引发兴致，"夫古有肥□肥牡，以速伐木迁乔之友，予有白鹅鲜鱼，顾独不可邪？遂发请"。后者如《游燕子矶记》，结尾为"歌乱，虚斋、弘斋皆赓之不已。以赞投壶而散。然独予酩酊殊甚，舆过佛国寺而后醒"。游卢龙山时，当他看到筵席上"肴俎错陈，有水陆之宝"时，立即诘问："往与诸友讲颜子箪瓢之乐，此宴之设得无不相信耶？"（《游卢龙山记》）等等。传酌宴饮一类，成为吕柟游程和游记中的有机组成部分。

　　吕柟具有深厚的文学修养和文字驾驭能力，他的游记虽不以描山绘水、批风抹月为能事，但其写景极能抓住景物的神韵，用笔简练精到，勾勒如画，能把景物的神态逼真地呈现出来。《游王官谷记》写南瀑布，则"声如雷轰，貌如雪舞"，从声从貌着手可谓抓住了瀑布之神，而"雪舞"一词，瀑布飞珠溅玉之气势则如在眼前了。牛首山天王殿上，"有长杉数十章，古松夹植堂涂，干插霄汉，叶蔽云日"（《游牛

首山记》），刻画出了环境之清幽、古松之繁茂。写灌木之茂密则"丹
柿赤棘，夹路挂裳衣"（《游王官谷记》）；风大作则"风益焚轮起，憾
（撼）松柏，腾沙砾，上蔀天日，下掩汾河。萧萧然，森森然，直若蛟变
虎啸"（《游龙门记》）。

　　他还善于化静为动，点染成趣。游燕子矶时，写游人"荡橹浆
（桨）、呼欵（欸）乃、泊舟投矶者，皆次第而来"（《游燕子矶记》），把
游人如织，合乐融融的场面动态地勾勒出来。

　　吕柟"学以穷理实践为主"①，在"穷理实践"思想指导下，其游记
散发着笃实端庄的艺术品韵。他反对"资浮靡而工藻丽"的读书方
式，主张读书应有益于世用，否则，六朝时"虽以雷次宗之开馆，齐子
良会文学之士以抄经史于此，亦非不美，然资浮靡而工藻丽，则又何
益？"（《游鸡鸣山记》）游山览水时既能"谈学论政"，亦有"以畅襟
怀"之用，"若有公暇小适，可借此谈学论政，观览景象，以畅襟怀"，
"若流连剧戏如六代淫游，真可鄙尔"（《游鸡鸣山记》）。对照明人冯
从吾所记"往太常燕乐甚亵，先生悉革之"②之言，可知吕柟的游山览
水，有希望革除时弊、振奋士风的意义，也是他"重躬行，不事口耳"的
表现。与大自然接触，目的之一在于去矫情伪饰，养自然天性，能一
任太真，他期望"予数人者，皆四海九州之士，一时会晤于此，得以论
心观物，岂易得哉？所愿尽去世调，一意太真尔！"（《游鸡鸣山记》）
游览是借山水景色陶冶性情、醇正心智的，而非泛泛浏览或奢靡嚼
费。对山水美景，"辩名物，论风雅，议比兴，皆归于性情之正"（《游
省中南竹坞记》），"虽酩酊之中，不出准绳之外，乃真游尔"（《游鸡鸣
山记》），这样才是游山乐水的目的。

　　吕柟在山西解州及南京期间，有多篇"记"体文，比如，在判解期

---

① 《明史》，7244 页。
② 冯从吾撰，陈俊民、徐兴海点校《关学编》，44 页。

间有《白石楼记》《河东乡贤祠记》等不下十余篇,任职南京时期,创作的更多,有《游白鹤道院记》《游敬亭记》等,但刊刻出来的只有十四篇,这不能不让人产生疑惑,为什么只有这些被选中,是偶然因素还是别有考虑? 结合其他文献篇目,的确能找到一些线索。

嘉靖九年四月下旬,吕柟等游览牛首山和献花岩,同年五月初五则有敬亭之游,并作《游敬亭记》①。但这篇游记在友人提议放入《游献花岩记》后时,却被吕柟拒绝了。拒绝之因不是敬亭景致不美,也不是游程中友朋间所谈不洽、不深。恰恰相反,此地景致颇美,"更开窗扇,则山光云影尽浮杯酌矣",席间赏莲,"则绿荷满池而一莲独绽,粉红映日"。大家谈兴颇浓,话题亦广,"君自尧舜禹汤以及启、太甲、周汉唐宋以来,立嫡立贤,禅继之义,……事自庶富教化、礼乐制度、因革损益、先后缓急之宜,无不剧谈而详评。视他日之游,其论颇精而义更美"。由此,朋友建议"犹可为一续记,以附献花岩之后也"。吕柟却不这样认为,说:"往者诸游,多因山缘水,借草牵花,或以足迹所至而发,或因眺览所及而成,故虽有辩博之语,亦皆行事之实。兴出于感触,义本乎性情,犹可记,以不忘交游之雅,于后自考也。乃敬亭之游,其论虽多,反涉于空言,其行则寡,卒归于无益,可勿籍!"②最中心的观点是以往的游记是"行事之实",而今的则"涉于空言"。由此,吕柟对行实与空言间的取舍则昭然若揭。这与冯从吾赞誉吕柟"不为玄虚高远之论"③相符合。

四库馆臣认为吕柟之文"貌似周秦间子书"④,四库馆臣心目中的"周秦间子书"的标准是什么,我们今天不得而知。在此,就笔者读

---

① 吕柟著,米文科点校整理《吕柟集·泾野先生文集》,586 页。
② 吕柟著,米文科点校整理《吕柟集·泾野先生文集》,586 页。
③ 冯从吾撰,陈俊民、徐兴海点校《关学编》,46 页。
④ 永瑢等《四库全书总目》,1571 页。

吕柟文集的印象,以吕柟《十四游记》为例,试对四库馆臣的断语作一评判:从形式上看,吕柟多用对话体贯穿全文,揭示游览过程中的心理感受,这与周秦子书多对话体相类。从文气上看,多通过对话辩难阐发己见,类似孟子气沛理充的浩然之气,与子书喜辩驳而产生的咄咄逼人、雄肆无忌之气势相类。从内容上看,吕柟在游览山水时,除了欣赏优美的自然景色外,更注重该景点所涉及的人文历史内涵,包括相关的历史典故、来历、历史人物、事件等,并由这部分内容生发超越性联想,其游记把深厚的历史沧桑感、强烈的现实关怀、深刻的理性思考,与仁山智水化合为一,形成知性之文。从更注重游历者的主观感受,使文章积淀着深厚的人文意识上看,与墨子、孟子有相通之处。大概从这些方面看,其文"貌似周秦间子书"。吕柟赞赏李梦阳文辞甚工,梦阳率"前七子"复古的一个功绩就是"将'卑浅'的文风改变为'雄俊'的文风"①。《十四游记》在雄健博洽上,与梦阳的文风息息相通。当然,这一论题尚需进一步研究,此处不再展开。

综上,明代学者吕柟为学主张穷理实践,阐扬张子躬亲实践的精神。这种精神不仅表现在他为官勤政清廉,讲学注重言传身教,反对"视举业与圣学为二",主张"干禄念轻,救世意重",还表现在文学观念上,反对"资浮靡而工藻丽",主张经世致用。其文质朴浑厚、雄博深切,散发着浑沦之美,有较高的艺术品位。《十四游记》不仅具有重要的文献意义,而且充分体现了这位学者的高尚情怀和艺术才华。

第六节　典则朴华　蕴气标挺:
吕柟的诗学观及创作

吕柟的诗集《泾野别集》,分 13 卷,收各体诗赋总计 1741 首。从

---

① 周寅宾《明清散文史》,湖南人民出版社 2004 年,73 页。

诗作看,他常作诗,却并不赞同用心力去作诗。他与前七子的李梦阳、何景明、王廷相、康海等都有交往,但并不赞同七子派肆力于文学的主张。有一次他给时任陕西提学的何景明写信,直言不讳地说:"诗赋非所以敦士习,尤宜慎。"(《答何仲默书》)①同卷还有一封给信阳马录的信,谈其诗作,云:"品题佳诗。然试读之,虽质矣,失之野;虽近矣,失之浅,盖求古而又滞于今者矣。大抵此物不作亦可。儒者之业,实不在是。……不敢效时人漫尔,唐突,幸甚亮之!"(《答马固安君卿书》)②当时马录将去顺天府固安县任职,吕枏的《送马固安序》曰:"夫马子少耽诗赋,自比杜甫。河内何子尝谓之曰:'此不若闲于官政之为愈也。'故君子有五政,而终之以乐焉。"③此序及两封信大体表明了吕枏的诗歌观念:儒者之业,不在诗赋;仕宦者与其耽于诗赋,不如娴熟于管理、治理政务。

当然,吕枏承认诗本身是有价值的,其社会价值表现为:"小人歌之以责其俗,君子赋之以见其志,圣人采之以观其变。"(《北村刘先生集序》)④诗可责俗,见志,观变。对个人而言,也可以发抒郁闷,比如《后溪西游诗序》⑤云:"予得(《西游录》)而观之,叹曰:后溪子为御史,则思振肃群工;为州府则思绥集百姓。然其志未竟也而罢,今皆一泄之于诗乎? 斯游也,后溪子岂徒恣盘乐云哉!"后溪先生为官,其志未竟遭罢黜,因而嬉游山水以疏郁闷,在吕枏看来,其诗不以盘乐恣游为目的,而是借景抒情一发胸臆。他的《北村刘先生集序》较集中地反映出其诗学观念。序曰:

---

① 吕枏著,米文科点校整理《吕枏集·泾野先生文集》,687 页。
② 吕枏著,米文科点校整理《吕枏集·泾野先生文集》,661 页。
③ 吕枏著,米文科点校整理《吕枏集·泾野先生文集》,24 页。
④ 吕枏著,米文科点校整理《吕枏集·泾野先生文集》,303 页。
⑤ 吕枏著,米文科点校整理《吕枏集·泾野先生文集》,250 页。

窃闻之,诗之为训也,深矣。得于耳,可以开旧闻;得于目,可以广私见;得于口,可以平逸气。故诗有五材,惟君子能举焉。献俗而不俚,列政而彰义,极幽而不隐,贡善而不谄,刺恶而非怒。故歌之房中,则美化流;谣之乡党,则亲睦行;赋于朝廷,则纲纪立;发之军旅,则威武振;颂于郊庙,则鬼神格。斯为不苟作也。……昔者,李伯药见王文中子论诗,王子不答。伯药退,谓薛收曰:"吾上陈应、刘,下述沈、谢。分五声八病,刚柔清浊,各有端绪。音若埙箎,而夫子不答者何?"收曰:"尝闻夫子之论诗矣。上明三纲,下达五常,于是征存亡,辨得失。故小人歌之以责其俗,君子赋之以见其志,圣人采之以观其变。今子营营驰骋乎末流,是夫子之所痛也。"是故,诗以言志,虞廷之所以昌也;或以眩藻,六朝之所以衰也。①

诗虽有价值,但出现"今子营营驰骋乎末流,是夫子之所痛也"。换言之,倘作诗不涉及时政教化,仅致力于声律辞藻,则沦为末流,掉进六朝诗歌之衰。北村刘公有二子,长子刘舜卿号紫岩,次子刘舜弼,皆入翰林。他称述刘舜卿的诗文,"诗则清新俊逸,本性情而循礼义,无险怪语;文皆平正,说道理透彻,不诡于古,可不谓达乎? 夫富而不达,谓之俚。虽多亦奚以为;达而未至于富,则于论学与政未免缺漏"。他在给北村刘先生的长子所作的文集序中,评当时文风曰:"今天下文风多好魏晋齐梁,辞赋议论渐入虚寂。卫道之士数有隐忧。"(《紫岩文集序》)②所谓卫道之士的殷忧,正是吕柟所担心的,即当时文风"渐入虚寂"而不切时政,无益于教化,无裨益于当世。

　　吕柟认为诗人的意志凋敝,作诗则易流于随意,《诗经》的精神气

---

① 吕柟著,米文科点校整理《吕柟集·泾野先生文集》,302 页。
② 吕柟著,米文科点校整理《吕柟集·泾野先生文集》,307 页。

质便会随之凋谢。

　　　　窃闻之：声者，心之著也；诗者，声之华也；义者，诗之质也。
故义以发志，则纲纪立，鬼神通。华以文言，则雷风章，寒暑时，
山川奠，草兽若。著以表存，则隐微显矣。是故赋《棠棣》者，悯
阋墙；咏《渭阳》者，轻琼瑰；感《伐木》者，乐黄鸟。祈《天保》者，
比冈陵；歌《鱼丽》者，薄鲂鲤。颂清庙者，重显承。于是考信，其
质贞也；于是观荣，其文顺也；于是谂情，其究悫也。苏与韦也，
得其质于汉，盖十七于其华也。李与杜也，掠其华于唐，盖十一
于其质也。夫诗亦难言也已！(《刊醴鸡集序》)①

同卷，《重刊〈释名〉序》：

　　　　昔者周公申彝伦之道，乃制作仪、周二礼，雅、南、豳、颂四
诗，皆发挥于阴阳、象器、山河草木以及虫鱼鸟兽之物。义虽裁
诸己，文多博诸古。恐来世之不解也，其徒作《尔雅》以训焉。②

以上两段论述体现了他对《诗经》精神的把握：心之声、声之华发而为
诗，义为诗的本质。特别是《诗经》的《棠棣》《渭阳》《伐木》等篇，每
篇都有其独特价值，有信贞荣顺、谂情究悫的特点。又以周公作诗为
例，虽"义虽裁诸己，文多博诸古"，目的却是"申彝伦之道"。"考信、
观荣、谂情"是作诗的起因，"质贞、文顺、究悫"是评诗的要旨。依照
"质贞、文顺、究悫"三要旨去衡量，汉(苏武、韦孟)、唐(李白、杜甫)
诗人均有不足。论及李白、杜甫等唐朝诗人，在卷6《玉溪诗集序》

① 吕柟著，米文科点校整理《吕柟集·泾野先生文集》，115—116页。
② 吕柟著，米文科点校整理《吕柟集·泾野先生文集》，116页。

中,有曰:"窃谓诗有三便,皆志之敝也。便奇者失雅,便俚者失风,便于言貌谄佞者失颂。三便兴而诗亡矣。故君子以发性情、止礼义为正。诗至唐室,人称其盛矣。然李杜未免于奇,元白未免于俚,其他诸君子又或工言貌闲谄佞,而废其实也。然则风不可见乎? 曰:采芝结发,可以观风矣。雅不可见乎? 曰:鸿鹄深耕,可以观雅矣。颂不可见乎? 曰:赖有房中之乐乎。然而其德亦下矣。彼渥洼之马,斋房之芝,又何为哉!"①在这篇为南康太守玉溪子所作的序中,提出诗并非随便写成的,《诗经》风雅颂之意不可就"便俚、便奇、便佞"而失。即如盛唐李杜、中唐元白皆有所失。可见吕柟诗学观念是"君子以发性情、止礼义为正","工言、貌闲、谄佞,而废其实也"。

"发乎性情,止乎礼义"是儒家诗教观,吕柟的诗学观念体现了对传统诗教观的推尊。同时吕柟认为作诗也有其独特的规则,且不仅仅在音韵、格调方面,"志"为主干,"志既不失,言亦尔雅"的,才是"诗":

> 嗟乎,诗之难言也久矣。……粤自世降,诗删、人泯、乐亡,韦孟得其志不得于言,司马相如得于言不得于志。若乃志既不失,言亦尔雅,苏子卿为近之,晋魏以来难道也。是故,其志定者,其言简以重;其志俭者,其言质以实;其志刚者,其言果以断;其志直者,其言明以厉。……因推著之以告。夫为诗者,不止于音韵、体格也。(《刻雪洲诗集序》)②

诗重比兴但也有"五实"不可失。吕柟认为:"若乃采传而据经,本人而按世,援志而兴言,错时而立义,假象而匿形,《诗》有五实。"

---

① 吕柟著,米文科点校整理《吕柟集·泾野先生文集》,204 页。
② 吕柟著,米文科点校整理《吕柟集·泾野先生文集》,230 页。

(《答王端溪子德征书》)①这是对《诗经》的认识,其中"采传而据经,本人而按世"属于内容上的"实",而"援志而兴言,错时而立义,假象而匿形",则是写法上的"实",即言志且以兴,立义以错综,形象蕴含所要表达的情义。"实"为根基,不废比兴,如此才是诗的表达。重声律,然而对声律规律的认识和掌握也非易事,"声律之道,柟久欲求之而未能也"(《燕飨乐谱序》)②。"故七声具而后乐和焉。夫礼从宜,乐从变,少宫少徵因变而生也。盖八音无定体,而五声有定律。以定律之声格无定体之音,则有胶柱鼓瑟者矣"(《大成乐舞图谱序》)③。

吕柟虽然主张"诗以佐政",娴熟于政事远比醉心于诗赋为重,但他一生不废吟哦。青年时期及刚入仕时期的吕柟,曾写下不少诗篇,也常与友朋诗赋唱和。这样的创作热情持续到任职南京期间,江南风光唤醒他的诗情,他曾追忆与朋友唱和的情形:"自庚寅来,同年会南都者七人焉。然每会必有作,每作必因物命题,庚寅以前多未录。辛卯之春,于黄筼溪观画菊,而张恒山有作,各次其韵。于是四峰厘为七会。未几,恒山北归,筼溪北去。今四峰又西去,半窗又东去。仕南都者止予一人。虽遇物,将谁为题? 虽有题,将谁为唱酬?"(《同年雅会诗小序》)④庚寅为嘉靖九年(1530),是年吕柟五十二岁,任职南京的同年七人诗会成了定例,任职南京时期是吕柟的又一个文学创作高峰期。

13 卷本的《泾野先生别集》,共收录诗赋作品 1741 首,此集在吕柟去世的第二年刊刻,由其门人河东张良知在汉南刊刻,王九思、胡瓒宗均有序。二人文中都认为吕柟之诗有伊川之风,如胡瓒宗序文

①　吕柟著,米文科点校整理《吕柟集·泾野先生文集》,682 页。
②　吕柟著,米文科点校整理《吕柟集·泾野先生文集》,76 页。
③　吕柟著,米文科点校整理《吕柟集·泾野先生文集》,78 页。
④　吕柟著,米文科点校整理《吕柟集·泾野先生文集》,321 页。

称认为："其所为赋,或学荀,或学屈,或学杨诚斋。所为诗,或类邵,或类朱,或类陈白沙,而其性情因形之歌咏。""缵宗尝语诸友人曰:'天宇可学濂溪,伯循可学明道,仲木可学伊川。'友人亦以为然。"①

从诗作内容上看,"朋友之义,兄弟之情,风雨之怀,河山之胜,晋楚秦蜀之迹,激扬纲纪之志,咸略具矣"(《于河东书院别两峰李子巡按四川诗序》)②。从作诗目的上看,他一贯反对沉溺于词章,"世之学者,溺意于官禄、词章,而忘其身心之何在者,固非也。若使抗志高远、立论宏阔,而躬行不继者,亦非也。何者? 言行相背,体用殊途,道术裂为天下私也"(《寿林母吴孺人七十序》)③。躬行之重要,在于体现了体用合一。道术乃天下之公器,裂变因私心所致。卷6《简轩文行集序》:"嗟夫,世之为诗文者,多迷心于烟云花鸟,而不知志之所向。故虽连篇累牍,君子以为未文也。其或文也,又心与口违,身与辞舛,虽论皆仁义,言皆尧舜,君子以为未行也。然则简轩先生以布帛菽粟之文,而有人伦日用之行,斯刻也,又何难焉。"④文为末,德行为本,诗作的优劣不在逞烟云花鸟之词藻,而在言行合一。无庸赘言,这种主张固然有其合理性,然而,却影响诗歌的文学性追求和效果。

因主张诗要切合教化,要言行合一,体用同途,所以吕柟的一些诗作可做"诗史"看,反映了明代社会的尖锐的阶级矛盾和百姓极度贫困的现状,比如卷13《河东盐赠张御史仲修》写道:

宁为燕京捞粪卒,莫作河东捞盐子。捞粪犹能生,捞盐不如

---

① 见吕柟《泾野先生别集》,卷首。
② 吕柟著,米文科点校整理《吕柟集·泾野先生文集》,135 页。
③ 吕柟著,米文科点校整理《吕柟集·泾野先生文集》,219 页。
④ 吕柟著,米文科点校整理《吕柟集·泾野先生文集》,222 页。

死。（解一）

尔家富如京，年年免盐丁；我家贫无橐，月月丁不脱。（解二）

彼贾不识官，贾盐半泥丸；此贾到处熟，买盐白如玉。（解三）

上官有公谒，下官有私厚。我中十年前，翻在十年后。（解四）

但为盐场吏，胜种负郭田。暗有换概赂，明有截角钱。（解五）

掣盐是何官，暮夜来结交。明日出禁门，各夸秤秤高。（解六）

解一为总论，用贫贱行业的捞粪者为对比，刻画捞盐人的艰辛。从事捞盐业的人生不如死，原因何在呢？下五解从各个方面揭示了盐工遭受的剥削。解二，家越贫，承担的徭役赋税越高。被免除徭役的是富家大户，小老百姓月月被征丁税。社会的不公加剧了贫富差距。解三，盐户辛勤劳作，出产三盐的等级（即价钱），由商人说了算；商人所采购盐的品质又由盐官说了算。官商勾结，鱼肉盐户。产品的质量及价格不由产品本身决定，全凭商人能否巴结上盐官决定。这种极端的官场腐败严重影响了社会公平，进而影响商品经济的正常发展。解四，描述了上行下效、蝇营狗苟的官场丑态；解五、解六，抨击了盐官以权谋私，勾搭成奸，残害盐户，坑害国库以自肥的丑恶行径。这与白居易《卖炭翁》的新乐府诗精神一脉相承，都继承了汉乐府的现实主义精神，反映现实，关注时事，语言通俗易懂，多用口语。这组赠诗风格独特，一片纯白地替盐户诉苦，揭露盐贾与盐吏勾结害民祸民的丑恶行径。而这种诗是吕柟崇实诗风的典型。

《泾野先生别集》的诗作带有崇实贵真的特色。张良知在《泾野先生别集》的后序中写道:"忧国慕亲,感时怀友,发诸性情之则,以宣其志,简淡隽永,浑然天成,不烦雕刻,掞人心而系世教,得三百篇之正旨。"①此评价不为过誉,吕柟的诗确实多抒真情,写实事,如卷3《独漉篇和何修撰粹夫也》,是与何瑭唱和的,写道:

> 独漉独漉,谁因谁告。此织无衣,彼籽无谷。
> 鸟则有巢,兽则有薮。流离之子,帝心不疚。
> 黄河滔滔,舟子据津。虽有轴轳,不渡穷人。
> 民之富矣,贤如公卿。人之贫矣,智如市井。

这首诗以鸟兽、黄河、舟子、公卿、市井等起兴,叙述了贫贱勤劳的下层百姓无衣无食的现状,以关学家"民胞物与"的观念来看待社会,希望上层统治者心念流离失所的百姓,富人施手救济贫困百姓,然而,皇帝毫不愧疚,穷人寸步难行。整个社会富人似乎贤如公卿,穷人则智拙劣如市井之徒。把此诗反过来读,可以看到描述的社会分裂的状况:公卿出富门,市井多贫贱。作为一位翰林院的官员、皇帝经筵的高官,他在诗作中,不去歌功颂德、黼黻政治,反而对下层百姓给予深切的同情,极为难得。卷5五言拟古诗《我行出东门》写道:"我行出东门,反袂望此泉。西风吹秋山,白杨森墓林。上有凌云鸟,排巢结母欢。鸣声何呜咽,婉恋不忍看。昼寒知贵裘,夜寒知重毡。谁持霜刃剑,砉然裂肺肝。"②作者从东门一路走来,听着泉水叮咚作响,在衰飒的秋天里,到处呈现出悲凉的气息。鸟儿不忍离开母亲,呜咽的哭泣声感人肺腑。作者用铺叙的手法、平实的语言,白描出眼之所见,抒发心之所感。

---

① 见吕柟《泾野先生别集》,卷首。
② 见吕柟《泾野先生别集》,卷5。

优秀诗文的基础是否由作者的道德品行决定？历来这是一个有争议的话题，但有其合理性。正如本文在第一章所论，优秀作品的二维码一定有内容上的合正义性、符合人性层面。正如吕柟的《兰峰诗集序》所称："诗凡数卷，皆清新不腐烂，有古作者风。予一览之，爱不释手，岂徒以其诗哉！盖公骨鲠之忠，冰霜之节，灿然吟咏之间，快人心目尔。即有绨章绘句，摛文琢字，上轧沈、宋，其为华藻，固云美矣。然而其行不足称也，其志不足取也，由正人庄士观之，则比之雕虫俳优矣。"①如果诗作仅仅在绨章绘句、摛文琢字上下功夫，作者却"其行不足称也，其志不足取也"，那么无论如何当不得知人论世的基本追问，这类诗篇是进不到上乘之作行列的。

附论：吕柟著述"貌似周秦诸子"辨

吕柟勤于著述，有多部学术著述及文集、诗集传世，可谓是一位集道德、史才、文采、书法于一身的英才。其学术著述有六部被《四库总目》列入经部存目，有四部列入子部儒家类正目。其文集《泾野先生文集》被收录在集部存目。另有诗集《泾野别集》、游记《十四游记》及语录体《泾野子内篇》等传世，但《四库总目》未予著录。对其学术著述，四库馆臣评价为"授受有源，故大旨不失醇正"；对其文集则认为"往往离奇不常，掩抑不尽，貌似周秦间子书"②。对吕柟这样一位在当时及身后享有极高社会声誉的人物，四库馆臣考量其文集断语的依据是什么？进一步追究下来，四库馆臣定义"周秦间子书"的依据呢？笔者在读吕柟文集及《四库总目》相关内容时，这些问题常横亘于怀，促使覃思玩味，通过实证性地考索，于是有了这篇小文。

---

① 吕柟著，米文科点校整理《吕柟集·泾野先生文集》，330 页。
② 永瑢等《四库全书总目》，1571 页。

　　仅从外在形式看,吕柟之文复古气息浓厚,颇类先秦诸子文。比如,他爱用"某子"及号指代某人,李梦阳则"李子空同",邹守益则"邹子东廓",崔铣则"崔子仲凫"等等。文章结构上,特别喜欢用对话、辩难方式构章。有的文章甚至从头到尾都是对话。比如寿序,常例无非写寿主之有德有行,子孙之昌茂孝贤,寿主因而长寿无疆之类。吕柟文集中有多篇寿序、寿记,其内容虽不外乎此,但以对话体记事作序,别致新颖,如卷2《寿雷先生序》,用十一个人的言语组成一文。同卷《贺临汾双寿序》也如此。这种行文方式不足之处,是看似散乱无序,你说一句,他说一句。实际上如何做到形散而神不散,围绕中心组织对话相当有难度。语录体、对话体是先秦散文形成时期较早的两种文体。吕柟著述的这种称谓口吻和结构辞章方式与诸子散文有相类之处,但这些只是外在的;就深层看,其文与诸子文还有内在联系,表现在三方面:在内容上主旨上有相通暗合之处;在文学上,有相类的叙述手法及构建篇章的方法,同样具有较高文学价值;在创作态度上,都有高远的志识。此外,吕柟之文也有鲜明的时代印痕,这是区别于先秦诸子散文之处。

　　在内容上,吕柟之文的主旨与先秦子书相通暗合。刘勰《文心雕龙·诸子》指出:子书是英才们"入道见志"之书,子书的作用是"入道言治,枝条五经"①。有的纯粹,有的踳驳,其区别大致根据其是否符合儒家思想。吕柟是一位儒者,其为文或叙经典,或明政术,体现的是儒家的入世情怀。所以,其文在内容上既体现"入道见志"的个人宗旨,也符合"述道言治,枝条五经"的学术传统。怀抱民胞物与、兼济天下的理想,其文在思想上散发着儒者积极入世的情怀,充溢着解民于倒悬的热诚。在这一点上,吕柟文章与孟子、荀子有很多相似之处。吕柟的著述文风平易、质实充溢,不乏浩然之气,表现为说理

① 刘勰撰,周振甫著《文心雕龙今译》,中华书局1986年,153页。

不空泛，往往从身边小事说起，借事说理论道。徐阶在序《泾野先生
集》时，认为吕柟行文具有"道不远人"的特点（《泾野先生集序》）①。
"道不远人"是孔孟著述的一个鲜明风格。如《孟子·梁惠王》上章，
就是从与梁惠王谈祭祀用牛还是用羊，到提出"君子远庖厨"的论点，
进而借机劝说和鼓励梁惠王实行王道的。吕柟为文，不故作杳渺恍
惚高深之状，更不会板起面孔宣扬道学。反而常常从身边小事说起，
从眼前情形讲来，开示亲切且切实，循循善诱中传播儒家思想。比
如，吕柟有多篇赠序、赠语，这类篇章的构成往往从临别问言起笔，然
后根据所问或所行开讲，结合身边的人情世故寄予嘱托。如卷33
《赠聂士哲语》②从聂氏临行问什么是"可以终身行之者"开始，吕柟
答之以聂氏自己的二言：与人相处不难，"处人当先处己"，"盖能处
己便能处人"；圣人不难学，"挖圣人之心安于己之腔子内"，"若己之
心与圣人之心同也"，则学圣人不难。于是，提出只要"不忘己之二
言"，前者便能做到"不怨天，不尤人"；后者便"下学而上达"，通向
"孔氏之门墙"，"升颜氏之堂室哉"。从身边人、身边事，一步步开示
启发，引人向善，最终以孔孟之道为归依，达到"仁"的境界，这种方式
多见于吕柟文中。他的行文方式、思想主旨与孟子何其相似。

　　从逻辑结构上，理学家吕柟特别擅长推理，以理服人。如他论述
学者之立志、立言与德、行的关系。"夫学者之于德也，不患立志之不
高，患其力不足以继之耳；不患立言之不妙，患其行不足以充之耳。
是故，观苍海而叹汪洋，非得水者也；惟夫携侣以乘航，上瞻摇光，下
穷尾闾者，斯得乎百川之会矣。睹岱岳而叹崒嵂者，非得山者也；惟
夫奋足而蹑梯，下遗石间，上止天门者，斯得乎千峰之尊矣。"（《赠五

---

① 吕柟著，米文科点校整理《吕柟集·泾野先生文集》，1 页。
② 吕柟著，米文科点校整理《吕柟集·泾野先生文集》，993 页。

山潘君考绩序》)①确实有孟子、荀子"理懿而辞美"之风。

其次,在篇章结构和风格上,吕柟之文与周秦子书多有相通之处,具有较高的文学价值。吕柟为正德三年状元,援例授翰林修撰,参与编修国史。他勤于诵读,博闻强记,加之多年史官的职业素养,其文则旁征博引,内容宏富,论辩滔滔,说理充分。他善于用神话解经,叙事中附着思想观点,用寓言阐发纲领。或许在四库馆臣看来,这种行文方式往往有悖于理学家循规蹈矩的行为规范,于是以"离奇不常,掩抑不尽"定性其文。吕柟之文在哪些地方表现了"离奇不常"呢?

离奇不常表现之一,行文多史传文学的色彩,富有文学虚构性。吕柟身为史官,其行文有史传文学的色彩,比如《泾野先生文集》卷2《送凫塘刘云南序》是赠给陕西参政升任云南按察使的。这类文章无非颂扬其善政,提出劝勉。而吕柟写法却不一样,他开头设计了一个路遇二农叹悢的情节,中间叙述主人公带有传奇性的故事:因得罪宦官刘瑾三个月被褫夺为民。然后以刘公年友的口吻叙述刘公的履历。行文曲致熨帖,娓娓道来而不平板呆滞。这类写法的文章为数不少。同卷《赠李巩昌教授序》中讲了一个自己学稼穑的故事。"他日柟尝学种禾矣。遇莠则锄之,三日而过,莠则犹夫昔也;遇禾则培之,三日而过,禾则犹夫昔也。于是,荷锄而立道旁,语老农曰:'吾田何若是之恶乎?'老农曰:'子未闻庄周乎? 卤莽而耕者,亦卤莽而获之;灭裂而耕者,亦灭裂而获之。老农之田则异乎是:草未繁而垦之者三矣,莠未花而揠之者三矣。子何以比吾田哉!'予掷锄而叹曰:'昔者后稷之治稼也,以四海九州为畎亩,以日往月来为耒耜,以江淮河汉为灌溉,以雨露霜雪为粪壤,然后铸庄山之金,以耨荼蓼。诗曰:

---

① 吕柟著,米文科点校整理《吕柟集·泾野先生文集》,233 页。

荼蓼朽止,黍稷茂止.'"①讲这个学稼穑的故事是为说明"言行者,君子之所以登夫岸也"的道理。这样的阐述手法颇类庄子。为阐发主旨,吕柟行文中重言、寓言、卮言兼用。卷4《静学殿下孝感诗序》讲到一个神异故事:"维我明宗室之贤! 灵丘静学殿下丧其母夫人,居庐墓侧,朝夕哭奠,负土以筑垒垄,自煮粥食。墓有枯柏复生绿蘽,争荣于羡道。复有慈鸟巢庵,灵蔡守夜,群鸢宿树,双鹊结屋,白鹏叠翔。于是,青茅冬苗,丹草夏生,群童拾翠以相饷,乡耆绘图而矜赠。"②不要以为这是在叙述一个事实,其实这是吕柟为行文之需进行的虚构。从某种意义上反映出吕柟对所记灵异事件的态度:行文所需,可以虚构。从儒家传统看此或不足,而吕柟则认为无妨,反映了他的一种新态度,即接受文学虚构的开放态度。

离奇不常表现之二,以比喻明政术。吕柟曾长期在南吏部任职,由吏部考功到吏部侍郎。如何看待政治制度、正统思想,是他经常思考和表述的内容。这时他特别爱用比喻来说理。比如就考绩制度来说,如何看待"政绩",如何认识"考绩"等级呢? 吕柟认为符合道德、道义之后才能评论政绩、制度等。他打比方,"今夫金之杂者,考之以初火,色顿变而质暗减;若其真且赤也,历百炼,炊重炉,其体固其若也。是故,古之君子考德以问业,考道以为无失。道德者,本也;言、绩、制度者,末也。如其道德未考而有违,虽言、绩、制度之最,奚加焉? 如其道德已考也,虽言、绩、制度之殿,奚损焉?"(《送刘君少功考绩序》)③虽然以道德作为考绩根本的论点略显迂腐,但比喻恰切。同文还有"予独惜夫镜也,持以照人之妍丑,毫发莫遁矣。然而其背垢或集而不知也,尘或累而不觉也。是故,受考于人者易,考乎人者

① 吕柟著,米文科点校整理《吕柟集·泾野先生文集》,69页。
② 吕柟著,米文科点校整理《吕柟集·泾野先生文集》,128页。
③ 吕柟著,米文科点校整理《吕柟集·泾野先生文集》,179页。

难",以镜子正面照人清晰,背面积垢却不自知为例,来说明考功者考评别人容易,自考自省则难的道理。卷8《赠石泉潘公考绩序》是送给南京少宰婺源潘公的,在叙述当前政局之忧患及潘公政绩之显著时,他用了舜时历山主人如何整治糟蹋禾苗的狐兔的故事。历山主人先后采用了两种不同的治理方法,取得完全不同的效果。所谓舜时,并非真有其人其事,这类似"很久很久以前……"的说法,是用故事说理的一种方式。用虚构故事来说理,这是吕柟文中,特别是赠序这类较正式的文体中,经常采用的方法。

离奇不常表现之三,"叙经典"则善于用寓言故事来传达思想。传达思想而附着于事件的,首推以庄子为代表的先秦诸子寓言。韩非子的内外《储说》又是一种代表。其次是西汉的《韩诗外传》《说苑》《列女传》等小说杂传。此外,汉大赋在进入正式叙述之前,点出乌有公子、亡是公、东都主人、西都之宾等虚构人物,由他们的对话构成长篇叙说,可以说也是一种。吕柟之文,往往虚构人物,设计对话,以讲故事的形式,传达自己的思想观点。比如,卷3《送刘任丘序》用了四个寓言故事,第一个是终南山修炼三十年的禅子,一旦入花柳繁华地,顿时坏了修行。第二个周京之士,本来对自家珍藏的古度量衡信心满满,但一旦被众口非议,便丧失了自信。用这两个故事来说明表达廉洁奉公的理想易,坚持理想不易,尤其在外界诱惑或众口责难的情形下坚持理想更不易。第三个故事讲东圃之鸣鸠善于依次哺育众雏,第四个讲西邻之老媪善于粉饰丑女以嫁。用这两个故事论证明断与立法的普遍性及重要性。这种论述方法都与庄子、韩非子的文风相通。同卷《赠张通州序》则讲了似乎是现实中的两个人物:东郭之赵敏氏,西郭之钱逸士。吕柟假称两人是他的同乡,但两人行为、德行截然相反,显然这两人是其杜撰的人物,以说明不同的行为、德行会导致截然不同的后果。结果,勤劳而善修身的东郭之士"德积而家兴,一乡之士皆归焉";而百般恣肆又不修身的西郭之士,"行久而家败，一乡之士皆耻焉"。这两个故事都是对应着通州之守张舜举以为"通州者，通东南路也，日奔走应接无暇，将何日而息"的感叹而发的。吕柟以孔子告诫子贡"君子自强以求不息"为结论，告诉张舜举当有大担当。这种文章读来颇与《韩非子·说林》相似，有韩非子之风。且这类写法的文章在《泾野先生文集》中比比皆是。

《泾野先生文集》卷2《再贺李掌教序》是一篇值得注意的序文。这篇序文一改常规，行文颇具诡谲宏肆之风，以神话说理，完全不像一个道学家的口吻，却颇有庄子之文风。试读下文：

> 吾学掌教李君文辉教成，而提学秦先生奖之"允称师模"。于是……诸友人问言焉，又将以劝李子也。曰：於戏，昔有白石生者，昆仑人也。貌如姑射之神女，齿如《硕人》之瓠犀。居琼瑶之室，开雪月之门，出驾双鹤，入骖白鹿。尔乃咀银杏，饕霜稻，既饱而啸，仰日而吟。见玄玉翁则翻然而退，匿形而藏影。曰：是将点我乎？彼玄玉翁者，阴山人也，其见又异焉。曰：吾朝徘徊于漆园，暮抱膝于雾洞，并北宫黝以为友，牵夏首黑而为朋，人不能识吾面，名不能显吾形，尔昆仑氏者，又何皎皎为邪？于是，雌黄腾乎多口，毁誉变于双门。比其久也，昆仑氏曰：吾不得玄玉翁，吾何以妙其动。阴山氏曰：吾不得白石生，吾何以藏诸静。于是迹不间于矛盾，人各出其肺肝，遂携手以同车，乃丽泽而终身。……盖知有至不至，则行有同不同。故伯玉觉非于五旬，仲尼不惑于四十。夫道本太虚，清通而不可象；学如徒步，知过而后能进。昔者周公，西周之圣宰也；仲尼，东鲁之圣士也。年如此其久也，地如彼其远也，然精神既合于玄冥，形貌遂睹于梦寐。于是，周公坐洙泗之堂，问曰：……
>
> 仲尼曰：……
>
> 周公曰：……

是故神明可格,云霄可薄。非有蓬莱之况,岂免大壑之嗟?请与子偕秣其马,共脂其车,绝尘而奔,一日千里。自积石至于崇高,梯以阁道,栈以参井,舟移银汉,车脱牵牛。宿广汉之乡,弄日月之影,云霏霏而作雨,风习习以生物。白石生失其白,玄玉翁失其玄。子以为如何?①

此文值得注意的有两点:其一,文章虚构故事来说明道理。以白石生与玄玉翁来说明黑白的相互依存,以周公与孔子的对话阐发自己的观点。其二,虚构的故事虽有拟古的痕迹,却描写宏肆。这些说明一位理学家在时代风气的熏染之下,也采取虚构手法阐明问题。再者,就这篇序文来说,这种写法确实"貌似子书"。

周振甫先生释刘勰所谓诸子散文"标心于万古之上,而送怀于千载之下"时说:"说明诸子散文所写的不是局限于个人眼前的利益,都是眼界放得极远,所以他们的声音经历了长时期而没有消亡。"②吕柟为文,不趋炎附势,不敷衍了事,而是抱着一颗真诚的心,去教化、鼓励、鼓舞人们去修身、行仁、治世、救民。其赠序多处可以感受他那颗拳拳之心。其文自然流露示出的是对儒家学术传统的传承及发扬。我们可以通过分析其不同文体,来认识他是如何把思想深植于作品中的。例一,赠序类。官员升迁流动,例常有赠序,"或美或劝,或期或告"③。吕柟或受人之请,或主动表达,有多篇赠序。对即将上任的官员,无论其升职还是遭贬谪,他总谆谆嘱托:关注当地百姓的民生问题,最终落脚点是以民为本。在物质艰苦的客观情形下,暖衣饱食是最大愿望。吕柟居官行政的立足点有两个,一个是百姓足,

① 吕柟著,米文科点校整理《吕柟集·泾野先生文集》,64页。
② 刘勰撰,周振甫著《文心雕龙今译》,154页。
③ 吕柟著,米文科点校整理《吕柟集·泾野先生文集》,42页。

一个是士风端。"夫居官以廉为本，人臣以直为正。廉则百姓无不足，直则庶士无不端。百姓足则教化兴，庶士端则风俗美。如此而世道不升者，未之有也。"①即便贺功，也不屈曲隐讳百姓造反实际是官逼民反的结果。例如，卷2《送蓝公平汉中序》一文，虽赞扬蓝公平叛定乱的功绩，但文章开头就直言"正德四年间，苍溪贼鄢本恕……纠诸饥寒，谋聚为鸨。未及期年，众盈十万"②。他看清楚了官逼民反的事实，又不讳言。文中吕柟主张平定叛乱应以整顿吏治为先，以武力镇压为后。没有一颗爱民恤民之心，何敢言此！没有充足的理由，何以如此之理直气壮！所谓文生于情者也。

例二，寿序类。人生苦短和永垂不朽的矛盾是人类的一个恒常话题。寿序多为年事高者作，德高寿耆者也往往意味着来日无多。吕柟写寿序有两个宗旨："柟尝具言称寿，一曰报德，二曰报志矣。"（《寿萱图序》）③吕柟所作寿序有一类比喻，即或以江浒之灌木由幼苗而长成蓬勃大材，或以江河之源头仅能滥觞，至汇纳多水而成汹涌之大江大河。以之喻积小善成大善，以善而成人，以成人而使父母延寿享誉，乃至千百年。一个人的寿命（享寿），与其个人积德行善有关；而其致寿（声名传世），则与其子孙是否立德建功光宗耀祖等有关。吕柟有一定的文体观念，比如卷10《废庵谢君七十寿序》说到所作百十篇寿序"其论人子寿亲之言不下百数十篇。大要以能继其志，扩充光大为本也"④。正是因为有明确的政治指向和社会指向，其文正足以发胸中之思，论世俗之事，因此最为可贵。

另一方面也应看到，吕柟之文除与先秦诸子文有相似、相通之处

① 吕柟著，米文科点校整理《吕柟集·泾野先生文集》，339页。
② 吕柟著，米文科点校整理《吕柟集·泾野先生文集》，41页。
③ 吕柟著，米文科点校整理《吕柟集·泾野先生文集》，82页。
④ 吕柟著，米文科点校整理《吕柟集·泾野先生文集》，378页。

外,还具鲜明的时代印痕和个人色彩。身为科考状元,吕柟在行文中不自觉地流露出以八股构架文章的娴熟、干练。表现在结构上如善用对称,一个问题从正、反两方面论述,多用"四弊""五私""九者"之类的"数字+名词"的方式,提出某类社会问题,然后一一进行披露。进而提出补救之策。这样,社会问题的多因性便全面展现出来。如论当代学者有"五美"与"五不美"则曰:"夫学有五美亦有五不美。夫忠信不谲则美,固执有志力则美,简淡则美,不畏高明虐茕独则美,持此道终其身不易则美。夫忠信不谲弗克明,则或速欺侮则不美;固执有志力弗克变,则事偾则不美;简淡之流弊,守雌守黑则不美;不畏高明虐茕独,乃或长傲长奸则不美;持此道终其身不易而不知也,则差毫厘缪千里则不美。"(《别寇子惇序》)①善用对称结构从正反两方面议论说理,"是故泥途而有健步,必其攀援者也,不然跬步不能前;中道而有跛足,必其笃疾者也,不然千里必可到。故君子宁求立而未至,不可未立而先权也。"(《介立题辞》)②这是对"今人谓立为细,开口辄言权",却没有是非标准的现象提出的批评。吕柟认为一旦士人以利弊权衡为标准,便等于放弃了道德底线。所以,艰难时世中,有健步如飞的攀援者,也有笃疾不行的畏难者。这类对偶句修辞手法,在吕柟文中比比皆是。显然与长期接受八股文做法有关,这一点上打上了时代印痕,有别于诸子。

接下来我们关注一下四库馆臣关于"子书"的定义。"子书"的观念由来已久,《汉书·艺文志》就分作九流十家,这就是常说的先秦诸子的分类。到班固编撰《汉志》时,著录了诸子或有著述者,此即为"子书"。此后,因为社会政治与学术传统的变化,先秦九流十家除儒、道外,其他各家趋于分化及湮灭。到刘勰时,对诸子有了新认识

① 吕柟著,米文科点校整理《吕柟集·泾野先生文集》,13页。
② 吕柟著,米文科点校整理《吕柟集·泾野先生文集》,1058页。

及评价。他把子书分成先秦及两汉之后两大段，认为子书有"枝条五经"的作用，还认为子书在文辞风格上，各具特点，具有文学价值。总的说来，刘勰褒扬先秦子书，认为先秦诸子立论高，看得远，还能自辟门户；而两汉以后作者多依傍儒家，体势渐弱，变为"虽明乎坦途，而类多依采"（《文心雕龙·诸子》）①的局面。再往后，儒家无论怎样变化，其正统地位已牢不可破。而到清朝修《四库全书》时，子书的概念与《汉志》已大相径庭。

　　《四库全书总目·子部总叙》②曰："自六经以外立说者，皆子书也。"子部共十四类，其中儒、兵、法、农、医、天文算法六家，"皆治世者所有事也"。说明四库馆臣认可这六家。另外八家依次是：数术、艺术（"以上二家，皆小道之可观者"），谱录、杂家、类书、小说家（"以上四家，皆旁资参考者"），释家、道家（"二氏，外学也"）。十四类中儒家当仁不让地居首位。至此，"子书"的概念与《汉志》相比，已发生全面改变。如果《汉志》所谓"诸子"指"九流十家"，侧重于不同的思想派别的话。那么，《四库全书》中的子部所收录的书目则侧重于"治世"。其诸子的含义有二：其一，指先秦诸子，与《汉志》所指相同。其二，汉以后则主要指儒家的不同派别，尤其指宋明各理学家。按照这个思路，"子书"则包括两类，一类为周、秦诸子书，一类则为汉以来儒家各派之书。依照凡例，《四库总目》在每一类下又分作正目及存目两部分，且看《四库总目》子部儒家类是如何区别正目及存目的。子部儒家类序③曰："古之儒者，立身行己，诵法先王，务以通经适用而已，无敢自命圣贤者。""迨托克托等修《宋史》，以道学、儒林分为两传，而当时所谓道学者，又自分二派，笔舌交攻。自时厥后，天

① 刘勰撰，周振甫著《文心雕龙今译》，161 页。
② 永瑢等《四库全书总目》，769 页。
③ 永瑢等《四库全书总目》，769 页。

下惟朱陆是争。门户别而朋党起,恩仇报复,蔓延者垂数百年。"入选正目的著作需要满足四个条件:"凡以风示儒者无植党,无近名,无大言而不惭,无空谈而鲜用,则庶几孔孟之正传矣。"列入存目的则因其存在两个不足:"今所录者,大旨以濂洛关闽为宗,而依附门墙,藉词卫道者,则仅存其目。"宋以后之作,凡以濂洛关闽为宗旨的,便落下一义;倘又"依附门墙,藉词卫道"则犯了门户之争的大错,所以这类书籍只能入"存目"。而"惟显然以佛语解经者,则斥入杂家"。元明以来,学者多"以濂洛关闽为宗",故明人著述多入存目。

由此可见"诸子"、"子部"、"子书",这三个概念之间虽有交集,但到四库馆臣收录书目时,"子部"侧重于治世、资观。"诸子"的内涵不同于传统所指的"九流十家",汉代以后指称的则是儒家各支派。与之相随,"子书"的概念也以汉代为限,之前指先秦诸子书;之后,指阐释儒家各派的著述。吕柟的著述有《孟子》的理懿而辞雅,有《庄子》的汪洋恣肆,有《韩非子》的"博喻之富",有《荀子》的严谨条畅,故四库馆臣判断吕柟著述"貌似周秦间子书"。这一判断其"子书"含义就是先秦"诸子"书。四库馆臣的判断是客观允当的,吕柟著述之"貌似周秦子书",从一个侧面反映了复古思潮在明代正嘉时期的全面复兴。

第三章　振民赋物成教化：
马理的学术观念及文学观

关学在明代的一个重要支派是三原学派，此派由王恕开宗，马理、韩邦奇、杨爵均为中坚力量。三位先生的为人处世、行为准则、作文赋诗都有独特之处，下文依年辈之序逐一分析介绍。先介绍的是深获王恕父子赏识的马理。

第一节　居乡恂恂　立朝蹇蹇：
马理行实及著述

马理（1474—1556），字伯循，号谿田，陕西三原人。生于成化十年正月二十七日，卒于嘉靖三十四年十二月十二日的大地震中，享年八十二岁。在关中四先生中，马理年辈最长、享年最高。

马理幼承庭训，聪敏好学。十四岁成为邑诸生，跟随庠生雷鸣学《周易》，由此养成了进退裕如的人生态度。二十岁时，入三原弘道书院，从康僖公王承裕学，因此得三原学派王恕宗旨，接受"学者读书所以明夫道，圣贤之道不过在于日用行事之间而已，初非远于人也"（《乞建石渠先生祠呈》）[1]的观念，在日常生活、为学为政中，力行体察圣贤之道。"一切体验于身心……以曾子'三省'、颜子'四勿'为

---

[1]　马理著，许宁、朱晓红点校整理《马理集》，359页。

约,进退容止,力追古道。康僖公深器异之,一时学者即以为今之横渠也。"①杨一清督学陕西,试诸生而赏识马理、吕柟和康海,有"康之文辞,马、吕之经学,皆天下之士也"②之语。马理二十四岁时,以《春秋》举乡试第四。次年,会试落第,入国子监,与吕柟、崔铣、秦伟等七人交游,"诸公相交切劘,而文章德义,名震都下"③。之后因连续遭母丧、父丧,未预试,至年四十一,方会试得中进士。

正德九年(1514),马理以二甲二十名赐进士出身,授吏部稽勋司主事。他为官清廉正直,多次拒绝权贵上司的不正当要求。自四十一岁入仕到嘉靖二十三年(1544)七十一岁引例陈情致仕,三十年间,五仕进五归隐。仕则克己奉公,隐则讲学治经,风骨凛然,进取不怠。正德朝,两次阻谏南巡,被予杖夺俸;嘉靖初,因伏阙争大礼,再被廷杖夺俸。诸如此类批逆鳞拂圣意,阻断当路者假公济私行径等等,马理为政期间做了不少,表现出凛凛大义。乡居期间,马理专注于讲学,先后在嵯峨精舍、商山书院开讲席,四方来就学者无数。

嘉靖三十四年冬,关中大地震,马理不幸罹难。《明史》本传评曰:"理学行纯笃,居丧取古礼及司马光《书仪》、朱熹《家礼》折衷用之,与吕柟并为关中学者所宗。"④天启初,追谥"忠宪"。

下文将就马理生平中,择取几件有重要影响的事件叙述,以见证其人格品性。《谿田文集》卷1,收录马理的四本上疏,第一本为《上弥天变疏》⑤。这是正德十年底所上。这年年底,吏部文选司所在的衙署遭火灾。当时马理因患病休假,火灾后却上此疏,希望皇帝反省

---

① 冯从吾撰,陈俊民、徐兴海点校《关学编》,47 页。

② 冯从吾撰,陈俊民、徐兴海点校《关学编》,47 页。

③ 薛应旂《谿田马公墓志铭》,见马理著,许宁、朱晓红点校整理《马理集·附录》,619 页。

④《明史》,7250 页。

⑤ 马理著,许宁、朱晓红点校整理《马理集》,260—261 页。

灾异之变,励精图治,近贤士,远佞臣。"臣由正德九年进士,十年四月由本部稽勋司主事调今职(注:文选司主事),至十二月初患病在家。及二十日夜,本司被火,烧毁房屋。……臣窃惟天人一理,交相感通,善恶之积在人,灾祥之降在天,变不虚生,惟人所召。今臣本部本司被火,求诸感应之理,昭然可见。"希望通过吏部的正当铨选,"俾朝廷进必君子,退必小人,贤者能者,布满中外"。社会现实却危殆不尽人意,"今海内官无善政,邑无善俗,人无善心,民穷而盗起,兵耗而备弛,譬若岩墙而无基,是之谓危……朝有幸位之人,野多考槃之士"。此疏中所举荐的贤人有王凤云、吴廷举、胡世宁、吕柟、李梦阳等。疏末指出:"尚书有为则枉错直举,人心慊服而天变可弥,四海之内将去危就安,去乱就治,庶几太平之可望矣。"去危就安,去乱就治,可谓君臣万民的共同心愿。借着一次衙署的火灾,明确申明自己对朝政危机的看法:无善政、无善俗、无善心、民穷盗起、兵耗备弛。这些批评极犀利,几乎全盘否定了皇帝的治理。对一些不持守原则的当路者指名道姓地弹劾,对被贬谪的正人君子则力荐,由此希望皇帝能进君子、退小人,开治世。

　　《明史》《关学编》《明儒学案》等几部记载马理事迹的著作,都记录了马理在吏部勇于担当,为正人君子正名,保全善类,力抗上司的事迹,因而得到"爱道甚于爱官"[①]的清誉,也实践了他所持守的"身可绌,道不可绌"(《谿田马先生传》)[②]的信念。此事以薛应旂的记载最早、最详备。薛氏《谿田马公墓志铭》曰:

　　　　丙戌,例当考察外官。公博访详审,以定去留。时临颍内阁、东光冢宰各挟私忿,嗾人论劾,欲去广东、河南、陕西三省提

---

① 冯从吾撰,陈俊民、徐兴海点校《关学编》,47页。
② 冯从吾撰,陈俊民、徐兴海点校《关学编》,47页。

学副使。公乃昌言曰：“魏校、萧鸣凤、唐龙即今有数人物，若欲去此三人，请先去理。”唐由是获免，魏、萧调用，上疏后公犹争之，不置。萧补广东，魏补河南，仍各任提学。公之保全善类，以扶元气，如此类者甚多。①

据《明史》卷72《职官志》记载：“京官六年一察，察以巳、亥年。五品下考察其不职者，降罚有差；四品上自陈，去留取旨。外官三年一朝，朝以辰、戌、丑、未年。前期移抚、按官，各综其属三年内功过状注考，汇送覆核以定黜陟。”②丙戌年依例朝考外官，以其任职三年内的功过定黜陟。倘若不该升职的得晋升，不该被处罚的受罢黜，则意图奖勤罚懒的朝考，就变为罚善扬恶或以上司好恶定黜陟，变考核为徇私舞弊，都会导致官场正气萧索，加剧官场败坏。“临颍内阁”是侍读学士贾咏。贾咏，河南临颍人，时任侍读学士，掌南京翰林院事。“东光冢宰”是吏部尚书廖纪。马理力抗上司以私意好恶定黜陟的恶劣行径，保全善类，匡扶了正气，深得人心。举马理所保全者一人为例，魏校（1483—1543），昆山人，弘治十八年（1505）进士，南都四君子之一。《明史·儒林传》称刘瑾等宦官专权时期，“莫敢抗者。校直行己意，无所徇。……累迁国子祭酒，太常卿，寻致仕”③。学术上，“校私淑胡居仁主敬之学，而贯通诸儒之说，择执尤精。……唐顺之、王应电、王敬臣，皆其弟子也”④。这样一位学术醇雅、为官正直之士，却不被当道所容，幸亏得马理据实考察，方免于被黜落。马理为官多有此类善政，敢于匡扶正义，提振正气，在官场上激浊扬清。

———————

① 见马理著，许宁、朱晓红点校整理《马理集·附录》，619页。
②《明史》，1737—1738页。
③《明史》，7250页。
④《明史》，7250—7251页。

　　在学术上，马理为三原学派的中坚力量，在阐扬三原学派的宗旨、总结王恕的事迹和作用上做了很多贡献。正德四年(1509)，他有《乞建石渠先生祠呈》①，褒扬王恕有"忠信刚毅、默识力行、罔事表暴"，"居乡恂恂，立朝蹇蹇，简而不傲，刚而不虐，和而不同"等品德。对王恕所处的社会形势，分析认为："尝谓学者读书所以明夫道，而圣贤之道不过在于日用行事之间而已，初非远于人也。若其所诵说者如彼，而所行却只在此，所言非所行，所行非所言，则不惟所行有不合于圣贤之道，而圣贤之道亦恐非其所言。"这段话并非空发议论，而是确有所指，那就是社会上不少读书人口诵圣贤言说，实际行为却违背圣贤之道，因而提出倘言行不一，"则不惟所行有不合于圣贤之道，而圣贤之道亦恐非其所言"。王恕则"必以所读之书而施诸所履之行，即以所履之行而验诸所读之书，不必求道于圣贤而惟求之于吾心"。因此，王恕具有纠治社会不良风气的典范作用。马理等乞建祠堂的出发点是"为崇德报功以补助风化事"。正德三年，王恕去世。马理文章中有"殁已逾年，祠犹未立于我乡人，后学之意诚所未慰"句，说明此呈的时间点应在王恕去世一年后的正德四年，由此可见，就总结王恕的学术地位，认识三原学派的学术价值上看，马理可谓最早的行动者。

　　马理在《书半斋说》②一文中以对话体勾勒了自己在先生(指王恕子王承裕)的启发下，思想的转变过程。少时自期为全人，乡大夫指引的途径是"学焉耳矣"，学的内容有二："一曰通，以会之于心；二曰能，以措之于行。行其目有九：一曰儒，二曰吏，三曰佛，四曰老，五曰言，六曰貌，七曰技，八曰艺，九曰文。君子修此九者，故全也。"当时马理奉之为至言。但求教于先生时，却被斥为荒谬。先生先督促

---

① 马理著，许宁、朱晓红点校整理《马理集》，359—360 页。
② 马理著，许宁、朱晓红点校整理《马理集》，355—356 页。

其思考九能所职,马理逐一思考作答,比如认为儒者"彼谓著述训诂以淑人者也";文者,"凡言之工者也,华之于书者也"。又被先生斥为荒谬,先生认同的儒者,不应好名好不朽,因为这样的人"又其好名如此,则其名亦足称也,亦且为不朽人也。然其心则既斫丧而无余矣。……心者,身之主也。丧心之人可得而谓之全乎?……夫自惑原于自蔽,自蔽原于自役,自役终于自丧。呜呼! 志乎全而卒至乎丧,悲夫!"经过先生的启发和自己的再三内省,终于认识到"理盖自是不敢慕乎外、矜乎内,以为学也。今以夫子之贤而不与于甲科,乃能不以甲科为意;授之以小官,乃能不以小官为羞,其所养可知矣"。不求全,终究能成就全。三原学派推尊"颜子之学","颜子之学也,非礼勿视听言动,虑其役乎外也。有若无,实若虚,不自知其有于内也,此颜子之所以为仁而几于圣也。后之学者,舍颜子其何以哉?"推崇颜子之学,就是要把圣学落实到身体力行之中,不慕乎外,不矜乎内。儒家育人的一个理路就是模仿,父亲的作用是树立做人的典范,儿子未必知道父亲言行之依据,但只要亦步亦趋地效仿,就算孝顺,否则就是"不肖"。当然,儒家这种上行下效的育人方法,在理路上意味着放弃理论思辨。

据史料记载,马理有多种著述,按内容上可分为三方面:其一,经学研究,主要是对四书五经的阐释,如《四书注疏》、《周易赞义》、《书经疏义》(一作《尚书疏义》)、《诗经删义》、《周礼注解》、《春秋修义》等六种。可惜仅《周易赞义》传世,其余散佚。其二,志传类史书,有《陕西通志》《嵯峨书院志》《马百愚传》等三种,其中仅主持编撰的《陕西通志》留存下来,其余两种佚失。据马理《陕西通志序》知,是志动议于成化年间陕西巡抚马文升主政时,正德年间何景明任陕西提学副使时期,有所撰述。嘉靖初期,陕西右副都御史赵廷瑞汇集各方力量进行编撰。到嘉靖二十年(1541),吕柟、马理接受委托,在高陵、三原两地开馆修志。不幸吕柟于次年去世,由马理独自主持修志,"诸彦就馆于嘉靖辛丑三月六日,散馆于壬寅十一月望日"①。马理主持修撰的这部通志被称作《嘉靖陕西通志》,后世对其评价甚高。2006 年,三秦出版社整理出版了此志。其三,诗文集,有《谿田文集》传世。

《谿田文集》最早的版本为万历十七年(1589)刻本,雒遵序,三原县令张泮捐资刊刻。清乾隆十七年(1752),马理的九世孙马锡朋在万历本基础上补修,增刻补遗一卷。跋署名为"九世孙邑庠生锡朋谨识",曰:"(马理)晚年手订一十二册,剞劂力艰,后悉散亡。万历中,文溪张公宰治吾原,雅慕情切,旁搜遗文,刊为是集,迄今百七十二年。枣栗之存,仅有其半,观览者每以钞补为苦。今岁邑绅士先生相聚……遂各输金,照旧拓原本补刻其缺,不逾月而复成完璧矣。"②文后录捐金助刻者姓名,日期为"时乾隆十七年岁次壬申八月中秋日"。此版书卷头题"谿田文集卷之×",下署"关中谿田马理著,后学泾波雒遵选,宜兴安节吴达可阅,三原知县张泮校"字样。最容易见到的是收录于《四库全书存目丛书》的影印本。是本据清华大学图书馆藏明万历十七年刻,清乾隆十七年补修本影印。卷首为两篇传记,一为《明史·儒林传》之马理传,一为冯从吾《关学编》中题为《谿田马先生》的传记。传记后有序一篇,题为《谿田先生文集序》③,署"赐进士中大夫提督军务巡抚四川都察院右金都御史前吏科都给事中两朝侍经筵后学雒遵撰,万历十七年六月吉旦刊",曰:"谿田先生文名赫著,厥惟旧哉! 顾草庪散帙久未锓梓,景行者多遐思焉。惟时原令张君文溪,政成人和,暇综文献,汇稿成集。直指安节吴先生督雠三省,博诹先明,雅意谿田先生,得是集也,喜命受梓。"按:张文溪,名

① 马理著,许宁、朱晓红点校整理《马理集》,268 页。
② 马理著,许宁、朱晓红点校整理《马理集》,480 页。
③ 马理著,许宁、朱晓红点校整理《马理集》,259 页。

泮。吴先生，名达可，宜兴安节人，巡盐三省。序后为目录，详细至每卷篇目。卷后有跋，无题，署"九世孙邑庠生锡朋谨识"，跋文见上。各卷内容为：卷一，疏四篇；卷二，序二十六篇；卷三，记十四篇；卷四，书十一篇；卷五，行实、志铭、墓表、祭文等十篇；卷六，杂著各体（传赋铭吟箴辞曲说呈）文二十二篇；卷七，五言长篇二十五首、古风十五首；卷八，七言长篇二十三首；卷九，五言绝句二十二首、五言律诗四十首；卷十，七言绝句二百五十七首；卷十一，七言律诗一百二十一首；补遗一卷收其《送康太史奉母还关中序》。合计十二卷，与马锡朋跋文所说"晚年手订一十二册"相合。

2015 年西北大学出版社出版的《关学文库》，收录有《马理集》，包括《周易赞义》和《谿田文集》两部分。据整理者许宁、朱晓红介绍，《周易赞义》现存 7 卷，采用《四库全书》本为底本。《谿田文集》11 卷，及《谿田文集补遗卷》《谿田文集续补遗卷》《谿田文集搜遗卷》，采用道光宏道书院刊刻的《惜阴轩丛书》本为底本。笔者除了访寻到《惜阴轩丛书》本之外，还访寻到中山大学图书馆善本馆藏一部《谿田文集》，与《四库全书存目丛书》影印本出于同一个版本系统，即都是万历十七年刻、清乾隆十七年补修本。此本形制无异，面貌相似。每叶直 27 厘米，半叶横 17.8 厘米。版面直 20.5 厘米，横 13.5 厘米。半叶 8 行，行 18 字，四周双边，白口单鱼尾。装潢为金镶玉。不同之处在于，卷首没有《明史》本传及冯从吾的传，只有雒遵的序文一篇。卷 11 最末一首诗为《哭武功张纬秀才》，诗云：

> 北台竹所尚新书，东序松阴宛旧居。月上忍看执业处，雪中忽忆立门初。当时准拟而闻道，今日谁知天丧余？回首春山双泪堕，满园桃李若为虚。

集末有"谿田文集卷之终"字样，没有捐金助刻者名单。此本破损严重,虽经中大图书馆镶衬整理,书页被蠹虫侵蚀处,有些字迹漫漶不好辨认。

第二节　旋辕吾党只遵路: 马理的文章观念及创作

雒遵《谿田文集序》有言:"马理文章景明诗,当代斯文可让之。谿田先生文名赫著,厥惟旧哉!"①马理在当时颇有文名,从他的作品中,我们可以窥见其文学观念,也能领略其文章特质。

马理的文学观念在其《全唐律诗序》②中有较为全面的表述。此诗序是为三原县令张泮选编的《全唐律诗》所作。张泮"志于诗乐。乃阅唐人律诗,手自选取,多寡弗伦。若杜子美诗则全取之矣,其孟浩然、王摩诘、李太白、韦应物诗,则访于理而多取之"。张泮选取唐律诗的标准并不明确,杜甫的律诗全收,其他人的诗则多听取马理的建议,有所取舍。此编未见,或已佚。马理的序文通过问答方式,阐释其文学观念。其一,诗有治化之效,无论从事哪个行业,读诗、采诗都有益于教化。先设二问:"夫侯有大人之事,乃耽诗也邪?""吾民有小人之事焉,乃耽诗也邪?"接着举例证诗之用:"昔者尧舜之治天下也,诗用言志,工用时飏,典用后夔,总用神禹,以教胄子,以格顽谗,以和神人,以在治忽。而又省方观民,敷言采诗,三代盛时亦莫不然。何为大人而不耽诗乎哉?"三代以上非但长官大人应该爱诗好诗,百工小民也应该爱诗好诗:"尧舜之时,工人鸣球以咏,童者干羽以舞,君臣赓歌于朝……正德利用,厚生之人,咸歌其事;鼓腹之儿,击壤之老,亦皆有谣有歌。故当时九功劝,百神享,群后让,凤凰仪,

① 见马理著,许宁、朱晓红点校整理《马理集》,259 页。
② 马理著,许宁、朱晓红点校整理《马理集》,271—273 页。

鸟兽舞,尧舜之德,于是为盛,蔑以加矣。何为小人而不耽诗乎哉?"以三代为例,有从事大人之事的官侯,有从事百工之事的小民,歌诗言志,唱诗歌事,有歌有谣,无论作诗还是歌诗并不妨害其事,反而有润德厚生之效。

其二,重视诗歌是儒家一贯传统,圣人并不鄙薄作诗咏诗。文中先设问:"吾闻大儒盖有薄诗而不为者,得无谓邪?"马理辩驳曰:"儒莫大于孔子。孔子雅言庭训,不离于诗,曰诗可以兴,可以观,可以群怨,可以事父事君,可以言,可以授之政而达。以不学面墙而警伯鱼,以可与言诗而许商、赐。问曾晳咏歌之志,则喟然称叹,听子游弦歌之音,则莞尔而笑,岂徒然哉? 盖欲协和斯世如尧舜时尔。故周流四方,击磬有心,绝粮七日而乐音不绝。及夫老而不遇,则删诗正乐以垂后世。然居常无故即琴瑟在御,与人和歌。盖山木之音至于梦奠之辰,犹彻外塾,何为大儒而不为诗乎哉?"以孔子为例,说明诗与人生密不分离,诗是儒家的传统。

其三,诗以音调和谐为重,唐诗较宋诗有韵味。问者曰:"吾闻儒者所取唯古诗耳,唐人律诗亦足取耶?"马理认为:"唐人尚音,其文诗;宋人尚议,其诗文。故唐诗为有音也,其比兴具,其声律谐,当时被之管弦,后人取以咏歌,故律体工焉。虽有散篇,去古颇远,亦律之属耳。"因为唐人重视音律,创作的文章也有韵律,像诗;而宋人不重视音律,更爱在诗中发议论,因此宋人的诗不过为带韵之文罢了。马理并未阐明何为"文诗"、何为"诗文",但他把握住了宋诗有尚"议(论)"的特点,是极准确的。

马理认为唐律诗可分为三等:"若夫忠君爱国,辞本至情,吊古怀贤,言垂确论,有补史编,亦关风教,此其上也。其或意趣冲素,襟怀散逸,音节春容,气象闲雅,乃其配焉。至于咏物写怀,浑成雄伟,兰翠弗饰,海鲸是掣,斯其次也。外是则绮丽秾纤,奇巧险怪,斯为下矣。"第一等诗为忠君爱国且出于至情者,和识见高卓的吊古怀贤诗;

在艺术上冲淡闲雅的隐逸闲适诗，也是与忠君爱国诗相匹配的。辨析此论，马理其实是把兼济天下和独善其身的题材都定位为一等。第二等为咏物写怀诗。第三等为追求辞藻布局的"绮丽秾纤、奇巧险怪"者。以现代文艺观念看，第三等的反而是纯文学，或王国维先生《人间词话》所界定的"纯粹美术"。马理从内容和艺术两方面评唐律诗，体现关中学者的"大文学观"，与明代七子派以初、盛、中、晚按时代断谳的观点不同。马理认为唐诗有"言不本德"的瑕疵，且高材达士多归依道家或佛教，致使儒教湮没，这是唐诗的不足："但当其时，上无观风时飏之政，下鲜和顺道德之人，故外重内轻，物交斯引，言不本德，乐难道古，斯其疵耳。间有高才之士，乃复老、释是依，丧予怀宝，朵颐丐夫，又焉用之，此知道之士所以不满夫人之所为也。"诗人写作，受社会现实政治的制约，政不通，人不和，怀道之士只好逃禅归老。马理并不一味批评士人逃避现实，写诗有避实就虚的不足处，而是站在客观立场上评判。

其四，后代人读唐诗有什么功用呢？"曰：进此其何如？曰：若宋儒之蕴，发以唐人之词，其庶几尔矣。曰：儒者蕴美在中，故不长于辞也邪？曰：圣人之德极其全，贤人之学识其大。孔子之圣，一事一官，必问于人；一礼一乐，亦皆有师。俎豆之事，萍鸟之谣，无不识焉。故其为德之盛如天地之所以为大，莫可测也。若夫贤人之学，何必然哉？知所当行，执而守之，之死不渝，亦成人矣。故颜子博学于文，曾子用心于内，则夫儒有不为诗者，非恶于诗而然也。用心于内而识其大焉，其道固如是耳。"孔子及弟子均乐于学、勤于学，学方能识其大，成其盛。儒者如颜子博学于文，曾子用心于内，都不为诗，他们并非"恶"于诗，而是领略到了还有更大更重要的方面。事实上，孔子治理天下不离诗乐，且极推尊诗乐。"曰：子言之，天下之治，匪诗不与，匪乐不成。己则不能而欲人为之，有是理邪？曰：公输子之为艺也，得之于心，应之于手，故使之为梓人，则指麾群工而奔走焉，为良梓人矣;使为工人,则循其墨绳而毫发不爽,为良工人矣。余则不然。群工之斧斤,待梓人而后施;梓人之器用,待群工而后备。故孔子之圣,委吏可也,乘田可也,摄行相事亦可也,从周之文可也。行夏时、乘殷辂、服周冕、舞韶乐,亦可也。贤者则不然,今使存乎我者,有公输子之艺,则梓人可也,群工亦可也。否则,吾为梓人而指麾群工焉,亦足矣,又何不能之患之有。"以上两问答是以儒家诗歌传统阐释读诗的正当性,且通过吟诗诵诗把"儒者蕴美在中"者发掘出来,"发以唐人之词",则近之。进而又论唐律诗较之魏晋古诗,较之历代诸文体如何。"曰:是则然矣。予独患夫唐律终非汉魏古诗之比,好古之士恐不足以通之,奈何?曰:所通殆有甚焉。曰:何如?曰:自其异者而言之,异方异言异时异音,楚之语不通诸齐,越之音不通诸秦,都俞之文,非特汤武不得而因之也。楚之骚、汉之赋、宋之词、元之曲,后夔得而知之哉?盖古今器物不同,事迹亦异,各据其情而文之,良不同矣。然本其大同者而言之,奚啻汉魏?……是皆先贤后文而重乎本也。由是言之,则夫诗者又何不古之患哉?夫先哲导民,方其治功之未成也,必取夫前代礼乐用之;及治成,则已。故谚有之曰'得鱼忘筌,得兔忘蹄',此之谓也。"下文则描绘了一幅美丽的治世之景:士兴于学,农兴于野,工商兴于市肆,武城之治再现,而众人耽诗无惭无忧矣! 对唐律诗的价值,不必以其与汉魏古诗较短长,因为古今器物不同,事迹亦异,文之良亦不同,只要能达到重本、辅治,发抒儒者蕴美的效果,不妨耽于诗且无惭无忧。

此序较集中地表达了马理的文学观念,其中"圣人之德极其全,贤人之学识其大……夫儒有不为诗者,非恶于诗而然也。用心于内而识其大焉,其道固如是耳",是关中学者大文学观的反映。

就一些具体的文学问题,马理有其独特的看法。比如,就言与意之间到底是怎样的关系,马理的《周易赞义》卷上释《系辞》的一段话,可见其主张。

子曰：书不尽言，言不尽意。然则圣人之意，其不可见乎？
子曰：圣人立象以尽意，设卦以尽情伪，系辞焉以尽其言，变而通
之以尽利，鼓之舞之以尽神。

书者，所以记夫言者也。然言有非书所能记者，书能尽夫言
乎？言者，所以宣夫意者也。然意有非言所能宣者，言能尽夫意
乎？若是，则圣人之意，其终于晦而不可见耶？圣人则有道焉，
盖立为阴阳老少之象，则意非言之所能宣者，于是发之含之而尽
之矣。然百姓有情伪焉，未易尽也。圣人设为八卦，又相荡而为
六十四卦，又引而伸之，触类而长之，以广其卦，则百姓之情伪万
亿其殊者，率于是尽之矣。言虽不易尽也，圣人于卦爻而各系之
辞焉，则书所不能记者，咸于是而尽之矣。……盖圣人之道，如
造化之雷风焉，所以鼓动抃舞，斯民日由于道而莫知其所以然而
然，斯所以尽乎神也。①

“书不尽言，言不尽意”是一个常见的命题，却容易使人掉入思维的陷
阱：书、言都不可尽意，书和言还有作用吗？“意”如何才能表达出来，
如何才能通过书与言得到“意”呢？孔子的《周易系辞》用“立象、设
卦、系辞”三个客体以辅佐达“意”，再通过“变通、鼓舞”两种手段加
强沟通，因而在书、言的基础上，“意”就可达了。马理就这个命题进
行了精确的思辨分析：首先，认可“书不尽言，言不尽意”的命题。书
是记言的，但不能尽言——因为言有书不能记者之言；言为宣意，但
不能尽意——因为有言不能宣之意。如此，自然导出“圣人之意晦而
不可见”的结论。其次，如何破解达意宣情的难题？通过“立象”，把
不可言说之意“发之、含之而尽之矣”，再通过经卦相荡成别卦，把万
亿情伪殊特之状表述出来。但“象”与“卦”之间的关系，非常人所通

---

① 马理著，许宁、朱晓红点校整理《马理集》，255 页。

晓,于是"圣人于卦爻而各系之辞焉,则书所不能记者咸于是而尽之矣"。

马理这段阐释是就《周易》而发议,但其逻辑推理也可以借用到他的文学修辞和章法观念上。文学是语言的艺术,通过修辞可以设色成象——所谓"诗中有画,画中有诗";通过颠倒语序、踵事增华等手法,达到可以含蓄蕴藉,可以淋漓尽致的效果。"达意"具有作者和读者的双向要求,借助言、书表达个人之意,通过言、书理解别人之意,都需要具备一定的文学表达手法。

作为理学家的马理,高度认同文学需要的丰富想象力。《谿田文集》卷2的《孟姜女集序》①是为古今诗人咏叹孟姜女事的诗歌集子而作。此文先讲述孟姜女故事,在讲述过程中提到有关的遗存,比如望夫台、叶如线之竹、烈女遗镜、手拍崖之掌迹、哭泉等等。通过这些物什、地名把孟姜女寻夫的故事讲得极为宛转曲折,直至孟姜女"南至同官水湾之所,筋力竭矣。知不能返澧,乃负骸置之西岩石龛之下,坐于其傍,遂瞑目而逝。逝后,同官人重其节义,乃即其遗骸,塑双像而祠之"。接着又讲其神迹显现,故"古今诗人过其祠者,罔不题诗祠壁赞美,然不著其为何许人"。至嘉靖年间,澧人李如圭"移文同官县学,令竖碑修祠致祭,以裨名教","至嘉靖丁未仲冬,知同官县事亢令庆鸿,思励风化,葺修其祠,自备牲醴",加之众官襄助,于是有是集。这篇作品颇具传奇色彩,善于设置悬念,读来引人入胜。与传奇不同的是,作者在文末提到所谓孟姜女之遗存,多为后人附会。虽然如此,马理并未摈弃这些附会,而且还进行适度的艺术渲染。可见,他是认同文学想象的。他认为《史记》没有烈女传,是司马迁的失误,"太史迁著《史记》,志秦汉事,荆轲以刺客得书,……卓氏以货殖得

---

① 马理著,许宁、朱晓红点校整理《马理集》,275—277 页。

书,烈女乃遗而不录,致后人惑疑,此史迁之失也"①。表明马理认为烈女具有不可低估的社会价值,同时,也反映了他对文学渲染手法的接受。这在当时的封建士夫阶层,是难能可贵的。

马理在创作中,不仅善于说理议论,揭露社会丑恶,还善于借寓言、夸张、描绘,形象传达对某些人性弱点的思考。比如卷6《酷暑赋》②注曰"喻中贵",就是一篇借文字的铺陈扬厉,抒发情感的义愤嘲讽的奇文。

某年暮夏六月,天酷暑,马理作此赋。题目明确写着"喻中贵",这篇赋就不同于"劝百讽一"的大赋,而是从始至终都极尽讽喻手法。天气之热,则因"鞭彼火龙兮而炰然无处无假,其肆彼炽兮何忠良而如嫁?""炰然"出自《诗·大雅·荡》:"女炰然于中国,敛怨以为德。"郑玄笺:"炰然,自矜气健之貌。"③此处指嚣张跋扈、公然践踏社会正常秩序的人。这句话的意思是,你们这些中贵啊,假借火龙之威而嚣张,无时无处不狐假虎威;你们肆无忌惮地耍淫威,怎能使忠良之人如女子般无家可归。"其烁此下土兮而罹威者,则于谁而不御于乎,斯世斯人兮何无辜而冒其痛。"天下备受这些中贵之害,这个世界的人们无辜而遭受疲病。整个社会从公卿到士农工商无不深受其害,"以之在位元卿兮敢不惧其烈而垂颅,其余百尔执事兮惟甘心于其荼。士于焉而倦学兮农无意于耘锄,工于焉而亡器兮商以之而废其途"。整个社会因为中贵作祟而风气败坏,士农工商四业的正常发展都被阻乱。"噫嘻,其孔虐兮非彼苍莫之尔遍;吁哉,彼苍日兮奚知尔如是其屠!""世虽有酷吏兮非尔所能侪,如彼妒妇兮则亦莫之为徒。"世上的酷吏都赶不上中贵的残酷,那些善妒的妇女们还不够给

① 马理著,许宁、朱晓红点校整理《马理集》,277页。
② 马理著,许宁、朱晓红点校整理《马理集》,347—348页。
③ 见程俊英、蒋见元《诗经注析》,中华书局1991年,851页。

更善妒的中贵们当徒弟。赋文最后叹息且呼告曰:"奈何其竟长而未消兮,使吾徒丧气而悲。夫嗟彼苍兮盍哀我人,盍驱金风兮而播之九垠。其殄彼大威兮而悉荡彼根,俾我四方兮而再乐天恩!"中贵的权势常长不消,败坏士气,屠害人民。作者无可奈何,呼唤有涤荡大地的秋风,不仅能横扫其威势且能拔除其根基,让天下重新获得乐享天恩的时机。赋文开头一句破题叙述季候特征"时维陆月兮序属暮夏,爰兹祀融兮而惟彼炎方之是驾"。此外,全文只中间一句"禽弗翔兮兽匍匐,草其萎兮木其枯"是写夏天实景,其余则句句针对权势熏天的中贵之嚣张气焰,玩弄廷臣于股掌间,败坏士气,凋敝破坏正常的社会秩序着笔。依照赋铺采摘文的文体特征来看,此文写得铺张扬厉,却也有所创新,即其"体物写志"的目的不在铺陈"酷暑"之难耐,而在揭露中贵权势之熏天,因此处处以天下之失常来衬托权贵的危害。现存《谿田文集》有三篇赋,另外两文是《荣寿堂赋》《双寿堂赋》,均无写作年份。三赋中以《酷暑赋》最具特色,从赋文的副标题和内容上推知:文章作于阉祸最盛的时期。明史上宦官专权当属正德时期,或为刘瑾弄权的正德初年。由赋文至结尾也没看到涤荡的"金风",说明此文作于正德五年(1510)刘瑾倒台之前。马理正德九年(1514)举进士,入吏部文选司主事,于正德十年底上《上弥天变疏》,疏称:"今臣等所进未必贤,而贤者未必进。朝有幸位之人,野多考槃之士。"①与赋文所斥责的现象可以对读。无论《酷暑赋》作于何时,这样的全篇极尽嘲讽义愤之文,其价值是独特的。这既是关学务为笃实之学精神的表现,也是"文章合为时而著"儒家传统的反响。

对文辞与世运的关系,马理的观点是"叔世而重文辞"。在《谿田文集》卷6《薛孝子传》②中,他说:"叔世而重文辞,志蛊心驰,知兹

① 马理著,许宁、朱晓红点校整理《马理集》,261 页。

② 马理著,许宁、朱晓红点校整理《马理集》,344—345 页。

鲜而嗟乎？"叔世犹末世，指衰乱的时代。马理认为越到末世就会越
重文辞而不重实质，而偏重文辞会导致"志蛊心驰"。这个观点的合
理性在于，如果一个社会重视的是文辞言表，而不重实际情况，对个
体来说，"听其言不观其行"，则容易姑息纵容那些哗众取宠的情伪
者；这类人多了，且得势形成群体，则整个社会必将沦为言行不一的
虚假社会。因此人间失序末世降临。事实上，重文辞与"志蛊心驰"
之间的关系，需要从两面看，一方面重文辞能升华心志。组织文辞的
过程就是在梳理思路，从而使"心志"得以提升。当今已被广泛认可
的观点是语言文字的运用可锻炼思维，语言被认定为思维的物质外
壳。马理认为重文辞会导致"志蛊心驰"，客观上承认文辞对人的思
维发展的重要价值。当然，作为那个时代的学者，他远未认识到个体
思维的必要性，他看到的是另一方面：只重文辞而不重行动，则容易
把摇唇鼓舌、副墨洛诵当做正途，反而败坏了心志。客观地说，马理
及其他关中学者，虽不注重文辞，但他们的共识是保持行动力、言行
一致，行动的力量远远高于文辞表达。四先生每个人都不标榜文辞，
甚至反对重文辞，却从不放弃写作，更不会在写作时无视文学规律，
因而，他们的诗歌作品辞工意巧且气贯音协，文章则章法严密且畅达
条理。这些成就不能抹杀。与关中四先生同时代的前七子派，虽旗
帜鲜明地主张文学复古，但落脚点也是重视民间文学（李梦阳主张
"真诗在民间"），力争改造社会。到后七子，一旦把文学的进步归因
到诗文格调的内在规律时，他们的号召力则因脱离社会而趋于下降。

　　马理《薛孝子传》是一篇符合儒家孝悌观念的文章，其核心观点
是薛孝子虽贫弱且社会地位不高，但"孝子弱而淳朴，长弗渝，事亲以
质不以文"①，"文"则有文饰之伪，"质"则有纯朴之诚，质朴出于真
诚。"道"的一贯性在不同的社会角色那里，体现为不同的责任，所谓

① 马理著，许宁、朱晓红点校整理《马理集》，345 页。

“千江有水千江月”也。比如，对于家庭来说，“茫茫斯道，其大如天。虽则渺漪，实维一源。一源者何，为子克孝”①。孝子能以一诚感天地、受诏彰、睦家族，其社会地位确实不高，但其社会示范价值却不小，值得为之立传颂扬。

《谿田文集》卷6收录了四篇箴，均有的放矢，情理文辞俱佳。我们赏读其中的一首《敬惰箴》②，文曰：

> 夫学之得失，敬与怠之间而已矣。其敬维何？敛衽以居。敬之敬之，不物以移。彼不尔者，中心外驰。敬又维何？收其放心。敬之敬之，道不远人。彼不尔者，何以修身。敬又维何？内外交养。敬之敬之，贤人以上。彼又失者，人而草莽。敬又维何？终日乾乾。敬之敬之，是谓大贤。彼又失者，匪犬伊豜。敬又维何？安厥所止。云谁与俦，尧舜孔子。彼又失者，胡不遄死。呜呼敬哉，可作圣哉？呜呼怠哉，诚足戒哉？

首句指出学之得失全在敬与怠之间的区别。下文以敬与怠的对比为结构，以“其敬维何”句提起，分五层进行规劝，“敛衽以居”之礼仪，“收其放心”、“内外交养”之内省，“终日乾乾”、“安厥所止”之勤谨，申明“敬”的举止态度及带来的益处；同时，指出不敬而怠惰带来的危害。全文说理观点鲜明，结构严密，具有极强的诫勉作用。

马理有“记”体文14篇收录于《谿田文集》，“记”文言有物，文有序，意味醇厚，可再三读。如《六泉书院记》③，是为陇西巩昌城东的书院所写。此文的结构是按照书院的空间布局而作，但主旨却阐发

① 马理著，许宁、朱晓红点校整理《马理集》，344页。
② 马理著，许宁、朱晓红点校整理《马理集》，353页。
③ 马理著，许宁、朱晓红点校整理《马理集》，296—297页。

为教为学的道理。学校的作用是通过"各正性命而含生禀气者"，"振民""赋物"，扭转社会风气，实现教化价值。"左以表街曰'振民'，右以表坊曰'赋物'。盖谓风化蛊矣，治之不可以他求也，必振民焉。盖振民则体山风之象，建学立师，鼓舞吹嘘而敛藏枯槁者，无弗敷荣之矣。振民又不可以狭小为也，必赋物焉。盖赋物则体洪钧之德，乾道变化，各正性命而含生禀气者，无弗曲成之矣。此教学之大端也。"为师之道在养正，为学之道在诚敬。"一曰养正，师所由也。养正者，作圣之功也。""君子施教，体是道焉，则被其化者，如木从绳，如金在范，方圆平直，无弗如意。狂可作圣，变且化焉，气禀之拘，不足论矣。此师之所以教也。"可贵之处在于客观地认识到为师者各秉不同性气以施教，狂而不失其正。"夫忠信，诚也；笃敬，敬也。谓再三而渎，怠肆而惰，皆自绝之流，不足与进，是故以诚敬为入门。盖笃信好学，尊道敬业，夫然后造诣莫量，此弟子之所以学也。"教学内容为"格物之功"，"然格物之功有二：曰物理，曰人伦是也。于物而观之，于人伦而明之，以极于明察焉，则大舜之知，于我无间，义其不精矣乎？""曰安仁者，盖示以明乎道者，不可以知者之见而自画也，必仁以体之，闲其邪而存乎诚。"体用完备是学习的原义，"夫六德，体也，明道之所蕴也；六行，用也，体道之所发也。蕴而发焉，内外合而体用备矣。此弟子之所以学也"。这样的文章，从思想上看，是借书院阐述对士夫的要求，以改善士风；从篇章结构看，以空间布局展开介绍，构思精巧，不失为一篇言之有物的景物记。

第三节　弄丸时出成风手：
马理的诗学观及诗歌创作

　　马理的《谿田文集》共 11 卷，其中诗集占 5 卷，卷 6 收录的是赋、箴等韵文，两项合计占一半略多的篇幅。四库馆臣对马理文章的评价并不高,而对其诗则无只言片语品评。马理诗歌的面目到底如何呢?

马理的诗作是学者之诗。学者与文人在文学观念上有差异,在境界上取向不同,因而诗文呈现的面貌各别。《谿田文集》中马理的诗歌存世计403首(不包括清人的搜遗篇目),分古风,五言长篇,七言长篇,五言绝句、律诗,七言绝句、律诗等诗体。其中七言诗为五言诗的三倍。从诗体的选用上,明显看出马理长于七言;从诗歌创作水平上看,其长篇高于短什。

马理诗歌内容多为赠答酬和之作,所以篇目标题满目可见的是"送×××"、"赠×××"、"和×××"一类的句式。这种社交应酬之作,无非是在官长友朋或高升之任,或致仕还乡等情形下所为,诗篇所涉也就不超出颂扬、劝勉、别情、离绪之类的话语,加之风景、物候、人情、季节的点染、烘托,很难别出新意。在这种格套中,马理的长篇之作也能有所突破,比如《谿田文集》卷8的《赠熊必说自陕如楚》①,开头云:

> 曾闻赠行率以柳,弱柳青青胡能久? 曾闻赠行率以金,黄金难将贫者心。曾闻赠行率以诗,辞诗巧弄风云姿。曾闻赠行率以泪,泪洒阳关儿女态。君今荆襄去,我向长安送。不可不赠无可赠……

以赋笔数列赠别常用之物:以柳、以金、以诗、以泪,又逐一否定,因为它们都无法代表送行者的心意。自出难题,看他如何赠行? 下文接着歌曰:

---

① 马理著,许宁、朱晓红点校整理《马理集》,380页。

家有铁面尚书公，更有宣城毛刺史。玄香太守松滋侯，褚国剡州
知白子。愿言把以赠君行……

原来送了笔墨纸砚。以文房四宝作赠礼，再寻常不过了，前面的贬抑
蓄势至此似乎很难得到高扬。作者在点出所送礼物时，重点是申明
礼物的含义和作用，而用"铁面尚书、刺史、太守、知白子"的喻称，赋
予砚台、毛笔、松墨、宣纸以庄严权重。接着是：

堪比从龙黔，有时能霈苍生霖；堪以参寮廓，用之可述亦可
作。君不见，《春秋》阙里泣麟翁，用著六经垂无穷；又不见，濂洛
关闽数姝子，继往开来多以此。别后切毋泛交人，定须四子长相
亲；别后交朋择可否，还须四子为执友。……我用表深情，君用
图不朽。

原来赠者希望熊君能借助笔墨纸砚的力量，济苍生、立著说，从而建
功业、成不朽。典型的礼轻情意重，语重心意长。此诗反映出马理擅
长用赋的形式铺叙咏叹成长篇，既曲折叙事，也涉笔成趣，当然最念
念不忘的是激励人向学成人，希望朋友择友慎交成为君子。受儒家
思想的支配，接受着关学学术传统的熏沐，他们向往的人格标准就是
兼济天下或独善其身，有用于世，而不会想到发展个性、成就个人这
类东西。换言之，在正统学者的话语系统中，只有合乎伦理五常一类
的公共语言，鲜有个性语言。这种属于个人无法超越的时代局限性，
不能以今责古，厚责古人。仅从诗篇先抑后扬的章法，表达出剀切真
挚的厚望来看，这是一篇有情趣、有思想的送别诗，非一般泛泛之作。
　　卷6的《游燕子矶吟·与奉常牛西塘太卿、黄毅斋少卿同游》①，

① 马理著，许宁、朱晓红点校整理《马理集》，350页。

五、七言换用，移步换景，落想奇特。音节流转而错落，辞锋豪宕且健旺，写景、叙事、怀想、议论，交错往复，转换自如又张弛有度。试读此诗：

> 吴儿谈灵谷，客子独怜松。径绿江南语牛首，游人还把木末酒。暇日逍遥燕子矶，山川始觉眼中稀。星言凤踏牛弘路，路上仍逢黄叔度。初登大观亭，睥睨观音阁。隔江见浦口，已觉襟怀豁。云表人樵江心松，浪里罾渔龛内托。海客楼船转山脚，石崖屈曲牵铁索。岩花江写光灼灼，文鳞时上花枝跃。虎状鹿形诸物错，团团海月出堪模。此时牛公逸兴发，便携黄子缘萃屼。我有谢公屐，不畏苍苔滑。蹑磴攀藤倦，暂就石坪歇。山花向客笑，风送香馣馣。左转青松径，右盘黄茅冈。临深履危须自力，度险著夷方扶将。行行始及颠，坐石惬瞻顾。正尔长江净如练，何物宝鉴生霾雾。黯黯不分万里流，忽忽失却千寻树。足底云稠龙时吟，尊畔风鸣虎可惧。洪涛撞撼山疑动，大块乌黑两愁注。览胜猜将海若惊，探幽恐犯冯夷怒。不尔当缘二子豪，诗令鬼哭神嫉妒。欲下即防足坠空，兀坐不甘形比塑。移时混沌开，蒸液忽若扫。俯视峪豁清，仰可摘参昴。依稀下见江妃宫，分明远察秋毫杪。逝者西来还滺滺，中央几点髻山小。帆樯来往轻于鸟，流目瞥见木叶藐。湾舟带烟宛村坊，牧犊依岸真蠕蚕。群峰离舞复合翔，一派弓曲仍环抱。西望包含尽众流，东看神委襄三岛。虎踞龙蟠信此雄，鸟飞难逾金汤宝。水色岚光染不成，一幅画绝王维好。愿求吉士实石城，坐镇江山同天老。

这首长篇古风颇有李白《梦游天姥吟留别》的味道。因诗题写到是三人同游南京燕子矶，故而在叙事中把三人各自的神态行动截取一二，看登山时"临深履危须自力，度险著夷方扶将"。既要自力，又相扶将,形象地叙述了结伴攀登的情形。"欲下即防足坠空,兀坐不甘形比塑",下礁矶时的小心翼翼,坐在悬崖时的身不得不端和心有所不甘的情形都非常形象。整首长诗都兴味浓厚,只结尾两句似落俗套之中。

叙事感怀类诗歌所占比例不大,但这类作品写得较好。卷8的《雨余春望》①是一首五十四韵长达七百余字的七言长篇,描绘雨后田畴如洗、花木扶疏、村落幽静、耕者兴作、农妇拾菜等等多重场景,以景含情,表达了作者的喜悦之情。最后出现的一个不和谐音符——衣衫褴褛的醉汉倒卧道中,原来这是一个酗酒成瘾的败家子,当年衣轻策肥,纵酒耽花,不料"五七年来家业倾,我身虽在等浮萍,身常如雪腹雷鸣。我闻此言双涕零,邀来与共箪瓢饗,戚然登眺无复情"。作者不发一句议论,不著一句褒贬,但褒贬之情自见。动辄几百字的长篇诗作,因采用赋法铺陈,往往冲淡了诗的兴味,间或忍不住议论、训诫一番,则不免出现言长义短、情寡味淡的不足。相较之下,马理的律绝则有趣味,轻灵不板滞。

卷9,五律《中秋日浒西访对山》②:

    为念平生友,西来一见之。论文及六籍,取善更多师。翩舞清秋节,尊倾白雪辞。相亲贪受益,忘却鬓蓬丝。

同卷《同泾野读白沙诗次韵》③:

    有客同良夜,青灯检白沙。删后新成调,笔端细著花。芬香羹气味,汩没野人家。烂醉高歌里,非关泛盏霞。

---

① 马理著,许宁、朱晓红点校整理《马理集》,378—379 页。
② 马理著,许宁、朱晓红点校整理《马理集》,393 页。
③ 马理著,许宁、朱晓红点校整理《马理集》,393 页。

前一首是某年中秋节去武功浒西别业访康海,俩人为意气相投的好友,因而论文谈经,喝酒赋诗,纵论无忌,互受裨益,两位鬓发斑白的老友,沉浸在相亲相宜之中,忘却了年岁的艰辛。后一首是和吕柟共同读陈献章的诗,中间两联评价陈诗有闲雅自然的味道。尾联写和吕柟俩人且喝酒且高歌,畅快欢乐,却"非关泛盏霞"。快乐非因酒兴来,那么因何而乐呢? 卷 11 还有两首七律,《春夜病中同泾野对酌读白沙诗二首》①,读这两首,便知道快乐之源泉了。诗云:

> 病眼模糊认暮鸦,同心人语隔年华。弄丸时出成风手,极目春生造物家。元气世间难尽泄,韶光门外正无涯。去来好趁身犹健,对卧莲峰品月花。

> 有约有约笔涂鸦,日归日归鬓著华。既然掘井同尝水,可似行僧不到家。沂上飞仙先我舞,天边野马即谁涯。旋辕吾党只遵路,肯说还丹及雨花。

诗题的"病中"之病是在害眼病,身体尚健朗,两位老友好几年不见了,此时得以相会共话,是为开心快乐第一个来源。读陈白沙诗,感到"元气人间难尽泄",读出了希望,似乎看到了"春生造物家",这是第二个快乐之源。和吕柟共志同心,且践行不怠,"既然掘井同尝水,可似行僧不到家",有这样的同志共行,友人彼此支持怎能不快乐?"沂上飞仙"是理学家语,指孔子沂水之乐,此处代指儒家圣贤。儒家贤哲已经在理路上指出了道路,不需要再进行什么过多阐释了,只要践行即可,尾联的"旋辕吾党只遵路,肯说还丹及雨花",则为最大的快乐所在。

马理年长吕柟六岁,两人早年相识,同年中举,之后国子监同舍

---

① 马理著,许宁、朱晓红点校整理《马理集》,454 页。

四年,志同道合,意气相倾,终身为至交好友,聚则论道磋磨,散则行道践履,因而,久别重聚产生大快乐。俩人曾应聘共修《陕西总志》,《泾野先生文集》卷21《复洪洋都宪书》①曰:"且往命志书事,生于前月二十七始至谿田公处,请定约于三月六日在竹林祠举笔。"并相约"应一事,则心在一事",记的应是这次相会事。吕柟去世后,马理的《挽泾野》诗云:"明夷之日大星流,君别神皋记玉楼。共学当年曾稷契,盖棺今日是程周。六经注出疏堪列,千卷书垂志亦酬。惟有群言朱紫乱,相期删定恨靡留。"②赞扬吕柟有淳朴善良的天性,有终生践行道统的人生,追忆在为往圣继绝学上,俩人携手勉行,相互激励。雒遵的《谿田文集序》则谈到马、吕二先生的相互助益曰:"正嘉间,泾野吕先生、谿田马先生相与讲明正学,泾野嘉懿,多就正谿田;而谿田文华,泾野未尝不推毂焉。"③马理称吕柟去世"遗予如鹣丧厥翼焉"④,比喻自己如断了翅膀的鸟儿丧失了飞翔能力,对失去老友无限悲伤。马理和吕柟结下了令人景仰的友谊。

再欣赏马理的几首绝句,体会一下学者的通达。卷10《扬雄》⑤:"扬子摘文颂莽时,著书犹欲比宣尼。凭谁为问田桓事,沐浴曾朝知未知?""沐浴曾朝"用典,指孔子事。春秋末年田桓子篡齐,史称"田成子取齐",此事为庄子名言"窃钩者诛窃国者侯"的本事。孔子听说田成子取齐事后,沐浴上朝,请求鲁哀公出兵,又去拜访鲁国公卿,不果而弃职。扬雄著《法言》刻意模仿《论语》,摘文著述俱工,但其人品却有一个致命处:趋附权势,不辨是非。孔子不屑之富贵浮云,扬雄却追逐不停歇。没有人品作支撑,其作品无非是汩于词章的虚

---

① 吕柟著,米文科点校整理《吕柟集·泾野先生文集》,707页。
② 马理著,许宁、朱晓红点校整理《马理集》,477页。
③ 见马理著,许宁、朱晓红点校整理《马理集》,259页。
④ 马理著,许宁、朱晓红点校整理《马理集》,266页。
⑤ 马理著,许宁、朱晓红点校整理《马理集》,439页。

话。同卷《读史有感》:"林间人似一轻鸥,闲立苍茫古渡头。遥见拍天雪浪里,沉来几叶是虚舟。"①这首诗把读史后的沧桑感形象地传达出来,也体现出了马理的通达。

同卷《洞门读〈易〉偶见杏花》:"东风门外几时来? 纷纷蜂蝶短墙隈。洞门闲出持《周易》,红杏和莺满树开。"②此诗说不上格调如何高雅,但真实记载了作者的生活片段。一位致仕隐居的官员,他的生活就是读书,沉静持久地读书,乃至春天何时来到他也不知道,所以某天他走出洞门时忽然发现了烂漫的春光和盛开的杏花。此时的春光春色来自外界,还是来自作者的内心? 诗歌中没有透露消息,但作者的日常生活片断却定格在诗篇里。

同卷《登览翠楼思亲》:"应举离亲不自由,看看客邸住经秋。嵯峨山顶垒云叶,极目伤神览翠楼。"③这首小诗应写于二十四岁中举之前,清新流畅,把心迹真实自然地表露出来。

同卷《学道》:"学道常惭见未真,书窗弱质打精神。晓来俄把菱花照,端得缘渠瘦了人?"④此诗记载自己修行过程中,也会遇到困难,因而出现暂时的退却、畏惧。记录下自己情绪的波动,学者的常人情怀略见一斑。

马理喜接人,又喜汲引后生。晚年的马理依旧关注着学界的变化发展,主动了解和结交诗坛新秀,《谿田文集》卷11有《送顺德太守沧溟李先生》,沧溟李先生是"后七子"领袖李攀龙。根据诗题,这首诗写于李攀龙任顺德知府后(1553年正月上任)⑤。八十岁有余的马理,主动写诗奖掖晚辈,称其得盛唐李杜、王维之真髓,表示愿与之交

① 马理著,许宁、朱晓红点校整理《马理集》,408页。
② 马理著,许宁、朱晓红点校整理《马理集》,409页。
③ 马理著,许宁、朱晓红点校整理《马理集》,411页。
④ 马理著,许宁、朱晓红点校整理《马理集》,416页。
⑤ 参阅蒋鹏举《复古与求真:李攀龙研究》,中国社会科学出版社2008年,50页。

往,老先生对年轻人的爱护和激赏,难能可贵。马理与前七子的多位诗人有密切交往,而老一辈英豪远去后,马理主动与新一代诗杰交往,这种汲引后生的做法,令人敬佩。翻检《李攀龙集》,没找到李攀龙的回复,不知是回复未留存下来,还是没回复。无论如何,从马理的这首诗中,我们看到的是一位密切关注着诗坛、乐于提携后学晚辈的长者。

秦地有作曲的传统,《谿田文集》卷6有《醉太平曲四首寿渼陂先生》,录二首如下:

和风飏柳烟,庆九九寿年。王平张果效时鲜,老先生笑领。挥毫曾压玉堂彦,和璧翻受青蝇点。桃花随水罢春妍,看南山雾卷。

薰风送午凉,进九九寿觞。蟠桃红映岳莲香,老先生燕享。玉楼修出翚飞状,一般倾陷却偷样。漫天柳絮乱飘扬,充南山盖壤。①

这是一组给"前七子"之一王九思的祝寿散曲,寿比南山则为祝寿题材的常用意。马理的曲子不避此意,却能别出样貌,比如开头一句写景依次点明春夏秋冬,景色怡然以合题材所限;大自然四季为寿,烘托出对寿星浓厚的情意。第三句均夸赞时令花果,道出老先生之仁寿福享。第五六句从寿星生平遭际及其才华交游着眼,夸赞其人品才干。这样一组祝寿曲子,新颖热烈,情谊真挚又不流于肤泛,亦见作者的文学功力深厚。

马理同多数理学家一样,认为诗词属小道,且常提防溺于写作,但在生活中,却常常以诗抒怀、记事、酬和。这也反映了学者的一种

---

① 马理著,许宁、朱晓红点校整理《马理集》,354页。

诗歌写作方式:态度上不热衷,创作上不停息。就马理个人的诗歌创作看,其擅于写长篇,长篇中长于章法,能把辞藻、见识、劝诫融会贯通,不足之处则嫌累赘、琐细。其律绝创作的数量远远少于长篇,但写景、抒情、记事、议论却准确警拔,表现了学者学养丰厚、思维缜密、造语精准的特质。

第四章 贤儒文献兴家邦：
韩邦奇的学术观念与文学

韩邦奇(1479—1556)，字汝节，号苑洛，陕西朝邑人。正德三年(1508)举进士，嘉靖二十九年(1550)第六次致仕归隐，一生六仕六归隐，担任文官武职，膺节钺，长六卿，在行政和军事上都显现出卓越的才干。他历任京城、地方之职，一生行迹南至福建，北抵大同边塞，东至山东、辽东，行之所至，文则随之，均有所本。对史迹、风俗、时事、人物多记述评骘，在经学阐释、理学著述和文学创作上亦多有产出。因此给他的关键词是"贤儒文献"。

笔者通过列行实，知思想，论主张，析文章，赏诗词，立体解读这位先贤，于是有以下五节内容。

第一节 保釐弼承 出处无碍：
韩邦奇行实

关于韩邦奇的研究，学界取得的成果颇丰，按照研究内容大体胪列为四个方面：哲学及音乐思想、文献整理、年谱传记和文学研究。其中，有关哲学思想的研究成果最丰富，包括其所属学派、思想主张、《尚书》学成就、理学成就等具体内容。20 世纪 80 年代葛荣晋《韩邦奇哲学思想初探》①开启对韩邦奇哲学思想的研究,此后,研究日趋深化和细致,如《形而上之谓道,气而上之谓性:韩邦奇哲学思想新探》②,对其哲学观念中的核心范畴"气、性、道"的关系进行厘定。刘学智、魏冬探析韩邦奇的易学思想③。对韩邦奇的关学传承方面的研究有向世陵④、魏冬⑤等学者。文献整理和版本研究方面,魏冬的《韩邦奇著作版本存佚考略》⑥,穷尽性地考查了韩邦奇的著述、流传及存佚情况。在此基础上,《关学文库》出版了魏冬点校整理的《韩邦奇集》,包括《禹贡详略》《性理三书》《正蒙拾遗》《启蒙意见》《洪范图解》《易占经纬》《苑洛志乐》《苑洛集》等。这部书在搜集整理韩邦奇传世著述方面,可谓用力最勤、搜罗全备。此书三大册,近190万字,2015年出版。俟其出版发行后,笔者使用韩邦奇的文献资料,则多以此书为基础,获搜检便捷之利。学界对韩邦奇在音乐史上的贡献也有所关注,刘忠的《韩邦奇之〈恭简公志乐〉述评》⑦从专业角度综合评述《恭简公志乐》一书的价值和不足。《明代秦东音乐舞蹈

---

① 葛荣晋《韩邦奇哲学思想初探》,《孔子研究》1988年第1期。

② 章晓丹《形而上之谓道,气而上之谓性:韩邦奇哲学思想新探》,《西北大学学报》2010年第5期。

③ 刘学智、魏冬《韩邦奇易学著述及其主要思想特征》,《儒藏论坛》第8辑,四川大学出版社2014年。

④ 向世陵《略析韩邦奇的〈启蒙意见〉》,《周易研究》2015年第6期。

⑤ 魏冬教授有多篇研究成果,按发表时间顺序有:(1)《韩邦奇的学术历程及其关学归宿》,《唐都学刊》2013年第3期。(2)《韩邦奇对张载"性道"论的继承与推阐》,《唐都学刊》2014年第1期。(3)《韩邦奇学术特色及其关学定位:兼论明代早中期关学对张载之学的传承》,《西藏民族大学学报》2016年第6期。

⑥ 魏冬《韩邦奇著作版本存佚考略》,《西藏民族学院学报》2013年第5期。

⑦ 刘忠《韩邦奇之〈恭简公志乐〉述评》,《黄钟(武汉音乐学院学报)》2010年第3期。

文献:〈苑洛志乐〉简述》①和《韩邦奇〈苑洛志乐〉版本问题辨析》②,都是从音乐史的角度分析韩邦奇的贡献。

　　年谱传记方面,开始较早。2012 年出版的金宁芬著《明代中叶北曲家年谱》③,韩邦奇以北曲家的身份被收录其中,有传略和年谱两个内容。收入《关学文库》的《韩邦奇评传》④则全面记录和分析了传主的行实履历及思想人格等内容。

　　文学研究方面,主要侧重于其散曲成就,兼及诗文。赵义山《明清散曲史》第五章第七节《失意杂吟　隐逸基调》评析韩邦奇的散曲创作及其隐逸格调,认为"其曲今存 30 首。其中有一些写边城景色,并抒发戍边之人思乡情怀的作品较有特色","相比之下,邦奇的一些归隐之曲,更能体现北派作家的本色豪放之风"⑤。师海军《明中期关陇作家群研究》中,也涉及到邦奇、邦靖兄弟的创作。周喜存的硕士论文《韩邦奇及其〈苑洛集〉研究》⑥,对韩邦奇的文学创作有较为全面的分析,后来发表专文探讨韩邦奇的散曲艺术⑦。另外严安政《朝邑二韩其人其诗》⑧,是较早介绍韩氏兄弟诗歌创作的文章。

　　周喜存重点分析了韩邦奇诗词曲的艺术特征和文学成就。提出,其诗具有形式多样、题材广泛、运用注释较多、现实主义创作风格、慷慨豪迈的气势等特点。"综合比较,韩邦奇的诗歌创作并没有

---

① 李波《明代秦东音乐舞蹈文献:〈苑洛志乐〉简述》,《兰台世界》2015 年第 10 期。
② 潘大龙《韩邦奇〈苑洛志乐〉版本问题辨析》,《黄钟》2017 年第 3 期。
③ 金宁芬《明代中叶北曲家年谱》,中国大百科全书出版社 2012 年。
④ 魏冬《韩邦奇评传》,西北大学出版社 2015 年。
⑤ 赵义山《明清散曲史》,人民出版社 2007 年,167—168、125—128 页。
⑥ 周喜存《韩邦奇及〈苑洛集〉研究》,西北大学 2007 年硕士学位论文。
⑦ 周喜存《论韩邦奇的散曲艺术》,《延安大学学报》2014 年第 3 期。
⑧ 严安政《"朝邑二韩"其人其诗》,《渭南师范学院学报》2008 年第 1 期。

脱离明代中叶诗坛的创作风气,以崇尚汉唐、描摹汉唐为风尚。无论从数量,还是从质量来说,韩邦奇的诗应该在明代诗坛占有一席之地。"韩邦奇的词共计41首,按题材划分为四大类:抒怀、军旅、历史和酬制。具有"注重典故的灵活运用""所用词牌很多""注释的运用""个别词作的曲化现象""悲观色彩占主导地位"等特点。对于其散曲,认为:"尽管韩邦奇散曲数量不多,但质量上乘,精品颇多。"可分为"抒怀""怀古""唱酬"三类题材。"前期,韩邦奇的散曲创作稍显稚嫩","后期的散曲创作承载了他更多的人生体悟,从而有了深沉的内涵"①。

　　金宁芬所著《明代中叶北曲家年谱》中《韩邦奇年谱》之传略提出:"韩邦奇是一个有胆有识、文武全才的'儒贤',有异于一些所谓的道学家;又是一个教育家和文学家。""他的散曲作品收在《苑洛集》卷12中,共有小令30首,皆北曲。从现存曲作看,他在青少年时已开始谱曲。早期之作如《雁儿落联得胜令·闽中秋邀杨乔夫饮(弘治乙卯)》反映了他'且追欢,醉如泥锦瑟前'的无忧无虑的公子生活,送别之曲则多写别情、离愁。在经历了宦途漂泊和坎坷后,思想上发生了很大的变化……由于体验到官场的险恶,醒悟到即便是帝王卿相,终卧荒丘,'只丢下些虚名虚姓,模糊在断碑中'(《北中吕·满庭芳·洛阳怀古》),故而一再乞求还乡。其曲大多借古人,抒发感慨,不离元曲'述隐'传统,以简朴、沉雄之笔抒写真实思想,非游戏笔墨可比。曲中律正韵严,当与其精究乐律之学有关。"②

　　特别值得指出的是,魏冬的《韩邦奇评传》对韩邦奇进行了全面的研究和评述,廓清了许多疑点问题。因为有这部评传的详尽介绍,所以笔者在本节对韩邦奇的行实介绍,以粗线条勾勒为主,在着眼于

① 周喜存《韩邦奇及〈苑洛集〉研究》,西北大学2007年硕士学位论文。
② 金宁芬《明代中叶北曲家年谱》,168—171页。

客观描述韩邦奇生平行谊的前提下，结合时代背景，通过还原历史语境合理阐释其行为动机。

韩邦奇正德三年（1508）举进士，累晋官至南京兵部尚书。在仕宦中多善政，保靖边塞多功劳。乡居时期则著书讲学，门人弟子多才俊。他的一生有一些重要的时间节点，通过这些节点，可以看到一位学者的成长、变化。

成化十五年（1479）秋八月，韩邦奇出生于陕西朝邑。十三岁，随父任至福建，在福建生活近七年，曾学医术。十七岁，随父进京。二十岁，初次参加乡试，未中。韩邦奇《中顺大夫夔州府知府韩公墓志铭》曰："弘治戊午（1498），予与公①应试长安，会旅邸。盖蒲多士冠也，见其方直乐易，心爱重之。"②说明本年韩邦奇第一次入西安参加乡试。弘治十一年（1499），因祖母病逝，韩父丁忧归里，是年邦奇二十一岁。弱冠之前的这段南方生活，在韩邦奇的传世著述中，没有具体记录。不过，这期间他为诸生，除了准备科举考试外，也开始著书，曾研读张载的学说，并写出了《正蒙解结》③，完成了《正蒙拾遗》等书。

弘治辛酉（1501）第二次入长安参加乡试，韩邦奇结识吕柟。他与兄邦彦、弟邦靖同试于长安，与吕柟同借居于一寺，后结为至交。吕柟《福建按察司副使封中宪大夫莲峰先生韩公墓志铭》："初弘治辛酉，柟与公之三子同试长安，邸一寺，朝夕游。三子者，今仪封知县邦彦、浙江佥事邦奇、工部员外邦靖也。"④弘治十七年（1504）秋，韩邦奇以《尚书》举乡试第二。时山西人虎谷先生王凤云提学陕西，主

---

① 此指陕西蒲城人韩坤，正德九年进士，以夔州知府致仕。
② 韩邦奇著，魏冬点校整理《韩邦奇集》，1438 页。
③ 《正蒙会稿序》称："弘治中，余尝为《正蒙解结》，大抵先其难者。"见韩邦奇著，魏冬点校整理《韩邦奇集》，1370 页。
④ 吕柟著，米文科点校整理《吕柟集·泾野先生文集》，768 页。

试,鼓励韩邦奇不必崇古,可以通过博览经史,找回失传的《乐》经。韩邦奇深受鼓舞,遍览古书,寻找关于律吕的文献资料。次年,进京会试,不第,归乡著成《律吕直解》①。正德三年(1508),以二甲五十七名,与弟邦靖同中吕柟榜进士②。邦奇授吏部考功司主事,转选部员外郎;邦靖"为工部主事,榷税武林"③,开始了他们的仕宦生涯。时吕柟、韩邦奇皆三十岁,韩邦靖年方二十一。

自正德三年中进士,到嘉靖二十八年(1549)上疏请归,且获准致仕,韩邦奇在四十多年的起起落落中,一次下诏狱,两次被贬官,六次回乡。六次居乡累计达二十四年有余,里居期间授徒讲学,广泛传授《易》《尚书》《春秋》及律吕之学等。杨爵、杨继盛这两位著名的明代高节之士均出自韩门,被称为"韩门二杨"。几乎在踏入仕途的同时,韩邦奇便幡然弃八股而醉心于性命道德之学。换言之,他的仕宦及归隐都与他的性命道德理念密切联系,他是用行动践履他的学术观念。

一生一次下诏狱,两次贬官,六次致仕里居,可见韩邦奇的仕宦生涯并不顺利。不顺利的根由,除了有处事方式等原因外,最根本的则是其理念所致。韩邦奇可圈可点的事迹很多,在此仅列举下面几例。其一,仕途起步时不趋附权阉。在韩、吕等中进士点京官时,正值太监刘瑾柄权,朝士多趋附。刘瑾为陕西兴平人,作为同乡的吕柟、韩邦奇等非但不去交结求进,反而拒绝被网罗。其二,正德六年(1511),因上疏极论时政阙失被贬谪。是年十一月戊午日,京师地震。韩邦奇上疏极论时政阙失,被谪山西平阳府通判,这是第一次被

---

① 《续朝邑县志·人物》云:"乃以《书》举第二人。会试不第,归著《律吕直解》。"见王学谟《续朝邑县志》卷6,《四库全书存目丛书》本。

② 朱宝炯、谢沛霖主编《明清进士题名碑录索引》,上海古籍出版社1979年,2496页。

③ 冯从吾撰,陈俊民、徐兴海点校《关学编》,50页。

贬，《明史》本传详记此事。其三，在浙江按察佥事任上，替当地百姓发声，作《富阳民谣》以怨，免除当地贡赋。宦官因此诬告邦奇"沮格上供，作歌怨谤"①，邦奇遂被逮入诏狱，随后被革职为民。因作一首歌谣而下诏狱，至丢官，这是第二次被贬。其四，嘉靖十年（1531）在山西都察院左都御史巡抚宣府任上，平定大同兵变，提出许多合理建议，体恤参加兵变将士之无奈无助而不得不以兵变求生存，多次建议胡瓒以安抚为主。其五，巡抚宣府任上（1531—1538），多次上疏提出一系列利于防边、安靖地方的良策。同时整治冤狱，干预王府侵渔百姓事宜。其六，南京任所，带动南直隶士风向正。居乡期间的成就，除了孝亲授徒、著书立说外，特别值得褒扬的有一件事，此事发生在正德十一年（1516），朱宸濠的门客宗元和尚至陕西朝邑拜访乡居的邦奇、邦靖兄弟。邦奇严词拒绝，托邦靖转给宗元和尚咏梅诗明志。《梅》诗曰：

> 凌霜傲雪不凡才，直到严冬烂漫开。不为春光便改色，莺莺燕燕莫相猜。②

以凌霜傲雪不改本色的梅明志，严辞拒绝了朱宸濠的招纳，高尚的品格更凸显诗的格调高洁。

　　韩邦奇行实中不好理解的有两处疑点：其一，对佞臣焦芳的赞美。正德五年，刘瑾被逮后，因取媚依附刘瑾入内阁的大学士焦芳，迫于舆论压力致仕，《苑洛集》卷10有《送焦少师阁老致仕》，有"事业存青史，勋阶冠紫薇"句。《国榷》评价焦芳"至入相，凶险寡学，有

---

① 《明史》，5318页。
② 韩邦奇著，魏冬点校整理《韩邦奇集》，1573页。

媚骨。始比尹旻,后附逆瑾。贻毒天下,无不切齿"①。其二,《苑洛集》中有写给严嵩的一诗一文。诗作于嘉靖七年(1528),严嵩奉命去湖北钟祥祭告显陵,《苑洛集》卷10有《送介溪宗伯承天祀陵》五言排律诗一首,对严嵩的期望很高,希望他能观民情、问吏治,以达圣听。诗云:"问俗周郊甸,观风驻骆驷。民情与吏治,还望达枫宸。"②文为《苑洛集》卷2《寿特进少师大学士严公七十序》,为嘉靖二十八年(1549),邦奇七十一岁任南京兵部尚书时所作。魏冬《韩邦奇年谱》说:"邦奇对权相严嵩的态度,莫非如杨继盛所言,遵循《易·睽》卦之道?"③韩邦奇与严嵩有交往,嘉靖七年(1528)韩邦奇任翰林院修撰,严嵩任礼部右侍郎。有学者对韩邦奇这么正直的官员,居然与严嵩、焦芳这类奸佞诌媚之徒有交往,表示遗憾。笔者觉得,这种遗憾往往是后人站在道德的制高点上的一种追责。嘉靖七年(1528)时,严嵩还没有表现出弄权之迹,诗写得好,作为同朝同僚,彼此有唱和之作、应酬之文,可以理解。《苑洛集》中有给严嵩的寿序,一直没撤掉,是韩邦奇的政治污点吗? 也不能这么狭隘,在当时情形下,严嵩的面目尚未完全暴露,朝臣纷纷求交好于严嵩,他受南京众部官员的委托,为首辅作寿序。作为立朝之人,写一篇寿序是人之常情。比较可贵的是,在形成文集后,他的后人也没刻意去掉,正显示出朴拙质直、原原本本的一面。如果站在政治正确的立场上,与奸佞之臣划清界限,不交往当然更好,但人随着官职上升、地位显赫,其与开初为官时的情形并不一致,不能以此前的交往,衡量"炙手可热势绝伦"后的交往。倒是清人的解说比较客观:"历考公生平立朝,璁、萼、言、嵩相继柄用,殆与公相终始,其时老宿稍不自检,致损清誉者多矣。独

---

① 谈迁著,张宗祥校注《国榷》,中华书局1958年,3124页。

② 韩邦奇著,魏冬点校整理《韩邦奇集》,1551页。

③ 韩邦奇著,魏冬点校整理《韩邦奇集》附录,1860页。

公始终一节……而不磷不缁,朝野钦仰如山斗,此非有道之士而能之乎? 后人慨遇合之维艰,感委用之未竟,抚今追昔,久宜感慨是之。若不谅立朝行己之始终,毛举细故,率加警议,岂为都人士(按:文中"都士人"指在京城做官的人,下文"守土者"指本地人)所不宜抑,亦守土者所不敢出也。"①宦海沉浮,清名难继,官场上逢场作戏的人情世故总在发生,韩邦奇给严嵩写寿序也不过是官场上的人情来往而已。

　　韩邦奇关注时事,留意边防,关注民生。从其行实中,笔者择取其与边防相关内容为代表,以证其管理才干,明了其治绩。《苑洛集》卷 18 至 22 的五卷,曾题名《见闻考随录》单独刊刻,这部分内容涉及广泛,编排零散,无一定之规。大略可分为四类内容:其一,边事古今;其二,京氏《易》;其三,声乐律吕;其四,为学之道。其中边事古今部分,类似当今报刊新闻的时事点评栏目,韩邦奇对社会热点问题发声,提出自己的观察和思考。对塞防、海防、军队管理等问题,他皆有深刻观察和独到见解,并明确提出边军整治方案。《见闻随考录》的第一条就是边防问题②,韩邦奇总结边防存在的问题及应对措施具体有三:第一,防边之法疏且不专,形势堪忧。"汉唐宋三代,与我国家防边之法不同。汉唐宋之法密,我国家防之之法疏。其故何也? ……盖前代当敌之强,我国家当敌之弱。今我承平二百年,人不知兵;而彼生养教习亦二百年,复其故性若之何? 而守株以待乎? 可忧也。"第二,边军改革迫在眉睫,改革关键在于撤掉监军中使,信任且重用边将。"今之边事不大改革,军威必不能振。所谓改革者,无他,修复祖宗之故,酌以汉唐之法而行之耳。"具体说来,边防接连失

---

① 朱仪轼《补刊苑洛文集暨性理三解易占经纬序》,见韩邦奇著,魏冬点校整理《韩邦奇集》附录,1764 页。

② 韩邦奇著,魏冬点校整理《韩邦奇集》,1682 页。

利失守的根源,在于不信任边将却任用不懂军事的监军辖制前线将士。"今岂无将,特不用耳。所谓用者,非与之官也,尽其用也。今将之在军,叱喝而奴隶视者十余辈,奴颜婢气,一人欠谨而讥斥至矣。汉唐以来,边将非一人,上下几千年,考之载籍,何曾遣一使至军查勘哉!此明白而易见者,我祖宗朝亦罕有之。"自汉唐以来军中事听从将官指挥,但明中期时的情况则大变,不仅皇帝派亲信、遣太监去监督边将,且那些只知媚上、不懂军务的特使们刻意罗致罪名,用欺压边将来显示自己的权威,严重败坏了军纪将威。中使们如指使奴隶般呵斥边军将领,边防之事须听任宦官指派,边将反而没有指挥权,因而边防战斗力被大大削弱。"近者每一交锋,即遣一使,而使者又不晓国体军机,务在罗织其罪,必去之以自尊崇,安有才难之惜?使为将者惴惴焉,手足无措,避罪之不暇,安能自奋扬哉!至于人才剥落,临时无措,则出之图圄之中,譬之伤弓之鸟,见矢而惊,宁能饮啄于洲渚之中哉!即使子牙遇此时,彼惟卒钓于渭滨耳。"特使颐指气使,将领稍稍违逆了中使的意旨,则可能被祸陷图圄,时时如惊弓之鸟,自保且不暇,哪里有心思去应对疆场呢?皇帝重用中使监军的害处,除了干预牵制了将军的指挥作战之外,更可怕的是太监借罗织罪名以示威权的做法,导致边将人人自危,惟求取媚自容,不敢有所作为。即便临危受命,因怕被太监找后账,也不敢作为。因此,韩邦奇感叹,即便姜子牙逢此时代,也只能钓钓鱼罢了。明代中期以来,阉党乱政愈演愈烈,许多人看到了宦官擅权的危害,但如韩邦奇这般谠论侃侃,明白大胆地指出宦官干扰边疆事务严重性的,罕见其俦!第三,在具体战术上,应切合实际,不应图虚名。"奇谋胜算不在高达,切于时务即是奇胜。盖事切于时务,即有益于国家,有益于生民。"①韩邦奇的这一观念可谓经典,穿越时空,至今仍为明达事理、符合规

---

① 韩邦奇著,魏冬点校整理《韩邦奇集》,1683 页。

律的真理性认识。联系韩邦奇在山西主持乡试时出的试题,时务策考察内容就是边防问题。再联系当年吕柟等曾相约不徒以举为业的"初心",可见,韩邦奇考察读书人时,一直在引导士子们关心时务世事,而非读死书,死读书。

　　韩邦奇认为士子们不能死读书,更不能求利而无视清明公勤等伦理规范。嘉靖十一年(1532),韩邦奇作《大理左寺题名记》①,强调司法官员应做到清、公、明、勤、仁,不应贪、私、昏、怠、刻。文云:"大理,古廷尉刑官也。昔《周书》训刑,大要有五:曰清、曰公、曰明、曰勤、曰仁。此五者,刑之则而名由以成者也。是故奉禄而讫富,清也;则有清名。循法而弗挠,公也;则有公名。微暧情伪之必烛,明也;则有明名。剖断无滞以由慰,勤也;则有勤名。匪削以入,弗纵以出,仁也;则有仁名。否则获贪名焉,否则获私名焉,否则获昏名焉,否则获怠名焉,否则获惨刻之名焉。善哉,名之题乎,惧哉!诸君子于名也,宜无所苟矣。"司法官员成名不易毁名易,稍有松懈,则易堕入柄法滥权的地步,因此要倍加用心,一丝不苟。追求成"名"有三重境界:"忘名而名者,名之上者也;为名而名者,名之次者也;伪于中而餙名于外焉,名亦末。"上者,忘名而名;次者,为名而名;末者,伪于中而饰其名于外的伪君子。无论贤名还是恶名,都不是题在石头上,或记载在文字中的,而是在人心公道所系,"《经》曰:'人无水监,当于民监',张释之、于定国贤名至今焉,张汤、杜周厉名至今焉,诚如是也。千百世之久,史为之碑,而人心之公为之记。虽无是石若文焉,可也。诸君子其图名于碑之外乎?"这篇题名记意味深长,督促握有生杀予夺大权的官员们自省。在缺乏制衡的体制下,顾惜名声既是官员自律的道德修养表征,也是对官员进行监督的外在压力。然而,它也会导致顾惜名声而失义害事的现象:"古今学者顾惜名节亦害事。一有

---

① 韩邦奇著,魏冬点校整理《韩邦奇集》,1398 页。

顾惜名节之心,所为便有曲意畏忌之心,安得光明俊伟? 必并其名节而忘之,惟义是从,天下非之而不顾,可也。"①对公义、名声、是非等之间的关系,韩邦奇有清醒的认识。

政绩如何看什么? 是看官员的自我宣传、包装,还是以上司核定的殿最为标准? 韩邦奇认为:"为治不在多言,顾力行如何耳。"(《赠张乾沟序》)②看政绩不应看自我宣扬,他看到官场上有不少以功获罪的不公平现象,也看到一些务真知实践的官员不得升迁而心灰意冷。如《苑洛集》卷四《河南府通判王公墓志铭》③,替王道抱不平。文中力陈王道多善政、著贤声,却在藩臬之间的倾轧和勾心斗角中,因得罪了藩司被判刑,终致饮恨而殁。韩邦奇对王道表示极大敬意,同时揭露了官场的黑暗。韩邦奇自己有随机应变之才,又务实肯干,但官场的复杂还是让他常常感到力不从心、心灰意冷,不断滋生致仕归乡的念头。嘉靖十二年至十七年(1533—1538),他以左佥都御史职衔巡抚宣府,这段时期,值身体患劳瘵之疾,因而屡屡上疏乞致仕,均未获允。他自称"衰病之体,驽骀之品"不堪重任;实际上他一直兢兢业业,处理着各种各样、繁重具体的军事及行政事务。在上疏中,为说服皇帝接受其致仕请求,他比喻说理称:"车非其驾则辐脱而载倾,鼎非其器则足折而餗覆。"(《自陈不职乞赐罢黜以公考察事》)④以不堪载负的车、非当其器的鼎比拟自己之不堪重任。冯从吾追述韩邦奇在这一阶段的功劳时,评价道:"时羽檄交驰,先生躬历塞外,增饬战守之具,拓老营堡城垣,募军常守以代分番,诸边屹然可恃。"⑤《苑洛集》卷13至卷16收录各类奏疏上表,其中二十九通是

---

① 韩邦奇著,魏冬点校整理《韩邦奇集》,1688页。
② 韩邦奇著,魏冬点校整理《韩邦奇集》,1386页。
③ 韩邦奇著,魏冬点校整理《韩邦奇集》,1416页。
④ 韩邦奇著,魏冬点校整理《韩邦奇集》,1608页。
⑤ 冯从吾撰,陈俊民、徐兴海点校《关学编》,50页。

作于这一时期的,由此可见其处理事务之勤勉负责。涉及到的政务具体有:举将才以裨边事,分守官员以裨地方;充实边镇,以振兵威、防敌患;选军给马、暂团营伍,以实边镇;述地方疲惫之状,乞处税粮以苏民困;议处年久湮烂之预备仓粮,避免浪费以济时艰;调查军备大缺盔甲器械,不便瞭报防守等事宜;临境官员杀死总兵官员事,怯懦将官烧荒遇敌奔败事,逆军引诱北敌大举入侵邻境预防边患事,久缺极边要路参将官员事,安设兵马防御敌骑以明烽堠、以固地方事,议处通敌要堡以遏敌患、以卫地方,添择紧要县分官员以备地方等等事宜①。从这些疏表中,可见他做了大量利边利民的实事,也可体会到韩邦奇当时深入基层,了解兵情民情,真心替基层士兵分忧解难的心情。他主张通过富民、强兵、实边等措施,达到消弭敌患的目的。在山西任上,他为政清正廉洁。《明史》本传称其对有司供具悉不纳受,间日出俸米易肉一斤以自给,为官廉洁可见一斑。在此期间,由于痰湿之疾加重,多次上疏请求致仕,留存至今的乞致仕疏有四,分别为嘉靖十四年(1535)九月十七、九月三十,十五年二月、四月,均未获允,而且吏部"以大义责之"。面对"大义"之责备,作为饱读经书、以兼济天下为大任的儒家君子,毫无辩护余地。既然求致仕不得,于是他继续尽心尽力地做事,期间为工匠、边民及下层兵士,解决了许多困难。

嘉靖十五年三月,韩邦奇撰长篇奏疏《恶逆攒害尊长构贼杀死多命贿官枉法故勘肆狱淹禁生灵乞恩差官急救以伸大冤以决久讼等事》②,详细陈述庆王府的一些悬而未决的积讼,希望朝廷尽快派员处理积案,还社会公道清明以安定人心。同年闰十二月,他带人复勘山西阳曲两位宗室子侄辈共谋杀害父叔、放火烧毁官民房屋、杀伤军

① 韩邦奇著,魏冬点校整理《韩邦奇集》,1608—1652 页。
② 韩邦奇著,魏冬点校整理《韩邦奇集》,1625—1628 页。

民之事,斩处首恶,酌情处罚参与倡乱人员,地方得安靖①。谁知竟
因此得罪王府,后来因王府告恶状,韩邦奇被解职。与不迎奉王府相
反的是,他对百姓极为关心,这年四月,上疏《下情激切恳乞天恩愿辞
料价早赐夫匠修理府第以全母子居处事》②,为修理王府的工匠请
命。疏中痛陈底层百姓不堪征科,乃至破产、卖儿鬻女以应承官府科
派劳役,民不聊生,希望王府能灼见时艰,体恤民情,至少能宽限一段
工期。虽然韩邦奇以一人之力,无法解除百姓的徭役,但能正视小民
生存之艰辛、民情之激切,疏请皇恩泽及百姓,足见他是为民做主的
好官员。是年六七月间,山西遭遇暴雨、大水、冰雹、蝗虫等大灾,一
方面地方上遭灾不岁,百姓伤亡饥馑无人赈济,另一方面官仓却积粮
朽烂无人管理,更谈不上开仓赈灾了。韩邦奇很难过,于是连上两
疏:《地方灾异自陈不职严纠庶官以图消弭事》和《仓粮事》。请求加
强粮仓的管理,勿使粮食朽烂不可食用。嘉靖十五年十月初一,上奏
《传报大举声息事》,请敕下兵部早下议处,并行文大同、延绥,请求遇
敌时相互援助。初七日,再奏《来降人口传报声息事》。十月初十,请
求革除奸弊,禁止豪强巧取豪夺,以使边民不缺钱粮,上《请官专管库
藏以便收放防革奸弊事》。二十、二十三日,连续上奏《大举声息事》
《十分紧急重大敌人累次深入攻围城堡事》,密切关注边防敌情,发出
十万火急鸡毛信。嘉靖十六年(1537),上《军情敌中走回男子传报
军情乞讨火器以防侵掠》,乞讨火器千余件。八月,上疏《大举声息
事》《大举敌人出边事》。九月,上疏《大势敌人拥众深入急调邻兵会
合应敌官军奋勇斩获首级夺获战马军器人口等事》。还上《恤灾固本
事》,强调救助百姓即是固本③。从这一封接一封的奏疏中,可以看

---

① 韩邦奇著,魏冬点校整理《韩邦奇集》,1647—1649 页。
② 韩邦奇著,魏冬点校整理《韩邦奇集》,1628—1630 页。
③ 以上奏疏均见韩邦奇著,魏冬点校整理《韩邦奇集》,卷 14、15、16。

到韩邦奇忙碌操劳的身影。

　　虽韩邦奇不乏文韬武略,但官位算不上显赫,居官时间也不长,他对仕隐抱着怎样的态度呢?《苑洛集》卷5的《通议大夫都察院右副都御史张公墓志铭》①,提到了他与张文魁的一次对话:"余致仕将归,公怃然抵余书曰:'君兹归矣。文魁退且未能,进则弗达,将若之何哉?'余复公曰:'或去或不去,归洁其身而已矣。'"无论仕还是隐,能洁身自处是他的原则。但也因为他不同流合污,故在任上虽有治绩,却不断遭贬谪或削职;也因他为官正直,不希旨图进,敢说真话而先后忤权贵。作为有道之士,志不屑宵小之为,宁愿独自仰屋著书立说,也不愿混迹于官场。相对而言,他更愿意以隐退著述为不朽。

第二节　扬教树声　卓然于正:
韩邦奇的著述及学术思想

　　韩邦奇的著述丰富,涉及领域广泛,然而已佚失的数量不少,至今存世的有以下几方面的内容:《禹贡详略》《洪范图解》两种,这是阐发《尚书》的;《启蒙意见》(又名《易学启蒙意见》)、《易占经纬》两种,这是有关《易》的著述;《苑洛志乐》(含《律吕直解》《乐律举要》两种),是有关乐律方面最全面、最周详的著作。以上为经学方面的著述。在阐扬张载关学方面,有《正蒙拾遗》。明清两代,《启蒙意见》《正蒙拾遗》《洪范图解》三书通常以《性理三书》为名刊刻流传。另外22卷本的别集《苑洛集》,是他晚年亲手编订的,收录了他的各体文章及诗词曲等,其中卷18到22五卷又多次被单独刊刻,题名《见闻考随录》或《苑洛语录》。《见闻考随录》里保存了许多明朝的政治、经济和社会一手资料,有独特史料价值。他的著述侧重经史,

---

① 韩邦奇著,魏冬点校整理《韩邦奇集》,第1443—1444页。

我们从其著述中略窥其学术观念的形成及其学术思想。

韩邦奇早慧且好学,又有家学渊源,其父莲峰先生韩绍宗就精通《尚书》,因此,他19岁时写出了《禹贡详略》二卷,此书被《四库全书总目》收录进经部存目。此书阐是发《尚书·禹贡》的,其内容简略,训释浅近,思想算不上深刻。原因在于一则韩邦奇的哲学思想尚未形成,此书属于其进学之初的学习心得;二则在于著此书的目的仅用作私塾家教应试课本而已。在《禹贡详略》开头,他声明:"《略》者,为吾家初学子弟也。复讲说者,举业也。详释之者,俟其进而有所考也。"①《四库总目》认为其"类兔园册子","惟言拟题揣摩之法"。虽韩邦奇认为"特以教吾子弟,非敢传之人人",但嘉靖年间在蓟门欧思诚的一再请求下,此书得以刊刻。四库馆臣认为:"是书本乡塾私课之本。思诚无识而刻之,转为邦奇累矣。"②这个评价是准确的,不过从中可以看到韩邦奇应对科举有一套办法。

《禹贡详略》根据《尚书·禹贡》篇,辑录全国各地山岭、河流、薮泽、郡县、土壤、贡赋、物产等,并详加注释和考证,其中对黄河流域考证较详。卷末有《九州岛屿歌》60余首、地域图20余幅。这些地图清晰明了地展示了山川河流的分布位置,利于初学者掌握。此书的价值有二:其一,便于初学者进举业。是书列举九州之区划,绘图谱,编歌诀,以便初记。如"济水"一节中"导沇水,东流为济,入于河,溢为荥;东出于陶丘北,又东至于菏;又东北会于汶。又北东入于海"句下曰:

　　　"东流"至"陶丘北",圣人于济水见伏也。既即其流之得名,而指所入之处。复即其溢之得名,而指所出之地。此题可

① 韩邦奇著,魏冬点校整理《韩邦奇集》,3页。
② 永瑢等《四库全书总目》,109页。

出。主三伏三见之意。①

"此题可出。主三伏三见之意"，这句说明很有意思，韩邦奇提醒读者
此处可以出考题，且考察的是观天文地理，知治理意旨。科举考试之
出题方式，亦由此可见。今天读来，不得不佩服韩邦奇的敏察力。其
二，"俟其进而有所考"，韩邦奇后来对《禹贡》涉及到的水文地理等
考辨详实，对山川河流的古来聚讼之说，多有考辨，以成一家之言。
比如碣石说、九河故道说、黑水说、江水说、汉水说等，分别见《苑洛
集》卷21、22 的《见闻考随录》之地理部分。对各水文、地理一一进行
辨析落实，考据详备。此书写成时韩邦奇年方弱冠，是他初试锋芒的
研习之作，学术价值并不大。

　　《洪范图解》是用图解的方式阐发《尚书·洪范》篇的。《洪范》
也称"洛书"，《汉书·五行志》云："禹治洪水，赐《洛书》，法而陈之，
《洪范》是也。"②《四库全书总目》评价《洪范图解》曰：

　　　　是编因蔡沈《洪范皇极》内外篇复为图解，于每畴所分之九
　　字系以断语，俾占者易明其揲著之法，与《易》之著卦相同。所言
　　休咎皆本于《洪范》，亦与《易》相表里。盖万物不离乎数，而数
　　不离乎奇偶，故随意牵合无不相通云。③

韩邦奇《洪范图解序》④署"正德乙亥六月中旬苑洛子韩邦奇书"，说
明是书初刊于正德十年（1515），此年他三十七岁。在序中他自陈作

---

① 韩邦奇著，魏冬点校整理《韩邦奇集》，72—73 页。
② 《汉书》，中华书局 1962 年，1315 页。
③ 永瑢等《四库全书总目》，933 页。
④ 韩邦奇著，魏冬点校整理《韩邦奇集》，397 页。

此书的缘由,他受南宋理学家蔡沈《洪范皇极》启发,又不满足于蔡沈之说,认为蔡沈"因律吕之变,悟洛书之旨,乃推数而赞之辞,由占以致其用,始于一,参于三,究于九,成于八十一,而六千五百六十一之数备矣。然禹、箕分九畴而稽疑自为一事,蔡子统八畴而并用之稽疑,何也?⋯⋯谓'蔡氏非明《九章》',亦不可也。同者,理也;不同者,用也。君子岂可语用而遗理哉!"他认为蔡沈《洪范皇极》的价值在"用",但在语用时却没有阐发《洪范》卜筮的用"数"规律,因而用图示的方式,从象数的角度进行说明。他曾把自己对《洪范》的见解告诉门生邓镗,曰:"鳌峰详于理,吾独详于数,其得于言意之表矣。"(邓镗《洪范图解序》)①其实,早在二十五岁之前,韩邦奇还完成了《蔡传发明》一书。"蔡传"指蔡沈注疏《尚书》而成的《书集传》,《书集传》六卷,是蔡沈从学朱熹时,遵师命而撰成。韩邦奇疏解蔡传所成《蔡传发明》一书已佚,故具体内容不详。结合韩邦奇的相关记述看,他曾编撰有《蔡沈尚书传义》二十卷,事见《苑洛集》卷6《处士一庵尚公暨配郭孺人王孺人合葬墓志铭》。墓志曰:"正德丁丑,(尚公)谓道曰:'⋯⋯吾闻苑洛子者,授生徒于河西,尔往从之。'苑洛子为《蔡沈尚书传义》二十卷,俾道诵习焉。"②从行文看,《蔡沈尚书传义》是韩邦奇为学生尚道而作,或为教案性质,是书亦未见流传。以上为他在传解《尚书》方面的成就。韩邦奇以《尚书》中乡试第二名,可见他熟读《尚书》且有许多自己的思考和治学方法。

　　韩邦奇学问该博,义理渊微,其成就与他勤于思考、勤于著述分不开,除了治《尚书》有心得之外,在治《易》上,也颇有见地。二十五岁时,他完成《启蒙意见》,此书阐明《朱子易学启蒙》之说,同时对汉

---

① 见韩邦奇著,魏冬点校整理《韩邦奇集》,396 页。
② 韩邦奇著,魏冬点校整理《韩邦奇集》,1456 页。

儒焦延寿的观点也有所择取。据韩邦奇《启蒙意见序》①，他认为自己的书有两方面作用。其一，肯定"理、数、辞、象"的功能，说："夫《易》，理数辞象而已矣。……是故圣人观象以画卦，因数以命爻，修辞以达义，极深以穷理，《易》以立焉。"其二，申明朱熹阐发易学的贡献，批评后儒失却《易》的真义。韩邦奇认为，朱熹的《易学启蒙》贡献在于"《易》之先后，使其有序，而理数辞象之功懋矣"。他记述自己读朱熹易学的学习方法："奇也，鲁而善忘，诵而习之，有所得焉，则识之于册，将以备温故焉。奇也，愚而少达，思而辨之，有弗悟焉，则自为之说，将以就有道焉。是故为之备其象、尽其数、增释其辞矣。理则吾未如之何也。"可见邦奇读书不盲从，使思辨形成著述。《四库全书总目》提要评价此书曰："所列卦图，皆以一卦变六十四卦，与焦延寿《易林》同。然其宗旨则宋儒之《易》，非汉儒之《易》也。"②明朝科举取士以四书五经为标准，而结合韩邦奇的自序可知，他并未止步于科举之需而放弃探索，反而逐渐建立自己的认识体系和价值体系。虽然韩邦奇对科举应试的套路有较为明了的认识，但对它并不热衷。

　　韩邦奇推崇的文章有两篇：《易大传》和《乐记》。他认为："《乐记》：'感于物故形于声，声相应故生变，变成方谓之音。'本于《虞书》言志数句来，但变其文耳。变是清浊高下。《乐记》一篇好文字。古今有两篇好文字：《易大传》《乐记》是也。万世莫及，其次则《孙武子》十三篇，郭景纯《葬经》。"③《周易》比其他经书好，因为"他书只悬空说个道理，惟《易》则日用之间，事事物物皆有个处分，学者不可不读"④。在他看来，悬空说理远不如从日用之间的事物说起，万事

---

① 韩邦奇著，魏冬点校整理《韩邦奇集》，186—187 页。
② 永瑢等《四库全书总目》，29 页。
③ 韩邦奇著，魏冬点校整理《韩邦奇集》，1686 页。
④ 韩邦奇著，魏冬点校整理《韩邦奇集》，1689 页。

万物各有落实处是最能让人信服的道理。

六经中五经有传承，独《乐》失传，"至于《乐》，则废弃不讲。全德之微，风俗之敝，恒必由之，良可悲矣"(《苑洛先生志乐序》)①。韩邦奇认为，音乐的育人作用在于帮助贯通下学上达。《律吕直解序》曰：

> 夫圣人之道，有下学，有上达，惟圣人则一以贯之，学者必由下学然后可以上达。……天下之事，学则熟，熟则精，精则妙，妙则神矣。且圣人不能以一身周天下之用，故制为法度，以教万世。②

据杨继盛《苑洛先生志乐序》③介绍，韩邦奇先有《律吕直解》，但后来对《律吕直解》不甚满意，认为："然作用之实，未之悉也。"因此又搜检旧籍，精心结撰，"自是苦心精思，或脱悟于载籍之旧，或神会于心得之精，或见是于群非之中，若天有以启其衷者，终而观其深矣，于是有《志乐》之作。曰'志'云者，先生自谦之词也，非徒志而已也"。其内容"宏纲细目，一节万变，信手拈来，触处皆合，《乐》之为道，尽于是矣。《志》云乎哉！其于先儒、世儒之图论，备录不遗者，是固先生与善之心，然亦欲学者考见得失焉。……而先生之功，至是为益大矣"。杨继盛为"韩门二杨"之一，他是在韩邦奇任职南京时从学治乐的，因喜律吕结下师生缘分，韩邦奇"尽以所学授之"④。杨继盛在序文中对《志乐》成书之难、韩邦奇致力于《乐》之精专及将《乐》

---

① 杨继盛《杨忠愍公文集》，《文渊阁四库全书》本卷2。
② 韩邦奇著，魏冬点校整理《韩邦奇集》，1372页。
③ 见韩邦奇著，魏冬点校整理《韩邦奇集》，1350页。
④ 《明史》，5535页。

发扬光大之功进行全面介绍。《四库全书总目》对此书的评价是：
"虽其说多本前人，然决择颇允。又若考定度量权衡乐器、乐舞、乐曲
之类，皆能本经据史，具见学术。与不知而妄作者究有径庭。史称邦
奇性嗜学，自诸经、子、史及天文、地理、乐律、术数、兵法之书，无不通
究。所撰《志乐》尤为世所珍，亦有以焉。"①高度肯定了韩邦奇在乐
律、乐器、乐舞、乐曲上的传承。又解释这对师生究心律吕而引发的
"奇迹"，认为："末有嘉靖二十八年其门人杨继盛序。据继盛自作
《年谱》，盖尝学乐于邦奇，所云夜梦虞舜击钟定律之事，颇为荒缈，然
继盛非妄语者，亦足见其师弟覃精是事，寤寐不忘矣。"②事实上自
《律吕直解》首次刊刻后，反响一直很好，多地刊刻此书，客观上证明
韩邦奇在音乐律吕方面的精湛识见。《苑洛志乐》体现了韩邦奇"君
子不为无益之空言，必究制作之实用"③的观点。

　　韩邦奇对张载关学思想有一个从体会、阐释到践行的过程。其
《正蒙拾遗序》④曰："正德中，吾友何子仲默以近山刘先生《正蒙会
稿》见遗。初，弘治中，余尝为《正蒙解结》，大抵先其难者。……今
见《会稿》，则难易兼备矣，乃取《解结》焚之。"按：《正蒙会稿序》是为
湖广人刘玑写的书序，时刘玑因受牵连致仕乡居，韩邦奇不仅为其书
序且为其焚毁了自己的书稿《正蒙解结》。《正蒙解结》著于弘治年
间，所谓"结"，当指肯綮难解之处，因此专就难处说解而成"解结"。
但到正德末年，陕西提学副使何景明出示刘玑的《正蒙会稿》后，韩邦
奇认为刘稿"难易兼备"，优于己稿，故焚毁了自己的书稿。这个理由
稍嫌牵强，其中实则有一段隐情。刘玑号近山，湖广咸宁人，弘治十

---

① 永瑢等《四库全书总目》，324 页。
② 永瑢等《四库全书总目》，324 页。
③ 韩邦奇著，魏冬点校整理《韩邦奇集》，740 页。
④ 韩邦奇著，魏冬点校整理《韩邦奇集》，1370—1371 页。

七年进士，授曲沃知县，擢户部主事，历九江、衡州知府。韩邦奇序文称，正德初年"先生为郡守，权瑾慕其名而超迁之，官至大司徒，先生不乐居其位。时权瑾方以励精严肃责廷臣，先生每朝故布素，至部则痛饮而卧，不治事，以冀不合瑾而去"。谁知至刘瑾败，刘玑竟受牵连致仕，韩邦奇为之抱不平，"语云'负大任者难释，抱大屈者难伸'，其亦先生之屈事自大耶？故因序是稿而著此，使读先生之书者得以论其世焉"。读文至此，我们知道了刘玑蒙冤经过，再看韩邦奇自焚书稿事，我们说其中含有一份仗义执言、舍己为人的成分，应不为过。

　　韩邦奇长期体认和钻研张载学说，到正德十三年（1518），成《正蒙拾遗》一书。在《正蒙拾遗序》①中，他对"天性"、"天道"、"人性"、"人道"等观念进行了阐释，认为"亲亲仁民，忠君敬长，明体适用之大者，至于一言一动之发，一事一物之处，皆人道也。君子之自强不息，即化育之川逝如斯夫，道一而已矣"。儒家伦理为其出发点，亲爱其亲人，仁爱其民众，为臣下者忠敬其君长，是为懂得了人道中大的方面：明体适用；至于日常言行能自我约束、与各种事物的和谐相处方式，也都是人道的体现。君子自强不息的表现，就是在日常行为中如川流不息的流水一般，以自己的践行化育社会，这就是道。"道也者，盖皆指其发见流行，显仁之用、践履制作彰施之功夫，岂论于无声无臭、不闻不睹之际哉！"道是实践彰显的功夫，而非无声息的不可名状的神秘物。随后，又以卵与雏、种核与苗木之间的关系来比拟，以说明道的核心作用及生发功夫。

　　《正蒙拾遗·太和篇》认为："以死为常，以生为变，此横渠真见造化之实，先贤之所未发也，此即'客形'之意。"②又认为《西铭》是规模之阔大处言天道也，《东铭》是工夫之谨密处言人道也。把《西

① 韩邦奇著，魏冬点校整理《韩邦奇集》，1358—1359 页。
② 韩邦奇著，魏冬点校整理《韩邦奇集》，147 页。

铭》《东铭》按规模与工夫分别为天道与人道的对应关系，这是韩邦奇对张载学说的独特认识。

　　道为践履、制作、彰施之功夫，这是关中学者区别于其他学派的一个特色。韩邦奇反对学禅似的静坐养心，主张心之当养，养心的途径有三，一则"戒谨恐惧"以养心。此说出于《中庸》之"戒慎恐惧"，《中庸》说："道也者，不可须臾离也，可离非道也。是故君子戒慎乎其所不睹，恐惧乎其所不闻。"①朱熹认为"戒慎恐惧"是喜怒哀乐未发时的涵养功夫，是指在万事未萌芽时便小心谨慎，心存敬畏，所以遏人欲于将萌，而不使其滋长于隐微之中。韩邦奇认为常年保持"戒慎恐惧"是养心的一个途径。二则反对静坐学禅似的养心方式。韩邦奇反对闭目高坐，认为："夫人自少至老，无一时无职事焉。有功夫终日静坐？一日静坐即一日失学，是人自人，学自学，人与学判，无相干矣。哀哉！"②静坐则失学，反而失去了养心的契机。那么，到底该如何养心呢？正确的途径恰恰是在应对日常事务中历练心智，通过外界的淬炼使心得以养护。其《与杨椒山书》曰：

　　　　心之当养，无间动静。里居之日，供耒耜，远服贾，亦养心之时也。临政之时，诘讼狱，裁檄牒，亦养心之时也。于凡应对宾客，盘桓樽俎，莫非养心之时。孔子曰："出门如见大宾，使民如承大祭。"此之谓也。若夫凝然正坐，却除世事，则佛氏之养心也。吐纳导引，使不内耗，则仙家之养心也。三代之士，最为精粹，秦汉及唐，质美暗合，下此类多禅学矣。考之经史，亦自可见。③

---

① 朱熹《四书章句集注·中庸章句》，中华书局 2016 年，17 页。
② 韩邦奇著，魏冬点校整理《韩邦奇集》，1690 页。
③ 韩邦奇著，魏冬点校整理《韩邦奇集》，1691 页。

儒家养心在专心职事,佛家养心在静坐修禅、远离世事,道教养心在吐纳法术。韩邦奇只取儒家,且养心必合于理,包括"必合道义"和"皆欲合中"两方面。"养心之法,无问动静。应接推行之际,即省察之,必合道义而后发。"①日常之应事接物要适中得宜,过犹不及。既要避免昏昧,也要防止外驰;既不能太过放逸,也不能拘得太紧。

"韩门二杨"之杨继盛,对师翁的学术有一评说:"先生以纯笃之资,果确之志,盖自弱冠时即有志性理之学。其学之原,则以精一为宗;其学之要,则以培养夜气为本;其学之实,则见于《拾遗》《意见》《经纬》《志乐》《六经说》诸书。……一时论得道学之真脉者,皆以先生为首称。"②杨继盛对韩邦奇学问之原、之要、之实三方面进行了抽绎,这种归纳概括是准确的。要言之,韩氏之学,重在讲明正学,志在济世拯民。

第三节　秉正嫉邪　独立不惧:
韩邦奇的人才观

正德朝以降世风每况愈下,就士大夫而言,沽名钓誉者有之,欺世盗名者有之。所谓"或日谈性命之言而身冒贪污之行,或外饰温厚严肃之貌而中藏毒忌暗浊之心,或始而卓越峻杰不可犯,终而丧其所守流于污下而不羞者,则其所学不过欺世之机械,钓名之筌蹄耳,不知有得于道焉否也"③。韩邦奇对那些以道统性命之学为旗号,实则用为谋取功名利禄的社会丑恶现象极为忿恨,他认为应振拔士风,培

---

① 韩邦奇著,魏冬点校整理《韩邦奇集》,1690页。
② 杨继盛《寿韩苑翁尊师老先生七十一序》,见韩邦奇著,魏冬点校整理《韩邦奇集》附录,1859页。
③ 杨继盛《寿韩苑翁尊师老先生七十一序》,见韩邦奇著,魏冬点校整理《韩邦奇集》附录,1859页。

养正气。

　　培养士的关键是培养人格,韩邦奇极重视人格培养,他有不少这方面的见解。比如他提倡"独立不惧"之人格。其解张载"制行以己,非所以同乎人"句时,曰:"独立不惧,一家非之而不顾,一国非之而不顾。"(《正蒙拾遗·至当篇》)①行为行动出自内心的正气支持,而不必顾虑惧怕别人的非议或责难,哪怕遭到举国指责,也不必惧怕。他认为做"大丈夫",应当"忘富贵贫贱","忘其死生","必忘名节","惟义是从"。在《见闻考随录》中有一部分专论如何成为"大丈夫":"人忘富贵贫贱,不足为大丈夫,必忘其死生。忘死生不足为大丈夫,必忘名节。有顾名节之意,便是私心。""古今学者顾惜名节,亦害事。一有顾惜名节之心,所为便有曲意畏忌之心,安得光明俊伟?必并其名节而忘之。惟义是从,天下非之而不顾,可也。流俗不知之,有识之士必知之;有识之士不知之,天地鬼神必照之;天地鬼神不照之,吾心不知之乎! 必如是,方为大丈夫。"②读这两段话,阳明良知之主张跃然其间。"义"何在? 流俗不可取,天地鬼神能超越流俗,或为义之所在。即便天地鬼神不可取,尚有吾心知道义之所在。这不就是阳明的良知之说吗? 阳明心学与明代关学是可以沟通的,韩邦奇的这些主张就起到了桥梁作用。他认为品德忠厚是士夫做人的根本,是实现治世的根基。"宋儒有言:'士以忠厚为本。'厚者,万善之基,百行之首也。是故厚于国者,臣之忠者也;厚于家者,子之孝者也。……夫峭焉而讦,非厚也;比焉而同,亦非厚也。诸君子其察厚之道乎!"(《北畿乡试同年叙齿录序》)③以忠厚为做人的根本、社会的根基、家族子孙兴旺的基础。忠厚之人即便遇到灾难也能转危为

①　韩邦奇著,魏冬点校整理《韩邦奇集》,168 页。
②　韩邦奇著,魏冬点校整理《韩邦奇集》,1688 页。
③　韩邦奇著,魏冬点校整理《韩邦奇集》,1364 页。

安。"闻之传纪,古之人有蒙大难而不死者,必天地鬼神有以相之。天地鬼神,夫岂有私于人哉? 必其人有大德行,足以感天地、动鬼神,而后获其应然。"(《南渠存稿序》)①一个人之所以获得天助根源是因其有大德行。反之,即便其聪明绝顶,无德行亦不得善终。对社会来说,"山林多隐逸之士,田野多废闲之才,下僚多宏硕之器,此乱世之征也"(《梁园寓稿序》)②。因为"夫天下之治忽,系乎贤;贤才之出处,观乎德"③,社会的安危与世人的道德水平高低是相关联的。

韩邦奇希望读书人具备究义理、条事物、论政治的能力,且皆能合于道。因此,他认为官员的考核选拔极其重要,各级科考官员要公正明智,防止不才、庸才混入官吏队伍,他拜托乡试考官曰:"臣惟我皇上以非常之主,龙飞特起,而于文衡之司,今特用以非常之选者,此无他,冀得夫非常之才耳。责望之深,付托之重,凡我诸执事,其不自惧以求自副乎? 此无他,其道惟公与明耳。公则取之有所本,而不才者不得以乱真;明则照之有其具,而不才者不能以乱真。"(《顺天府乡试录序》)④文衡之司是受托选拔人才的机构,应秉持公明之心,以防非才具之士滥入官员队伍。

韩邦奇善于甄别人才并因材施教,他根据从学者的禀赋及志向,进行传授和培养。他主要讲授《易》《尚书》和律吕之学,各科都培养出不少人才。在传授《易》方面,从学者有王赐绂、张思静、任代伯。《苑洛集》卷6《处士任君墓志铭》讲述了他与处士任杰多年交往后,任杰遣其子代伯来就学的经过。任杰告诉儿子说:"昔尝听朝邑韩先生说《易》,明且尽,令人恍然有悟,我心慕之。汝往从游焉。"⑤任氏

① 韩邦奇著,魏冬点校整理《韩邦奇集》,1367 页。
② 韩邦奇著,魏冬点校整理《韩邦奇集》,1361 页。
③ 韩邦奇著,魏冬点校整理《韩邦奇集》,1362 页。
④ 韩邦奇著,魏冬点校整理《韩邦奇集》,1363 页。
⑤ 韩邦奇著,魏冬点校整理《韩邦奇集》,1465 页。

父子相继从韩邦奇学《易》，后来任代伯得中举人。韩邦奇用《卦爻三变图说》传授张思静。张思静在《卦爻三变序》中追忆当时的情景："又明年，思静请进于《易》。先生曰：'孔子，大圣也，加数年可以学《易》，《易》岂易言哉！然欲学《易》，先以卦爻始。'取《卦爻三变图说》授思静。"①韩邦奇晚年时还督促他的外孙张思荣及门生王赐绂编成《易学经纬》一书，可见此二人在韩邦奇教诲下，易学上的进步很快。有声望的韩门弟子，除二杨外，还有纪道。据《富平县志》卷7《人物》："纪道，嘉靖间以明经任阿迷州州同，有惠政。初，道与杨忠介公同为朝邑韩恭简公门墙士，博学能文章，有冰雪操，乃恭简所深器者。"②博学、能文章、有冰雪操，这三点是韩邦奇对子弟生徒所期许的品行，也是他培养人才的重点。在传授《尚书》方面，韩邦奇择徒而授，先后给尚道、赵天秩、张士荣等讲授《尚书》。取南宋蔡沈的《书集传》为主，他亲自编写教材，成《蔡沈尚书传义》二十卷，事见《苑洛集》卷6《处士一庵尚公暨配郭孺人王孺人合葬墓志铭》，该墓志铭有曰："苑洛子为《蔡沈尚书传义》二十卷，俾道诵习焉。"③在传授律吕之学方面，最有名的学生是杨继盛。继盛于嘉靖二十八年（1549）从韩邦奇学律吕，据杨氏《自著年谱》："己酉年，三十四岁。……是时关西韩公苑洛，讳邦奇，为南京兵部尚书。此翁善律吕、皇极、河洛、天文、地理、兵阵之学，而律吕为精。子师之，先攻律吕之学。"据《明史》杨氏本传："嘉靖二十六年登进士，授南京吏部主事。从尚书韩邦奇游，覃思律吕之学，手制十二律，吹之声毕和。邦奇大喜，尽以所学授之。"④杨继盛良好的音乐天赋，让韩邦奇如获至

---

① 韩邦奇著，魏冬点校整理《韩邦奇集》，693页。
② 转引自韩邦奇著，魏冬点校整理《韩邦奇集》附录，1842页。
③ 韩邦奇著，魏冬点校整理《韩邦奇集》，1456页。
④ 《明史》，5536页。

宝,倾其所能以教之。然而,当杨继盛准备全力以赴地学习律吕时,却被老师劝阻了。

　　杨继盛极其敬佩和高度赞扬韩邦奇的高尚道德和卓越才能,他说:"先生天地忠诚浑厚之气悉萃之矣。其以天下为己任也,越在内服,弼亮率下;越在外服,绥民迪功;越在翰苑,文章范俗;越在边镇,强藩恬服,勍敌慑威。……其在今日,抚守南都,又能操持其纪纲而镇抚其百姓。"(《寿韩苑翁尊师老先生七十一序》)①与韩邦奇的道德才干形成强烈对比的是,当时士风的败坏也显而易见,"我国家道学之统,自薛文清(瑄)诸大儒出,讲明正学,先后相望,斯道之兴也久矣。自是而明道学者,或日谈性命之言而身冒贪污之行,或外饰温厚严肃之貌而中藏毒忌暗浊之心,或始而卓越峻洁不可犯,终而丧其所守流于污下而不羞者,则其所学不过欺世之机械,钓名之筌蹄耳,不知有得于道焉否也。"杨继盛的这些评议,非无根之谈,乃痛心之恨,他痛恨那些日谈性命之言、外饰温厚严肃之貌的欺世钓名之徒,那些人满嘴高谈阔论,却毫无切己躬行的实事。与这类人形成鲜明对比的是,韩邦奇"以纯笃之资,果确之志,盖自弱冠时即有志性理之学。其学之原,则以精一为宗;其学之要,则以培养夜气为本;其学之实,则见于《拾遗》《意见》《经纬》《志乐》《六经说》诸书。……一时论得道学之真脉者,皆以先生为首称"。韩邦奇学问精一简要,立说笃实,著述丰富,因而获得很高名望。当韩邦奇离开南京时,却对覃思于律吕的杨继盛提出其他要求。据杨继盛《自著年谱》:"庚戌年,三十五岁。春,韩师致政归,谓予曰:'子之《乐》已八九,子之才不止于《乐》,可旁通济世之学。至于《乐》,俟子退闲时一整顿足矣。'予遂大肆力于天文、地理、太乙、壬奇、兵阵之学。"②相较于治《乐》,邦奇

① 见韩邦奇著,魏冬点校整理《韩邦奇集》附录,1858—1859页。
② 杨继盛《杨忠愍自著年谱》,陕西师范大学图书馆藏咸丰八年刻本。

更希望弟子能以济世之学为主。

杨继盛称韩氏"其学之要,则以培养夜气为本"(《寿韩苑翁尊师老先生七十一序》)①,关于夜气养正之说,韩邦奇有过详细的论述:

> "夜气"一节,惟孟子有之,他儒皆无。观程朱"夜气"之说,即可见其原无此气。盖其得于天者未甚粹,不如孟子多矣。余二十以前,未食之前此欲淡然全无。及食后则欲心萌矣。到明日早时回思昨日之欲,此身寒咨,真如在秽溺中,恶恶臭尚不足方也,自悔死迷乎何以至此? 到饭后时欲心又萌,明早却又悔恶,惧夫楛之反覆也。以此知程朱原无此气。(《见闻随考录》一)②

"夜气"之说是孟子最独特的学说,程朱则无。韩邦奇高度赞同此说,又以亲身感受为例证,说明平明之际升起的浩然正气(夜气),要持续保持非常难。他以自己为例真实解剖自己的弱点,并不掩盖。

韩邦奇反对类似禅宗静坐养心以培养士夫品性的作法,主张根据学生的才气禀赋,让人在日常生活中,在临政应对中,历练心性,成就性理。这种主张,是关学注重践履精神的体现。

第四节　明体达用 学具体用:
韩邦奇的文章特色

四先生所处的时代,正是前七子转掾风气,在文坛上影响宏大之际。韩邦奇与前七子的康海、王九思、李梦阳、何景明等多有交往,诗

---

① 《杨忠愍公文集》卷2,见韩邦奇著,魏冬点校整理《韩邦奇集》,1842页。
② 韩邦奇著,魏冬点校整理《韩邦奇集》,1690页。

文唱和,声气相投,但在文学观念上又有所保留,有自己的主张。《四库全书总目·苑洛集提要》云:"当正、嘉之际,北地(李梦阳)、信阳(何景明)方用其学提唱海内。邦奇独不相附和,以著书余事,发为文章。不必沾沾求合于古人,而记问淹通,凡天官、地理、律吕、数术、兵法之属,无不博览精思,得其要领。故其征引之富,议论之核,一一具有根柢,不同掇拾浮华。"①在四库馆臣看来,韩邦奇有三点与前七子不同:"以著书余事,发为文章",并不致力于为文;"不必沾沾求合于古人",不迷古;"有根柢,不同掇拾浮华",学有所本,不务浮华。七子派以复古求文学独立、发展,在文学史上起了积极作用,但不足之处也在于复古过程中追求合于古人的做法。韩邦奇"不必沾沾求合于古人",有持守,不以复古为目标,这样的做法更切合实际,因而具有积极的意义。

　　韩邦奇追崇经世致用的文章观念,归结起来大约有三点。其一,好古却不崇古。这个观念的形成,与早年的一次经历有关。弘治十二年(1499)后,韩邦奇参加岁试,遇到督学虎谷王云凤先生,王氏的一席话启发了他。杨继盛的《苑洛先生志乐序》记述了当年的情形,云:"先生自做秀才时,便抱古乐散亡之忧。当其岁试藩司,闻诸督学虎谷王公云:'律吕之学,今虽失传,然作之者既出于古人,则在人亦无不可知之理,特未有好古者究其心焉。'先生于是惕然首悟,退而博极群书,凡涉于《乐》者,无不参考。其好之之专,虽发疽寻愈不知也。既而得其说矣,于是有《直解》之作。"②王云凤(1465—1517),字应韶,号虎谷,山西和顺人,成化二十年(1484)进士。弘治十一年(1498)冬至陕西,任按察司佥事,提督学校,后升副使,改提学。正德二年(1507),因升山东按察使离开陕西。邦奇于弘治十二年回到陕

① 永瑢等《四库全书总目》,1501 页。
② 见韩邦奇著,魏冬点校整理《韩邦奇集》,1350 页。

西,次年得恶疾,病中不辍查询思索律吕之学,弘治十七年完成《律吕直解》。韩邦奇认为王云凤是"文清(薛瑄)之后,亦惟先生一人"①。受虎谷先生的启发,韩邦奇不仅致力于散佚了的律吕之学,也逐渐形成不必崇古的治学观念。发为文章,则虽尊重古人却不崇古,反对惟古人章法格调是瞻的文学观念。

其二,他反对陈词滥调,认为虚言泛说无益时政。"夫言不切于时务,不关于经世,则虽富如相如,奇如子云,徒为君子嗤。吾病夫建议者,泛言蔓说,虚谈迂论,橄牒纷纷,罔裨实用,遂使胥史目为通行,诸司挥而弗视,眷录者执笔称苦,依准者惜纸浩叹。滑稽之士,摘其浮谬之甚者以为话柄,则亦何贵于言哉!"(《陕西奏议序》)②此文是为侍御张公的奏议结集而作的序文,这些章疏"切于时务"、"关于经世",又"可示戒、可用劝、可底行",没有虚言滥调,因而得到他的高度赞扬。

其三,认为文章应具有"彰往昔,昭后世,示劝诫"的效用。《苑洛集》卷3《大理左寺题名记》云:"夫石以题名,文以述旨,将以彰往昔,昭后世,示劝戒也。"③比如,他著文褒扬乡邦文献,以乡贤的高风亮节砥砺乡人,垂范士夫。朝邑人高翔在靖难之役时,不趋炎附势,因效忠建文皇帝,被朱棣处死,且株连乡族。《明史·高翔传》记载了当时朱棣之残酷,"翔丧服入见,语不逊,族之。发其先冢,亲党悉戍边。诸给高氏产者皆加税,曰:'令世世骂翔也。'"④韩邦奇为这位乡贤谋建祠堂,称誉其节义忠贞。《苑洛集》卷3《高先生祠堂记》云:"嘉靖元年冬,部(注:当作郡)侯来尹吾邑,乐节慕古,咨询文献,惟

① 韩邦奇著,魏冬点校整理《韩邦奇集·附录·轶文》,1761页。
② 韩邦奇著,魏冬点校整理《韩邦奇集》,1366页。
③ 韩邦奇著,魏冬点校整理《韩邦奇集》,1398页。
④ 《明史》,4028页。

日孜孜。邦奇乃以先生语侯。……乃建祠、肖像于五衢之地，俾过者、居者咸有式焉。事竣，乃属邦奇为文勒之石。"①这件事颇具意味，永乐皇帝对不依附于他的高翔，除了族诛、流边、发家这些常规的残酷手段外，更狠的是加税转祸地方百姓，"令世世骂翔也"。不知加税事传到正德、嘉靖时期是否还存在，但韩邦奇不因皇帝谕旨在前就顺服，而是行侠仗义，以事实为依据，说服地方官为这位乡贤建祠、塑像、祭祀，使人人知其为节义之士，事实上是为高翔平冤昭雪。主张此事的韩邦奇，不负后人所称的"立朝著伟绩，居乡谭道义"②之誉！

对文章变革的评价，韩邦奇与七子派不尽相同，他尊崇富丽雄健的秦汉文，对唐宋文亦不贬低，只贬低枯涩萎弱的衰宋之文。他的《论式序》③集中反映了其文章观念的一些具体看法。他认为：

> 论，文之一体也。自春秋迄于今，代有作焉。春秋、秦汉之文，富而丽，雄而健，渊宏而博大，波澜转折，变化无端，入口脍炙，掷地金声，莫之尚矣。魏晋之文，介乎汉唐之间。至唐，则去春秋、秦汉固十倍矣，而况于宋乎，而况于宋之衰乎？国家中场，以论取士。士之文优者，刻之以式士子，而士子式焉曰"程文"。成化以前，类春秋、秦汉体也；弘治间，则效唐而专于韩柳，或效宋则专于欧苏。嘉靖初年以来，一二文衡之士，效衰宋之体，刻之。……夫衰宋之文，枯涩萎弱，已不足观，而效之为程文者，已不及矣。而士子又未见衰宋之文也，止模程文而效之，又不及矣。文之衰亦至此乎？
>
> 夫论，议也，辩也。譬之人焉，秦汉之文若仪、秦在六国之

---

① 韩邦奇著，魏冬点校整理《韩邦奇集》，1397 页。
② 冯从吾《关中四先生咏》，见韩邦奇著，魏冬点校整理《韩邦奇集》，1871 页。
③ 韩邦奇著，魏冬点校整理《韩邦奇集》，1370 页。

堂，指譬晓告，纵横驰骋，言切利害，事析毫厘，听者拱耸，人莫得而难之。衰宋之文，正如吃（痴）人献说于项籍、张飞之前，叱咤顾盼之下，惴惴焉。略达乎己意，而气已索然销沮矣。其为高下可知也。因取自春秋以及唐宋论之平正体裁，类今举业者十数篇，为吾家子弟式。

此文内涵丰富。从文学史上看唐宋文较秦汉文在气势风格上确实有差别。在这点，韩邦奇与同时代的"前七子"观点一致。他比喻秦汉文的气势如张仪、苏秦游说六国，纵横捭阖，言切事析，足以打动人；而衰宋文则如痴人献说于威猛的项羽、张飞面前，未开口已被对方气场威慑，畏怯顾盼，言不由衷，言未出而"气已索然销沮矣"。同样是游说议论，何以前者能咄咄逼人，后者却惴惴嗫嚅？宋以来那些口不言而嗫嚅的游说者看似很不自信，实则因被游说者（主政者）势力过强而受压制，试想以项籍、张飞之神勇莽撞，哪里会听从别人的指点。主政者妄自尊大，必然迫使臣下畏葸不前。臣下的畏避表明了君主权势的至高无上，却反映出君主专制执政活力的衰减。到了明代，成化之前，类春秋、秦汉文；弘治间，类唐宋，学韩柳、欧苏；嘉靖以来，类衰宋。韩邦奇指出的明代文风的变化正好与明代学术的变迁一致。其中，对学韩柳、欧苏的认同，与唐宋派的观点一致。科举诱惑中，士子趋利避害，正气衰退，文风愈下。正如谷应泰在记述大礼议事件后，指出的"孝宗仁圣，麟趾不蕃。武庙盘游，前星失耀。再世衰微，古今至变也"①。韩邦奇通过科举考试文体"论"的变化，敏锐地感知到社会政治的变迁，以及士气渐至销索的外在因素。

　　韩邦奇深得司马迁写人记事之传神笔法，传记文写得活灵活现。

---

① 谷应泰撰，河北师范学院历史系点校《明史纪事本末》，763 页。

《苑洛集》卷19《见闻随考录》①中有对"刘瑾擅权"的记述,文字虽不多,却极见韩邦奇之史识及史笔。摘录如下:

> 正德初,刘瑾擅权,肆虐流毒,缙绅大则籍没其家,小则杀其身。公卿而下,竦息战栗,视之若雷电鬼神,求希其意而不能测,况敢与之讲议乎?

先总概刘瑾擅权作威作福、朝臣希旨以避祸、惊悚匍匐于淫威的状况。接下来列举几位阁臣及六部尚书的表现:"大学士焦芳导刘瑾为恶,刘宇首阿附瑾,与瑾交厚甚密。"相对而言,"吏部尚书张公綵入朝,始敢进言。凡事于顺门讲议,虐政多所中止,然后六部效之,中外之情始通"。记刘瑾被逮经过,与《明史纪事本末》有出入。"初,张永自宁夏还,瑾以旨止之良乡,令无进城。明日,将又以旨发永南京。策士劝永无奉命,径当入朝。翼日早,瑾暨诸僚至顺门。故事,谢恩见辞既毕,当六卿议事。诸僚自瑾背后遂去,瑾独留。是日,诸僚欲退,瑾以臂止之曰:'今日之事,当众共议之,诸君何往?'乃宣吏部尚书张公綵上,语久复曰:'宣兵部。'綵退止数步,俯首若沉思状。尚书王公上,瑾顿足甚恨,论说移时。王公面色如土。复宣刑部。未上,忽中使直至,曰:'有旨宣瑾。'瑾曰:'有何事?'中使曰:'张公公进东华门矣。'瑾曰:'如何不待圣旨急促去?'明日,瑾就擒矣。"这段记载有不少精彩之处,当时吏部、兵部、刑部尚书都是刘瑾的私人亲信,刘瑾指使大臣如同训小儿,张綵"退止数步,俯首若沉思状",堂堂吏部尚书与一个太监对话结束后,谨慎地"退"下,不敢转身离开。被"宣"的兵书尚书则"面色如土"。这段文字,有叙事,有对话,有描

---

① 韩邦奇著,魏冬点校整理《韩邦奇集》,1705—1709页。注,《见闻随考录》二有两处详记刘瑾擅权事,描绘细致,揭露其弄权刻画入骨。

写,刘瑾对大臣的颐指气使,几位高官的屏息敛声,跃然纸上。从历史书写看,韩邦奇深得太史公笔法之妙,记事则寓论断于叙述,写人则旁见侧出。

《明史纪事本末》卷43为《刘瑾用事》,谷应泰用长篇幅全面记述宦官刘瑾之兴起、矫旨弄权、践踏吏治法纪、败露覆亡的过程。记述详明,赞语用意深切。然谷书成于顺治十五年(1658),对刘瑾擅权之事,韩邦奇的记述最早,当时邦奇为吏部文选司员外郎,对此事有近距离观察,因而其记述不仅不可替代,而且其观察视角、价值判断也必然影响后世的历史书写。

嘉靖三年(1524)大同兵变,韩邦奇全程参与处理此次兵变,且主张以安抚为主。《见闻考随录》中,详细地记载了平抚事变的经过①。该叙述颇具《史记》叙事之妙,开头明确事件是由巡抚地方的都御史激发成变的,"大同之变,都御史张文锦巡抚地方。……文锦思图报称,性本急功喜事,好刚忽众,而又啬于用财,故激成此变"。激成兵变的根由是地方最高长官"急功喜事,好刚忽众,啬于用财",事变的责任在官不在兵,韩邦奇在此把责任区分得清清楚楚。接着,介绍大同的地理特征及军事地位,"大同镇城孤悬极边,与胡虏共处一地,无寸山尺水之隔"。如此重要且难守易攻的军事要塞,被急于建军功的巡抚不切实际地建五堡,"众皆以为不可而莫敢言"。巡抚草率做主兴建土木却吝啬用钱,营建的堡垒根本无法正常使用,"且莫说敌人来,只秋深一阵大风雨,一家死矣"。可见,五堡选择存在着严重的问题:建在低洼处,大雨漫灌,士兵无法待在里面;遇敌,则敌人从高处易攻,低处则防守困难。因此没有活路的守兵,为挣得一息活命之机而杀参将,发动兵变。又因都御史张文锦处理不当,使兵变升级,张

① "大同兵变"事,具体记载见韩邦奇著,魏冬点校整理《韩邦奇集》,1715—1720页。

文锦被杀，"总兵、知府出走"。在此危急关头，朝廷起用已谪的韩邦奇为山西左参议，协同新任总兵官桂勇、镇守太监武忠，前往处理兵变。韩邦奇开始就主张用安抚政策，孤身一人入城说服了起事者，人心安抚，兵变止息，地方得以安定。不想，是年十一月，总兵桂勇又施暴政，"桂公率游兵擒逆军八十人，杖杀之"。加上其他事，"初七夜二鼓，变作，炮喊之声震天"。韩邦奇当夜立即到乱军阵中，劝说士兵，安抚群情。另一方面在总兵、巡抚面前替士兵求情，希望除了惩治几个带头的外，还要善待众人，避免过度杀伐。后文云："乃约总兵、镇守太监、郎中参将、副总兵、游击，会都司。路经代府，代王梯墙而语，至午不了。时五步之外兵戈林立。左参恐变生，大言曰：'各官诸军尚未早饭，王请回宫。'既至都司，无一人言者。总兵乃言欲致仕归，众亦不应。左参曰：'君挂斗大金印，是我分守关防邪？今日请公安谕地方，何言致仕？'总兵怒，起而出。诸公知诸军怒总兵，无敢留者，左参随之而出。时诸军皆在二门外，左参自度可因此发言，乃谓诸军曰：'汝桂老爹欲去，汝辈舍得邪？'诸军皆跪曰：'好总兵，不要钱，不欠粮草，只是心狠耳。'"①作为事件的亲历者，其行文通过人物对话、行为举动把事件发展演变过程历历在目地呈现出来。读此文，好似看传奇小说，情节跌宕起伏，人物鲜活跃然纸上，可见韩邦奇擅于写实记事。这一方面得益于韩邦奇是亲历者，对事件的来龙去脉、个中情节有清晰的了解，另一方面，也不得不赞叹韩邦奇精彩的叙事功力！

　　论及韩邦奇的敏锐多才干，虽其用政事之余力著文，更不得不敬佩其明敏善察，政务上他善于因地制宜，教育上则善于借时事教育引导读书人。在处理嘉靖大同兵变过程中，出现了韩邦奇屈尊隆礼以敬巡抚事，当时议论纷纷，有人讥刺他"过于奉上"。韩邦奇借试诸生

---

① 韩邦奇著，魏冬点校整理《韩邦奇集》，1718 页。

之际，出策论题目为"李愬迎裴论"。李愬迎裴度事，发生于唐宪宗元
和十二年（817）。御史大夫李愬平定蔡州以后，将叛将吴元济押送到
京师，淮西宣慰招讨使裴度去李愬军营慰问，发生了一个小插曲，史
书记载曰："将降卒万余人入城，李愬具橐鞬出迎，拜于路左。度将避
之，愬曰：'蔡人顽悖，不识上下之分，数十年矣，愿公因而示之，使知
朝廷之尊。'度乃受之。"①裴度进入驻地时，李愬戎装隆重出迎，在路
边拜见。因彼此官职不相上下，裴度想回避。李愬坚持上下尊卑的
分别以显示朝廷的威严，希望借此训示当地人。于是，裴度接受了李
愬的致敬。李愬知贤不疑，临机立断，是智谋义勇全备的将帅；裴度
心系社稷，信任尊重将领，宽待降卒，是知人善用的文臣。这两位文
臣武将之间演绎了一段唐朝"将相和"。从韩邦奇处置大同兵变的方
式方法看，他痛惜国家出现了纲纪废坠、不可收拾的局面，同情加入
兵变的士卒，主张宽待降卒，甚至央求军官们能克己奉公，别为一己
贪欲去克扣兵饷、侵吞军粮，致使士卒无法生存不得不揭竿而起。在
处置兵变过程中，他希冀能遇到裴度那样的朝臣，因此他效仿而礼尊
巡抚都御史蔡天佐。在遭致质疑后，他把李愬迎裴度事放入考应州
诸生的试题中，通过这样一个策论题目，不仅要通过诸生平息舆情，
也督促诸生读史明智，由史关注现实问题，为处理时事找历史依据。
这是学以致用的一个小事例，体现了他重视经世致用的文章观念。
行文至此，笔者也忍不住对文武双全的韩邦奇奉上一声赞叹！

第五节　丹心元许国：
韩邦奇诗词曲的关学意蕴

　　"诚明互用"是关学的立身之本。张载认为诚明是"天德良知"，

---

① 袁枢《通鉴纪事本末》，中华书局 2015 年，3238 页。

"性与天道合一存乎诚"①。人的修养有"自明诚"（由聪明到诚实）
和"自诚明"（由诚实到聪明）两种方式。诚而不明则愚妄，明而不诚
则狡诈，只有把诚实和聪明统一起来才是一个真正的人。韩邦奇在
他的理学阐释著作及文章写作中，对"诚明互用"多有发明；在诗词曲
创作中，也有所阐发。他的诗词曲作常常表现出不得不在仕宦中挣
扎和向往归隐的矛盾，如《苑洛集》卷十二的散曲抒发了他的矛盾心
情，如"到此时，看破了黄粱梦"，"諕杀人，鹤唳华亭叹；愁杀人，鸟尽
淮阴怨。聪明人，须早过是非关；英雄汉，挑不起功名担"②。韩邦奇
的诗词曲作有三卷，收录于《苑洛集》卷10、11、12。在这些作品中，
表现了他爽朗洒脱的个人风格和关注国家、心系百姓的殷切之情。

　　韩邦奇最著名的诗歌当属他的《富阳民谣》。正德九年（1514），
三十六岁的韩邦奇迁浙江按察佥事，巡两浙。任期内，他巡历建德、
富阳等县，深切感受到百姓不堪沉重赋税之苦，于是上疏《苏民困以
保安地方事》，揭发太监及镇守盘剥侵渔百姓的恶行，并请停贡鱼茶。
又作《富阳民谣》，反映民间疾苦。民谣云：

　　　　富阳江之鱼，富阳江之茶。
　　　　鱼肥卖我子，茶香破我家。
　　　　采茶妇，捕鱼夫，官府拷掠无完肤。
　　　　昊天胡不仁，此地亦何辜！
　　　　鱼胡不生别县，茶胡不生别都！
　　　　富阳山，何日摧？富阳江，何日枯？
　　　　山摧茶亦死，江枯鱼始无。

---

① 张载著，章锡琛点校《张载集》，20页。
② 韩邦奇著，魏冬点校整理《韩邦奇集》，1603页。

山难摧,江难枯,我民不可苏!①

这首以民谣命名的古风,通晓流畅,从艺术上看具备典型的乐府民歌色彩,语言直白浅显,感情激烈张扬。但在思想内容上,则对地方高官大吏乃至最高统治者皇帝进行了强烈的批判:大自然赋予的丰美物产,反而成了百姓鬻子破家的因由,"官府拷掠无完肤",百姓倒悬而无告;"昊天胡不仁"? 皇帝身为奉天承运的"天子",可知其"不仁"吗? 无告的百姓祈求——宁愿茶死鱼无,山摧海枯! 除上诗替百姓呼号外,他还在上疏中指出"军民困瘁已极。故前岁流民相聚为乱,一呼千百……今尚汹汹未靖"(《苏民困以保安地方事》)②的危局。户部、礼部因韩邦奇的呼吁而准免江浙的鱼茶贡赋,两地百姓因此而稍得苏解。但不久,太监王堂等于正德十一年(1516)十月,构陷韩邦奇以"沮格上供,作歌怨谤"之罪,"帝怒,逮至京,下诏狱。廷臣论救,皆不听,斥为民"③。韩邦奇下诏狱,除名为民,民复进贡。一首诗带来这么一番变动,对浙江当地百姓来说,免除了一年沉重的鱼茶贡赋,随即又重新被强征苛敛,只能小小疏解一下困苦。对韩邦奇个人的仕途,则为灭顶之灾。韩邦奇不避个人忧危为民请命,其人格之磊落由此可见。

替百姓请愿,为穷苦人伸冤,矛头直指太监及地方有司官吏,其结局是个人因言获罪。韩邦奇在械系途中以及在狱中,多有诗词之作,以述胸怀,表情志,丝毫不以个人得失为意,反而以屈原等人自励。卷11《下狱》④有句:"欲将忠孝酬明世,敢为艰危惜此身?"此诗

---

① 韩邦奇著,魏冬点校整理《韩邦奇集》,1538 页。
② 韩邦奇著,魏冬点校整理《韩邦奇集》,1606 页。
③ 《明史》,5318 页。
④ 韩邦奇著,魏冬点校整理《韩邦奇集》,1558 页。

的小序曰："余既自浙系至南司，闻诏下，送北司。天威赫怒。故事，下锦衣狱者，不过四十。乃杖之八十，且命人监视之。"卷10《狱成坐狱诽谤》①云："狱吏传招下，文罗亦大深。青蝇闻点璧，黄口果销金。欲效燕人哭，应悲楚泽吟。神灵存九庙，堪献小臣心。"狱中，韩邦奇与同监的徐文华联句唱和，纾解郁闷，后联句成集，有序。在《北司狱中联句序》中，他直陈心迹，曰："又尝见古今豪杰之士，一为时所弃斥，遂荒唐旷达，寄情于神仙曲蘖之间，自以为迥出风尘之外，而不知已落风尘之下矣，此尤今日责善之切务也。"②虽身陷囹圄，却不赞同隐逸独善自安的做法，更反对沉溺于神仙诗酒的放浪行为，表明为百姓奔走呼号而遭受下狱、贬谪等苦难亦心甘情愿的人生态度。韩邦奇一生起起落落，并非迷恋官场，也不是没参透当时官僚机构的腐败无能，从他的一次次起家又归隐的情形看，每次起家的动力都来自有一官半职可为百姓做些实事，在其诗文中多次表达这一愿望。与韩邦奇同时代的明代中期士大夫阶层，不少人能舍弃自己的利益甚至生命与权臣抗争，如前后七子多有因不依附权贵而遭黜落者。而到晚明袁宏道等人，则倡言"玩世""游世"，可见晚明社会风气已发生较大变化。

韩邦奇始终关注百姓利益，认为当官的应以百姓的利益为重，比如毕县尹祈雨得雨，他赋诗赞美："歌舞斯民乐，精诚大尹心。五行《洪范》传，感应验于今。"（《毕尹祈雨有应》)③他喜节好义，期待官员爱惜民力，吏治清明，莫贪酷害民。《送金宪张君按关西》曰：

　　　　西北穷边已自荒，年来时复报灾伤。但令风裁摇山岳，便是

---

① 韩邦奇著，魏冬点校整理《韩邦奇集》，1550页。
② 韩邦奇著，魏冬点校整理《韩邦奇集》，1366页。
③ 韩邦奇著，魏冬点校整理《韩邦奇集》，1551页。

霖膏沃稿壤。闻说豺狼盈道路,不忧锋镝在疆场。(自注:贪吏之害,甚于锋镝)定知刺史褰帷日,千里澄清六月霜。①

自己为官受冤屈时,他提笔写了《狱中有感》二首,诗曰:

> 秋声瑟瑟夜茫茫,此际孤臣倍感伤。四海生灵惟圣主,万年宗社自先皇。殷忧直共条山尽,痛泪应同泪水长。却忆秦廷十九客,茅焦终得悟君王。
>
> 梧落霜清雁已归,可堪缧绁锁圜扉。阶前深羡蜗知足,海上真惭鸟见几。万死自甘明主弃,一官多与世情违。山妻旧补牛衣在,何日重披上钓矶。②

嘉靖三年(1524)八月,因大同兵变,韩邦奇被荐起山西左参政分守大同。韩邦奇主张惩办首恶,而善待随从者,而主政的户部侍郎胡瓒以残酷手段镇压,二人意见不合。冯从吾记载了此事经过:"会上遣户部侍郎胡公瓒提兵问罪,镇人闻之复大噪……翌日,首恶就戮,先生谓侍郎曰:'首恶既获,宜速给赏以示信,庶乱可弭宁。不然,人心疑惧,将有他变。'侍郎不听,先生遂致仕归。后果如其言。"③这次不足一年的出仕期间,邦奇作有七律《入晋阳》、五律《云中道》等诗,及《金菊对芙蓉·阅兵雁门登城》《鹧鸪天·镇虏台宴诸将》《西江月·镇虏台宴诸将》等词曲。在这些作品中,他描写了"风高闻昼柝,日薄结秋冻。渡水愁沙陷,登山畏石崩"④的边关之景,抒发了"十年

---

① 韩邦奇著,魏冬点校整理《韩邦奇集》,1557 页。
② 韩邦奇著,魏冬点校整理《韩邦奇集》,1558 页。
③ 冯从吾撰,陈俊民、徐兴海点校《关学编》,49—50 页。
④ 韩邦奇著,魏冬点校整理《韩邦奇集》,1550 页。

高卧希夷峡,此日还登镇虏台"①,"生擒开罕,招徕冒顿,约束楼
兰"②的豪情。邦奇虽不乏马革裹尸的勇气,但更感受到功名路上是
非多,于是作散曲《寄生草·晋阳怀归》③以抒怀。其中有"到此时,
看破了黄粱梦","肯排山,山能撼;肯倒海,海可翻。只是我意儿里不
要紧,心儿里懒。""我本是钓鳌人,做不得攀龙客。千万般,怕负了
皇恩大。二十年偿不尽,经纶债。两三翻,空惹得青山怪。归来一啸
海天空。醉时节,还觉得乾坤窄。""渭滨河曲,与渔樵伴。对知音,还
取古琴弹。散幽情,细把羲经点"等句。致仕后,作七律《晋阳致仕时
年四十五》④《山西副使致仕》⑤。前诗有"衰病岂缘三黜直(自注:一
谪,一为民,两致仕)"句,后诗有"十度拜官多弃斥(自注:下狱二,为
民一,致仕二),七年窃禄半风尘(自注:官虽十年,止历俸七年)"句。
后诗尾联为"遥忆到家正重九,黄花无数满篱新",语句爽朗,心胸澄
明,表达了摆脱官场纠纷,回归田园的喜悦之情。官场等级森严,说
真话致祸、直言招灾,是明代政治文化的常态。韩邦奇明了官场暗
流,却本着"诚明互用"的原则,宁愿舍弃功名俸禄,说真话道实情,自
知与官场不合,而弃官归乡。

诗人除了关注百姓生存状态之外,还关注国家边疆安全。嘉靖
十二年(1522),韩邦奇以左佥都御史巡抚宣府。时大同一再出现边
塞危机,王师出讨,百凡军需倚办,宣府悉力经理。韩邦奇为充实营
务边镇、裨边务地方、处边储、举将才、振兵威、防敌患,奔走操劳。期
间作有多首散曲,抒发吊古思乡之情。

---

① 韩邦奇著,魏冬点校整理《韩邦奇集》,1589 页。
② 韩邦奇著,魏冬点校整理《韩邦奇集》,1585 页。
③ 韩邦奇著,魏冬点校整理《韩邦奇集》,1603 页。
④ 韩邦奇著,魏冬点校整理《韩邦奇集》,1561 页。
⑤ 韩邦奇著,魏冬点校整理《韩邦奇集》,1558 页。

《绵搭絮·边城春到迟》:

> 昏昏漠日下,荒台望遥天,极目凄凄,春尽边山花未开。
> 对寒杯。百感兴怀。家乡万里,白发还催。
> 何处是渭水秦城? 雪满红崖雁不来。①

《绵搭絮·边城秋来早》:

> 边沙惨惨逐,人来见西风。才报新秋,赤叶萧萧霜已催。
> 上高台,百感兴怀。你看那,燕关赵塞,都做了,古往今来。
> 当不得,吊古思乡。野戍凄凄,却又画角哀。②

《朱履曲·边城夜雨》:

> 对寒灯,边城今夜,望长安,家山在那些。
> 雁南归人,没个去时节。
> 风瑟瑟,催残漏;雨潇潇,打红叶。
> 多管是,替愁人,来添闷也。③

一方面尽心尽力地操持实务,另一方面在词曲创作中抒发吊古怀乡之情,看似矛盾,其实并非作者心口不一,矫揉造作,这种情况恰恰反映出作者处理现实事务劳神费力,诸多不如意,需要通过私人写作纾解心头郁闷。可用以佐证的是,晚年里居的韩邦奇仍牵挂着国事,如嘉靖二十二年(1543),他作七律《杂兴(癸卯九月也)》④八首,其中

---

① 韩邦奇著,魏冬点校整理《韩邦奇集》,1599 页。
② 韩邦奇著,魏冬点校整理《韩邦奇集》,1600 页。
③ 韩邦奇著,魏冬点校整理《韩邦奇集》,1602 页。
④ 韩邦奇著,魏冬点校整理《韩邦奇集》,1559 页。

有"独卧青山秋欲暮,两河戎马几时除";"休将白眼轻班卫,金印空悬万户侯";"他年青史谁收拾,莫使浮名负简编";"咫尺太原接畿辅,莫教戎马渡滹沱"等句,足见其爱国忧边之心,体现了他笃实践行、不务虚名的精神。

张载著名的横渠四句中的"为生民立命"与《西铭》提出的"民我同胞,物吾与也"观念是一致的。"为生民立命",从哲学角度可以阐释为为天下人确立人生价值和意义的体系;从实践层面上,则可以理解为百姓发声。《西铭》在"民胞物与"的前提下,特别指出"凡天下疲癃残疾、惸独鳏寡,皆无兄弟之颠连而无告者也"①,谁来替这些"无告者"发声争取生存机会呢? 士大夫则担负现实中"为生民立命"的天职。"民胞物与"的道德境界则成为韩邦奇的文学写作的底蕴。

关于诗学韩邦奇主张首先要以"调"为主,"其次尚意",再次尚辞。这个观点见他在嘉靖十七年(1538)为胡瓒宗《鸟鼠山人集》撰《书可泉诗集后》。其文曰:

> 诗以调也,匪意也,匪辞也。《芣苢》之辞淡,《狡童》之意近,而文王之化彰,郑国之淫见矣。草蛇灰线,闻其声不见其形,睹其迹不见其实,其于言意之表者乎? 是故得意者忘言,得调者忘意。其次尚意,其下焉者尚辞。尚辞,而诗亡矣,由汉魏而下,可征焉。可泉诗,其调卓矣,铿乎宫商之间,后世其必传也夫! 明嘉靖戊戌苑洛韩邦奇书。②

"诗以调也,匪意也,匪辞也",这是韩邦奇最鲜明的诗学主张,诗区别

---

① 张载著,章锡琛点校《张载集》,62 页。
② 胡瓒宗《鸟鼠山人集》,明嘉靖三十三年刻本,卷首。

于其他文体的典型特征就是韵律。如果韵律不协,即便"意(内容)"、"辞(语言及修辞)"再精妙,也不能称作诗。因其精熟乐律,他的诗词曲音调极圆润流转。我们读他的一首古风《七里滩》:

> 行路难,春风七里滩! 阴崖暗,白日危,石涛惊湍。挽夫力竭舵师瘵,尽日才能进咫尺。狭塘水隘忽迸流,满船相顾无魂魄。君不见,南来箫鼓轻帆舟,一日一夜到杭州!①

再看一首词《临江仙·重阳》:

> 蓝水经霜清澈底,玉山遥送青来。寒云浮雨过庭槐。白衣携酒至,黄菊几枝开。②
> 盛友还逢佳节赏,独怜多病形骸。登临未减昔年怀。西风齐著力,送我上高台。③

音律悦耳,累如贯珠,呈现一片澄明景象。

　　理学家多不以吟咏为务,却不废吟咏。从韩邦奇的诗词文创作中,我们看到他以吟咏抒发个人情志,或讽谏劝刺,或咏古抒怀,从大传统看,不外"兴观群怨"的儒家诗学观念;从时代背景看,则是关学精神在文学层面的表征。他以文学发声又遵循诗歌的独特规律,这区别于理学家通常主张的"文以载道",难能可贵。韩邦奇在文学上表现出的包容态度、在创作中的谨严追求,和独立主张的确令后人钦佩。

　　韩邦奇的文学写作有鲜明的地域特色。西北风的地域特色受学

---

① 韩邦奇著,魏冬点校整理《韩邦奇集》,1555 页。
② 韩邦奇著,魏冬点校整理《韩邦奇集》,1590 页。
③ 韩邦奇著,魏冬点校整理《韩邦奇集》,1590 页。

术思想的熏染,学术思想和文学创作之间交互影响,密不可分。封建王朝统治之下,士大夫以道统自任,具体到关学流派则为"立心、立命、继绝学、开太平"的自主意识。"立心"落实到个人则是"崇尚气节",做一个顶天立地大写的"人",不蝇营狗苟,不以个人的功名利禄为怀。这种昂扬的精神气质落实到文学写作中,则表现为独立不羁的爽朗风格。"立命"体现在个人修为上,则是具有为民请命的责任和胆识,贬斥贪渎害民的勇气。在文学写作中,则敢于以诗词曲揭露社会黑暗,讽谏讥刺。韩邦奇的写作让我们看到一代关学学者的凛凛风操!

第五章　纯忠孤介弘毅心：
杨爵的生命抒写

　　杨爵（1493—1549），字伯修，号斠山，谥号忠介，陕西富平人。嘉靖八年（1529）进士，授行人司行人，累官至监察御史。嘉靖二十年春，因上封事，极论时政五不当之事，触怒皇帝，下诏狱，屡被笞挞，昼夜枷锁，备受困苦，几至奄忽。嘉靖二十四年获释，到家方十日，重又被逮入狱。嘉靖二十六年十一月始放归。前后七年，狱中读《易》，作诗文，虽身处忧困，却不辍研悟吟咏，以操守气节著称。归家不足两年，于嘉靖二十八年（1549）冬十月去世，享年五十七岁。逝前自书《墓志》，有"吾平生所期，欲做天下第一等人"，"欲干天下第一等事"①之语，被尊为"关西夫子"。隆庆元年（1567）朝廷褒恤嘉靖朝建言得罪诸臣，杨爵获赠奉议大夫、光禄寺少卿；万历二十年（1592）赠谥号"忠介"，表彰其直言敢谏、行操清耿。杨爵在四先生中年辈最小，但名声最大，因其用生命抒写其志行忠贞，发扬了关学精神，正如杨爵自己所言"悬崖不惮千寻险，放海还凭一脉绵"（《题碧泉用杜工部韵》）②。他礼赞那碧泉不惧跌下悬崖，只求冲汇入海，实则表达自己的人格志向：不惮险阻，依凭道学一脉真传而立身行事。下文分四节介绍其大文学观及创作。

---

① 杨爵著，陈战峰点校《杨爵集》，西北大学出版社 2015 年，217 页。
② 杨爵著，陈战峰点校《杨爵集》，257 页。

第一节　气流墨中 声动简外:杨爵行实

如果给杨爵一生找出关键词的话,那么"上疏、牢狱、不怨不尤、不惧不辍"可以入选。在四先生中,杨爵年辈最晚,享年也较短,仅仅活到五十七岁。但在历史上,他清名长存,历久而弥光。在他不长的人生历程中,牢狱生活七年,所以,我们需要围绕着他为什么入狱、入狱后的经历表现来了解其人。

正德末年,杨爵拜韩邦奇为师,开始时韩邦奇并不乐意接受其从学,后来则格外看重他。从目前所留的资料看,不能确定韩邦奇具体教给他哪些学问,但至少讲授了《易》。韩邦奇一生六仕六隐,从人格上身先垂范,比如,为师者韩邦奇出仕是为社稷百姓做实事,做官则善待百姓,当为官却不能为民为国出力时则宁可归隐。"民胞物与"是其一贯的传统,隐居时期除治经修身外,还讲学启智,振拔士气,制礼作乐,改良乡序民俗,为人行事率为楷模。因此,从学者杨爵进士及第入官场后,兢兢业业,恪尽职守,为民发声,为君效命。《杨忠介集》中收录其三篇上疏,这三篇疏奏,第一疏拯救了挣扎于垂死边缘的饥民,活人无数;第二疏使其深陷牢狱之灾,七年身被桎梏;第三疏则让人看到了诏狱的罪恶。因此,这三疏实为了解其思想的钥匙。

《杨忠介集》卷1收录的三篇奏疏,依次为《固邦本疏》《隆治道疏》和《狱中谏书》。这三篇奏议,忠诚耿耿,恻怛感怀。他的疏奏是为了邦基稳固、世道兴隆而献计献策,本意要说服皇帝,不承想引来杀身之祸。奏疏的文体特征"宜雅",杨爵的奏议辞雅情真,还原到当时的语境中,结合杨爵的诗文能更好地理解这些奏疏的价值。

为了更准确地理解《固邦本疏》,需要追述一下明嘉靖皇帝更定祀典事。北京天坛是一处著名的名胜古迹,其中的先农坛、圜丘始建于嘉靖九年。据《明史纪事本末》卷51《更定祀典》①载：嘉靖九年二月，给事中夏言请更郊祀，主张分南、北祭祀天、地。"疏入，上方以大礼恚群臣，将大有更易，得之甚悦。赐言四品服织币，以旌其忠。夏四月，廷臣集议郊祀典礼"，詹事霍韬反对变更祖制，"帝怒，下韬狱"。嘉靖一个月之间多次召令群臣集议，群臣几乎人人参与、表态，比如"右都御史汪鋐……等八十二人皆主分祀。大学士张璁……等八十四人亦主分祀，而谓成宪不可轻改，时诎不可更作。尚书李瓒……等二十六人亦主分祀，而欲以山川坛为方丘。尚书方献夫……英国公张仑等一百九十八人无所可否。帝命再议"。根据谷应泰的记述，朝廷大臣共计596人先后被卷入祀典之争。显而易见，祀典当时成为朝廷的头等重事。嘉靖皇帝一而再、再而三地召集廷臣集议，对主张分祀的官员赏赐升职，对反对分祀的贬谪下狱。如此做法，意图极为明显；之所以多次集廷臣再三议论，其实就是要把思想统一到皇帝的主张上。就各方反应看，或赞同，或弃权（无所可否），或不反对（"二百六人皆主合祀，而不以分祀为非"），一场全体君臣关注的重要事件，其价值何在呢？杨爵的《固邦本疏》②就是在这种情形下上奏皇帝的。奏疏题本曰"为弥灾变，安黎庶，以固邦本事"。三个关键词之间因果链条显而易见。上疏首述灾变之严重："臣于嘉靖八年十月内承制往湖广公干，即今事完回还。……故今谨述所过地方灾伤，生民可痛之状，为陛下言之。"当时南、北直隶、河南、山西、陕西等处，春夏之际"蝗蝻盛生，弥空蔽日，积于地者，至三四寸厚，将禾根食之皆尽，居民往往率妇子将蝗蝻所食禾苗痛哭收割，以为草刍之用。……去年冬月，民所资以为食者，皆其先时所捕

---

① 谷应泰撰，河北师范学院历史系点校《明史纪事本末》，嘉靖皇帝建圜丘郊祭事见765—767页。下引不另注。

② 杨爵著，陈战峰点校《杨爵集》，129—130页。

晒之蝗蝻与木叶木皮等物。当此之时,民之形色颠悴虽甚可哀,而死于道路者尚未多见。比及今春,臣复经此地,每见饿死尸骸积于道路者不可胜数,又见行者往往割死者之肉即道傍烹食之。又闻有父子相食者,井陉县一日而县官获杀人食者三人"。"臣闻之,拊膺大痛,食不下咽,自谓有司必能具奏,圣明在上,闻有是事,必至流涕。比臣到京,闻庙堂之上,救民之死非其所急,而所议者郊社之礼耳。……方今灾伤之地,生民死亡十有六七,存者起而为盗贼。……其势涣散,不可收拾。朝廷之上,舍此不之忧,而议合祀、分祀之礼,是所谓不能三年之丧而缌小功之察,放饭流歠而问无齿决也。夫'民惟邦本,本固邦宁',民心离散,邦本不固,土崩之势,可以立待。""自古国家衰乱,未有不由民穷盗起,而为上者不知忧恤,遂至人心离判,而天命亦去,宗社不可复保矣。"(《固邦本疏》)①这篇疏从内容上看,真切请求皇帝及大臣拯救顾惜挣扎在饥饿死亡边缘的民众,把施政重心由无关痛痒的祭祀转到救助饿殍满道的饥馑上,防止饥民铤而走险而导致国家混乱,甚至导致宗社不保的局面。这则上疏客观上批评了皇帝及朝臣不顾恤民赈灾,忙于分祀而大兴土木。杨爵的出发点也可以看作是为皇帝打算,即便如此,他所期望的根本目的是解救民众则毫无疑义。这封奏疏起到了解民水火的作用,"上之,司舍待罪,得旨下民部发赈,全活以万计"②。回望这段历史,对读杨爵的上疏,当年君主朝臣郑重其事的祭祀大事,是多么荒谬,而作为行人司行人的杨爵,不惮以一介九品小芝麻官职之微,对朝政提出批评,对小民的惨瘵感同身受。杨爵为百姓发声,体现了张载"民胞物与"的关学精神。

谷应泰《明史纪事本末·更定祀典》的"史赞"不吝辞费地历数

① 杨爵著,陈战峰点校《杨爵集》,129—130 页。

② 吴时来《杨御史传》,见杨爵著,陈战峰点校《杨爵集》,332 页。

嘉靖九年（1530）到十七年（1538）的祀典，云："嘉靖九年二月，议郊社礼。冬十月，议孔子礼。十一月，有事南郊。十年春正月，享太庙议祧礼。二月，祈谷议禘，行朝日礼，建土谷、先蚕坛……十七年五月，议明堂秋享礼。九月，祔献皇帝，加睿宗，配祀上帝。呜呼盛哉！"①在长达九年的时光里，皇帝真实的愿望就是把生父放入皇帝的序列且获配祀上帝，因而格外热心于祀典，最终朝廷隐让地让皇帝实现了愿望。至于百姓的生死存亡放在何处，谁会记挂在心呢？在皇帝和朝臣那里都看不到，而身居行人司九品行人的杨爵却看不下去了，直言上疏力陈百姓的苦难和挣扎，好在，此疏促成了朝廷救灾。他敢于说真话、替百姓发声的行为，千古之下，依旧散发出人文关怀的熠熠光辉。

君主专制体制下的大臣，给皇帝的奏章以"固邦本"、"隆治道"，乃至宣君威等为中心意旨，这是奏议"宜雅"的特点，即主旨正大，言辞文雅。从内容功用上，则分为二途：一途为百姓利益倡言；一途为君主私欲谋算。前者雅，后者诣，则不能不区分。从实际效果看，倘奏议打动说服皇帝，毫无疑问拯救民众的力量即大、行动亦迅速；否则，成效微小。因而，奏议"宜雅"的文体特征中，内容上的区别是一项根本指标。杨爵的这篇奏议，激切诚恳，拯救灾民之心历历可陈。相比而言，嘉靖二十年（1541）的《隆治道疏》逆鳞而谏，给杨爵带来七年牢狱之灾。后疏在明史上享誉极高，但从言辞的恳切程度及救民的剀切角度看，其实不如《固邦本疏》更具实用价值。

《杨爵集》卷9七言古风有《鬻子行》和《鬻妻行》两诗，寄寓了作者对百姓的深切同情。《鬻子行》②写灾民之家，丈夫死后妻子独自拉扯未满周岁的儿子，本指望养儿接续香火，谁知灾旱、霜冻相仍，

---

① 谷应泰撰，河北师范学院历史系点校《明史纪事本末》，781页。
② 杨爵著，陈战峰点校《杨爵集》，250—251页。

"母子困厄何所赖,泣抱孤儿走京师","街头死者无人掩,多是流民向此逃。母寒儿饥日叫哭,无力走去但匍匐。眼中流泪口中干,只得将儿入市鬻。市上纷纷草标待,卖者空多买者稀。直到日夕才定约,破钱百文救我饥。思量此钱买黍饭,是食吾儿肤与肌。抆泪收钱敝裳湿,如割心肺痛难支。母解怀抱将儿出,儿将两手抱母衣。跌脚投地气欲绝,竟将母子强分离。买主抱儿色凄惨,妇人欲去步难移。儿哭声,母哭声,皆哭死者又哭生。儿哭母毒舍我去,母哭苍天叫不应"。读来字字滴血,令人恸绝!《鬻妻行》①写饥荒年间,在贫饥中度日的恩爱小夫妻,已饿得走不动路,"将妻匍匐到街前,但道谁人肯买去,免我身向沟中填"。妻子非但没因此恼恨丈夫,还发愿"愿割妾身肉,充子一朝饥"。暂缓一朝饥之后怎么办呢?诗人毫无解决办法,看到眼里,痛在心里,发于笔端。这两首古风没注明写作时间,但灾荒年下层百姓鬻儿卖女、舍子抛妻的惨状,深深地刺痛了他,促使他不仅仅拿起笔来以古风记录时代惨剧,还通过上疏祈求皇帝正视百姓疾苦,解民于倒悬。

　　在这两首古风前,还有一首《山西行》②,这首诗写山西百姓除了遭受旱灾饥荒等自然灾害之外,还承受着不断发生的边战灾难,"草茂秋高敌势强,戎马南侵混疆场。可怜百万生灵命,今在边人刀下亡"。但那些封疆大员们不仅视而不见听而不闻,且一再掩藏败绩:"太原城外数千里,血流漂杵遍封疆。死者纵横如山积,守臣不敢奏朝堂。杀气腾空鬼神愁,尸填沟壑水不流。旧时邑落数千室,而今且无二三留。敌情变谲不可测,边将何不蚤为筹。"直面抨击边将守臣不顾百姓死活,只一心维护自己官位的怠政渎职行径。诗的末尾语气放缓转为祈愿:"我愿君王目视远烛沕穆,望见山西境上多白骨;我

---

① 杨爵著,陈战峰点校《杨爵集》,251 页。
② 杨爵著,陈战峰点校《杨爵集》,249—250 页。

愿君王耳聪听几万里,时闻山西哭声夜不止。"作为封建时代的士大夫,他深切地认识到百姓的平安富足关系到邦本国运,怎么才能救黎民出水深火热呢? 他一方面直接批评、揭露地方官吏的无能懈怠及无视百姓困苦,另一方面怀着最忠诚的愿望上疏,希望能唤醒君主。这样,就有了他上《固邦本疏》,揭开所谓风调雨顺、祥瑞太平掩盖着的旱蝗相仍、饥馑遍野的真相。

　　他也深知说出真相的危险,但民众的痛苦、古圣贤的激励,又促使他坚持去做,"我思古人获我心,忧国忧民结念深。未说江湖与廊庙,恻恻尽是此胸襟"(《忆惜行赠李石叠》)①。"长歔直到枯肠底,一洗胸中万古愁"(《微饮行》)②。

　　《隆治道疏》直接批评皇帝有五方面的失误,因而触怒天颜。上《隆治道疏》的次日,杨爵被逮诏狱。入狱后,杨爵日受残毒拷掠,体无完肤,夜遭桎梏,几至奄忽。他在《处困记》③中记道:"嘉靖二十年二月初四日,余以河南道监察御史上封事有罪。次日下锦衣卫镇抚司。十三日夜,蒙笞。十七日夜,复蒙讯鞫。血肉淋漓,喘息奄奄。"这期间连替他说句公平话的户部主事周天佐、陕西巡按御史浦鋐也被逮,拷掠至死。当时天威震怒,人人自危。而杨爵非但不后悔自己的上疏,且再上疏,劝诫皇帝应用心于社稷安危上。谔谔谠论,悃悃忠言,鼎镬汤火,百折不回,这份忠心赤胆的确罕见。李贽在《续藏书》中,全文载录杨爵的《隆治道疏》,亦见此文流传之广,影响之大,享誉之高。

　　嘉靖二十八年(1549),杨爵出狱不满两年后在家乡富平去世。隆庆元年(1567),朝廷褒恤其"志切效忠,危其身而不顾",赞扬杨爵

---

① 杨爵著,陈战峰点校《杨爵集》,249 页。
② 杨爵著,陈战峰点校《杨爵集》,253 页。
③ 杨爵著,陈战峰点校《杨爵集》,143—146 页。

"刚贞成性,弘毅为心,两疏叩阍,闻者为之悚惧,而气不少衰。五年系狱,见者为之悲酸,而节乃益励"。诰命铭辞曰:"死而不朽,允惟正气之长存,久以弥光,所愿英风之永贲。服兹宠命,慰尔明灵。"①万历二十年(1592)的诰命褒扬其"直言敢谏",其事迹是"志虑坚贞,行操清鲠……尔能正色陈规,犯颜明诤,激谭危论,偶触雷霆,劲气直声,增光日月。囹圄益明其志,畎亩不忘乎君"。可见所褒扬的事迹主要有二:一则敢犯颜明谏,效忠而不顾自身安危;一则身陷囹圄而益明其志。因此"天监纯忠,人称孤介……兹特谥尔曰'忠介',锡之诰命。夫危身奉上,实副乎忠,执一不迁,允符乎介。足称不朽,真可以风"②。通常新皇帝登基会着手解决前朝遗留问题,尤其要昭雪冤狱并褒恤忠臣,以大赦天下、召用建言得罪诸臣和给死者恤录,为新政起点。隆庆元年的诰命就属于这种情况。有意思的是诰命里把杨爵系狱的时间缩短为五年(实际为七年),当然这不是笔误,也绝非史官记错了时间,最大可能是替世宗讳的回护行为。

　　隆庆、万历两朝皇帝为什么要表彰杨爵?主要表彰他的两种行为:第一,两疏叩阍,闻者为之悚惧。两疏是卷1的《固邦本疏》(嘉靖九年春)和《隆治道疏》(嘉靖二十年春),两封奏疏都是从巩固大明基业着眼,替皇帝谋虑固本隆道的。虽然嘉靖皇帝雷霆大怒,下杨爵诏狱,但事实证明,杨爵的上疏确实是为千秋大业考虑,因此隆庆、万历两朝皇帝都希望通过表彰杨爵以唤起臣民忠于朝廷之心。第二,多年系狱而节益励。杨爵坦然地面对嘉靖皇帝的猜忌,他的坦荡连皇帝派来刺探搜集其"罪状"的人也被感动,担心遭天谴的皇帝最终释放了他。站在后世的我们,如何评价杨爵不惜用生命上疏的行为呢?是封建大臣的"愚忠"吗?显然,这样的评价过于草率武断。

---

① 杨爵著,陈战峰点校《杨爵集·附录卷一》,326页。
② 杨爵著,陈战峰点校《杨爵集·附录卷一》,326—327页。

文化传统和历史选择在中国形成了封建君主专制，在这样的社会体制下，"文死谏，武死战"是忠君报国的路径和传统。知道真相且敢于直言说出真相的文臣，不去希旨迎合，不去谄媚取利，更不会挟君恃宠去弄权，这是正直的大臣的职守和美好品行。正是有这样一批鸣凤般高洁人品的臣僚官吏们的存在，中国的社会结构才不至于一坏到底，文化流脉才不至于中断。倘若责备杨爵等人"愚忠"，显然犯了主观判断的错误。

第二节　不言而躬行　天下自有真：
杨爵的著述及学术思想

嘉靖二十八年（1549）冬杨爵在家乡富平去世。陕西御史、巡抚、参政等官员及当时归隐在陕的马理等师友撰祭文、挽诗隆重祭奠。来年春，在狱中相互磋磨砥砺的难友太平周怡、泰和刘魁闻讣相约赴关中吊唁，未果行，作奠墓诗。吉水罗洪先闻讣为位而哭，作诔文寄香以吊。同为"韩门二杨"的容城杨继盛作祭文，赞扬其智、勇、忠、诚的光洁品质，云："惟公之智足以灼世变，惟公之勇足以犯雷霆，惟公之忠足以动人主，惟公之诚足以感鬼神，惟公之节足以历窘辱困苦生死而不变，惟公之名足以同天地日月明且久而不朽。"①痛惜"与公同韩氏之门，又同此愚直之心"，"继而亦违背师训，弃《睽》卦不用，以至于此"②。在杨爵门人由天性所作行状里，称杨爵有今存世之作有《周易辨录》《中庸解》若干卷和诗文若干，说明此时诗文尚未结集。从现有史料看，杨爵诗文结集刊刻最早始于嘉靖甲寅（1554），区别于狱中成书的《周易辨录》、《中庸讲说》（应为《中庸解》的另一名）而

① 杨继盛《杨椒山先生文集》卷二，同治五年福州正谊书局重校刻本。
② 杨继盛《杨椒山先生文集》卷二。

题作《外集》,泾阳人魏学曾的《外集后序》记曰:"先生殁数年矣,集无刻者,嘉靖甲寅刻诸峄山赵子。"①万历年间先有关中刻《斛山遗稿》,又转刻于庐阳,至万历十六年有《斛山杨先生遗稿》。冯从吾的《关学编·斛山杨先生》②只记其有《周易辨录》和《中庸解》若干卷,未记别集之名。《明史·艺文志》经部载录有《周易辨录》四卷;集部载录《斛山稿》六卷。表明清修《明史》时,杨爵的《中庸解》已佚,别集以《斛山稿》或《斛山集》之名流传。另外,在《明史·杨爵列传》中记作《周易辨说》,此当为《周易辨录》的误记。万历二十年(1592)朝廷诰命赠谥"忠介",此后"杨忠介集"逐渐取代"斛山集"之名。如《四库全书》经部收录《周易辨录》四卷、集部收录《杨忠介集》十三卷附录三卷。《四库全书总目》之《杨忠介集》提要称:"是编第一卷为奏议,二卷为序碑记,三卷为传,四卷为书,五卷为家书,六卷为语录,七卷为祭文志铭杂著,八卷至十二卷则皆诗。"③此处"八卷至十二卷则皆诗"之十二卷,显然为"十三"之误。是为囊括杨爵著述较为全面的诗文集。附录由后人辑录各种资料而成。由少至多,不断增益,至清光绪本增至五卷:卷一有隆庆元年、万历二十年的诰命,相关奏疏、杨爵传;卷二为别集序、建祠堂等记;卷三为致斛山先生书信;卷四收集各时期祭文;卷五为赠诗。内容丰富,从中可见随着杨爵去世,其事迹非但没湮没无闻,反而被广泛传颂,获得更高赞扬且声誉隆起。这里引一首无名氏的诗为证:

> 元旦仅雪非祥瑞,辅臣阿誉诌君王。关西夫子真能谏,不说

---

① 杨爵著,陈战峰点校《杨爵集·附录卷二》,344 页。
② 冯从吾撰,陈俊民、徐兴海点校《关学编》,50—53 页。
③ 永瑢等《四库全书总目》,1505 页。

昌黎佛骨章。①

　　当代学者陈战峰整理《周易辨录》四卷、《杨忠介集》十三卷、《杨忠介集附录》五卷，另辑佚杨爵诗文、相关诗文及传记书目提要，统名为《杨爵集》。这是《关学文库》丛书的一种，2015 年已由西北大学出版社出版。

　　杨爵《周易辨录》四卷的注解特色是将四书，特别是《大学》《中庸》抽绎出来注解《周易》的卦爻辞，并且结合君臣、君民关系阐述政治伦理与道德规范。此书的重要内容有三。第一，探讨君主与天下的关系，这是斛山易学的一个新内容，且有深远的历史影响。如《周易辨录·革》卦谈立君主的目的是："天之立君所以为民，欲以一人理天下而劳之，非以天下奉一人而逸之矣。"②《比》卦也强调这一观点，且认为："君人者，顷刻谨畏之不存，则怠忽之所自起；毫发几微之不察，则祸患之所自生。"③天下祸患是谁造成的？盖因君主不存谨畏、不察几微所致。所以英明的君主应认清天下大势，具有见微知著、明察秋毫的能力。杨爵对君主制确立目的之质疑，发黄宗羲《原君》、顾炎武《天下郡国利病书》之先声。第二，关注天道与人道的关系，特别突出人道的意义与价值。《离》曰："天地人之道，中而已，易之全体大用可识矣。"④《蛊》曰："人谋之与天运未尝不相为流通者也。"⑤《贲》曰："'天文'，天之道也；'人文'，人之道也。人道本于天道，而天道所以为人道也。"⑥《中孚》曰："'中孚以利贞'，道始合于天矣。

――――――――――

① 杨爵著，陈战峰点校《杨爵集·附录卷五》，398 页。
② 杨爵著，陈战峰点校《杨爵集》，98 页。
③ 杨爵著，陈战峰点校《杨爵集》，21 页。
④ 杨爵著，陈战峰点校《杨爵集》，66 页。
⑤ 杨爵著，陈战峰点校《杨爵集》，40 页。
⑥ 杨爵著，陈战峰点校《杨爵集》，49 页。

人道必本于天道,天道之外无所谓人道也。'率性之谓道',而性则命于天,天人合一之理也。"①在天人合一的前提下,突出了人道的重要性。重视人事、以德治国,才能获得民心归附。如《既济》曰:"盖天之所佑者,德也;人之所归者,亦德也。"②无论天道还是人道,护佑归附的都是有德之君。这些思想都具有积极的意义。第三,在德行修养上,重视"明心""力行",强调"自养"与"所养"的内外统一。"'观颐',观其所养。所养必以王道,则所养为得正矣。'自求口实',观其自养。自养必以天德,则自养为得正矣。如分人以财,教人以善,为天下得人,皆所养之道。自小德以谨,至大德不逾闲,皆为自养也。以《大学》之《序》言之,'自养'为格物、致知、诚意、正心、修身,而'所养'则齐家、治国、平天下之谓也。内圣外王之学,'观颐,自求口实'尽之矣。"(《颐》)③

"躬行实践"是关学的基本品格,杨爵的学术主张亦如此。四库馆臣认为:"爵以躬行实践为先,关西道学之传,爵实开之迹。"(《杨忠介集》提要)④从传承上看,他师从苑洛先生韩邦奇,韩邦奇"学问精到,……而论道体乃独取张横渠。少负气节,既乃不欲为奇节异行,而识度汪然,涵养宏深,持守坚定,躬行心得,中正明达"⑤。通过师承,杨爵继承并发扬光大关学。

《杨忠介集》卷6的《语录》部分,分《论道》《漫录》和《论文》三块内容。从《论道》和《漫录》中,可以抽绎出杨爵的主要学术思想。

《论道》⑥共六七百字,论述了五个层次。首先指出"道"的本源

---

① 杨爵著,陈战峰点校《杨爵集》,118 页。
② 杨爵著,陈战峰点校《杨爵集》,123 页。
③ 杨爵著,陈战峰点校《杨爵集》,59 页。
④ 永瑢等《四库全书总目》,1505 页。
⑤ 冯从吾撰,陈俊民、徐兴海点校《关学编》,50 页。
⑥ 杨爵著,陈战峰点校《杨爵集》,204—205 页。

是"率性谓道,动以天也"。其次,体认"道"的工夫表现为"戒惧"、"谨(慎)独"、"私意不萌"。再次,心之本体为中和,"致中和"为求"未发之中","已发之和","怒与哀中节,皆谓之和"。后一句可理解为该怒则怒,理当怒则怒为该,合天理;理当怒却不怒则曰私,私欲使然。哀亦如此。儒家诗教标以"怨而不怒,哀而不伤",杨爵提出怒与哀中节为"和",用"和"去统辖情感的表达,是"中庸"思维的具体表现。第四,"天下之道,至中庸而极","君子之中庸,中庸,人理之常也;小人反中庸,岂人理哉?"所以君子遵常理则道中庸,"小人则率意妄为",逞私欲,故"反中庸"。第五,"忧乐皆人情之常而本于性也,岂圣人独有乐而无忧乎?"圣人与众人一样有忧愁心。反对所谓"乐天知命",因为忧乐是人的正常情感,是本性,"不成父母病,圣人亦乐天知命而不忧乎?"

　　《漫录》的内容丰富,大体可以分作以下几方面:第一,关于体道切己的工夫。比如,心要有定主不妄言,安心立命当敬慎等。"夜初静坐,少检点日间言行,因司马温公论尽心行己之要自不妄言始。夫不妄言,所言必皆当理。非心有定主,岂能至此? 故轻躁鄙悖,及事务琐屑、无益身心而信口谈论者,皆妄言也。因书以自戒。"①要求自己不可琐屑鄙悖,不能信口谈论人是非。与人论事,理当辞气平和。狱中这些自觉要求,既是他体道切己修养工夫,也是光洁其人格的途径。又常常诫勉自己要"静心慎独","心静则能知几,方寸扰乱则安其危,利其灾。……意向少离于道,则步履反戾,'差之毫厘,谬以千里'矣。故学者以慎独为贵"②。又一则借事阐发:"因置一砖奠食碗,置之未安之处,此心不已,必欲既安然后已。将一个身心不会置之安稳之地,如个无梢工之舟,漂荡于风波之上,东风来则西去,西风

----

① 杨爵著,陈战峰点校《杨爵集》,205 页。
② 杨爵著,陈战峰点校《杨爵集》,207 页。

来则东去,是何道理? 则是置此身心,不如置此砖之敬慎也。"①当人们对一物安置不稳还心不安时,对如何放置身心却不理会,那就是对安心立命的敬慎程度尚不及对待物的,这是何等荒谬? 杨爵通过说理和打比方指明了这一荒谬之处。

第二,对儒家十六字心传的见解。《尚书·大禹谟》的"人心惟危,道心惟微,惟精惟一,允执厥中",被程朱推崇为儒家十六字心传。杨爵从"是与不是"上进行形而下的辨析体认:"道心、人心,只以是与不是求之。一念发动的不是,则是人心。道心极难体认扩充,戒谨恐惧之功少有间断,则蔽锢泯灭而存焉者寡矣,故曰'惟微'。人心一动,即在凶险路上行矣,丧德灭身,亡国败家,由于此,故曰'惟危'。"②是与不是对应着正确与错误,落实到个体身上,"所谓卿士有一于身,家必丧;邦君有一于身,国必亡。内作色荒,外作禽荒,酣酒嗜音,峻宇雕墙,有一于此,未或不亡,则人心之危真可畏哉!"③一念发动的私欲是"人心",不是"道心",落在卿士邦君身上则出现丧家亡国的危殆。这里杨爵没指涉普通百姓"一念发动"会带来危险,而特意指出卿士邦君的灾祸,说明他认识到社会道德人伦层面主要靠卿士邦君这些社会上层来维系,换言之,邦国安危之责不能转移给小民。

第三,学的本质是"去偏蔽之妄,全本体之真"。"天下万变,'真妄'二字可以尽之。偏蔽者妄也,本体则真也。学所以去偏蔽之妄,全本体之真。……天地亘古亘今,但有此一个大道理,则亘古亘今之圣贤,不容更有两样学问也。"④不学则偏僻之妄遮蔽本真,因而导致

① 杨爵著,陈战峰点校《杨爵集》,209页。
② 杨爵著,陈战峰点校《杨爵集》,207页。
③ 杨爵著,陈战峰点校《杨爵集》,207页。
④ 杨爵著,陈战峰点校《杨爵集》,207—208页。

行为失当；去妄存真即学问。另一条说："古人立己甚严，其责人甚恕。今人立己甚恕，其责人甚严。孜孜为己，不求人知，方始是学。"①责己恕人，不求人知，方始为学之正途。在卷6的一封家书里，说到南方一士子把杨爵的《处困记》分成55节，每节赋诗赞扬。诗辗转送入狱中，杨爵真诚感谢之后，做出一个令常人不解的举动，把诗烧掉了，且嘱咐儿子不要再把文章送人传阅。这种严于律己的功夫、不求名利的做法，确为罕见，令人敬佩。

　　第四，士的处世态度应该"振拔特立，独立不惧"，不可"刓方为圆，因循苟且"。"士之处世，须振拔特立，把持得定，方能有为。见得义理，必直前为之，不为利害所怵，不为流俗所惑，可也。"②他以子思辞鼎肉、孟子却齐王之召为典范，认为那种刚毅气象，至今可为独立不惧者的榜样。常人的做法不这样，常因小善而不为，或因小恶而为之，导致"日渐月磨，堕落俗坑，必至变刚为柔，刓方为圆，大善或亦不为，大恶或亦为之，因循苟且，可贱可耻，将以恶终而不知矣。此由辨之不早，持之不固也。书以自戒"③。见得义理，直前为之，不为利害算计所拘束，不为流俗所诱惑，更不能惟利是图，而应持之以恒。这种处世立身的方式方法，具有永恒的价值。难能可贵的是，杨爵用自己的生命书写了对信念的持守与实践。"躬行实践"，不是用言语论述的，而是用生命展示的。纵观杨爵一生，在他五十余年的生命中，下诏狱就有七年多，他留给世人的恰恰是这七年多牢狱之灾也摧不毁的人格抒写。他的文集中有不少篇幅记录狱中的情形，下节结合《处困记》《续处困记》有论述，此处略而不赘。克服狱中困苦的法宝一个是读《周易》。"《易》谓险以说，困而不失其所亨，其惟君子乎？

---

① 杨爵著，陈战峰点校《杨爵集》，209页。
② 杨爵著，陈战峰点校《杨爵集》，208页。
③ 杨爵著，陈战峰点校《杨爵集》，208页。

予久处困难,亦时以此自慰。"①记于嘉靖二十四年(1545)九月的一
条写道:"大人当治安之时为危乱,小人以危乱之时为治安,此大小之
别也。有大人之向慕,有小人之向慕;有大人之识度,有小人之识度;
有大人之作用,有小人之作用,此天地生物之不齐。教化之施固有
要,而以宇宙间事为己责者,不可不慎也。乙巳年九月五日灯下
书。"②与大人君子相比,小人则眼光短浅、惟利是图且不乐从教化。
杨爵以向慕大人君子自励,从这条记于入狱五年时的文字中,可以感
知杨爵的自我期许,他"以宇宙间事为己责",因而才敢于逆鳞上谏,
才活得坦然坦荡,这正是集义而成的浩然之气。

杨爵持悃诚之心上疏,七年的牢狱时光,也让他去反思为什么自
己秉持"以宇宙间事为己责"之心,为固本隆道上疏,为生民求生路,
反而身陷囹圄呢?反思的结果,使他对君主专制有了前瞻性的认识。
儒家常称颂尧舜文武等贤明君主,以商纣、周厉王等为批判对象,很
少反思君主制度。杨爵对君主专制虽未达到批判程度,但他对秦皇
汉武有自己的评判。

> 癸卯年二月内,马主政拯以事下狱。……告予曰:"闻近士
> 大夫言,自古人主有本事者,惟秦皇、汉武两君而已。"予应之曰:
> "否,自古人主有本事者惟尧、舜、文王而已。……尧、舜、文王以
> 天自处,气运兴衰不在于天而在我。所谓'通其变,使民不倦;神
> 而化之,使民宜之'者,此其本事,何大哉!秦皇剪除六国,焚弃
> 《诗》、《书》,扫灭先王之迹,而惟任一己之私,一夫作难而七庙
> 隳,身死人手,为天下笑。汉武承文景之富庶,若委任贤俊,取法
> 先王,则礼乐可兴。顾以多欲乱政,穷兵黩武,至于海内虚耗,几

---

① 杨爵著,陈战峰点校《杨爵集》,207 页。
② 杨爵著,陈战峰点校《杨爵集》,211 页。

至颠覆，非有昭、宣继之，则汉之天下未可知也。若二君之所为，适足覆宗绝祀而已，乌在其所谓有本事哉？且使人主不法尧、舜、文王而法秦皇、汉武，是启其杀伐之心，而欲以乱天下也。其所言谬妄亦甚矣。"①

历史上，很多人对秦皇汉武给予高度评价，认为他们是有本事的君主，但杨爵给出完全相反的评价。把秦始皇所犯种种错误归结为"惟任一己之私"，汉武帝是"多欲乱政"，两者都是纵私欲，灭天理导致灾祸，或"一夫作难而七庙隳"，或"覆宗绝祀"，"几至颠覆"。两位人主非但没本事，实则成了断送祖宗基业的罪人。杨爵这一论断把两位"英主"拉下神坛。虽然他还没达到审视君主制度缺陷的认识高度，但对这类被称颂之君主的批评，证明他不仅不是愚忠之臣，而且通过反思，他认识到了君主专制的危害，较黄宗羲《原君》的出现早了百年。

胸次廓然磊落并不意味着没有内心纠结，郁结时，他写文赋诗去化解心结。乞巧节时，他写有《七月七日》②："他人乞巧，予惟求拙；他人乞荣显，予惟以罪自安于困辱焉。"既有罪何不愧怍还心安？究其因，"予素所畜者，欲退则躬耕畎亩以全微躯，进则劳心以利天下，此平生之志，至拙之术也"。任职以来，"但知为宗庙社稷万万年深长之虑，而不知为子孙身家一日计，此非拙之尤甚者乎？"想到整个家庭受牵连，处于困苦艰难中，他亦愧疚于心。杨爵由于坚持"知天下事不可为而为之"，致使自己处于极为凶险的环境，但他并不后悔自己的选择，于是，他向神灵祈祷"使我抱此迂拙，终身不易。生为拙人，死为拙鬼。无使我忘身徇国之拙，或变而为苟生利家之巧焉。乙巳

① 杨爵著，陈战峰点校《杨爵集》，211 页。
② 杨爵著，陈战峰点校《杨爵集》，220 页。

年七月初七日,爵焚香再拜祝。”

　　卷 7 的《香灰解》①是一篇借助“解”这种释疑解难的文体述志言怀的。杨爵下狱后东厂太监来监狱中提讯,嫌弃狱中之气污浊臭腐,因此焚一棒香驱臭。“须臾香尽灰不散,宛如一完香焉。予取而悬诸壁上,至第五日犹未散。因思其故,为作解以散之。”叙述作文之缘起毕,正文如下:

> 　　夫是物也,其将中抱憾积愤凝滞于此,而有不释然耶? 抑焚犹未焚,而托此以为永久耶? 二者虽有间焉,而其精诚感致则一也。遭世乖变,人定胜天,即一物之微而其用之所措,固有幸不幸焉耳。……烧异熏以昭明德,固已有之。舍彼其处而来焚吾狱中焉,此何等气象也! 堇枙掩户,日影不通。尘留负鼠,隙引污风。一息淹淹,百虑忡忡。其与吾环列而偕坐者,不过三五囚徒……尔来焚此,可谓择地择人之未审,忽于所入而谬于所从者矣。久而不化,疑有神明,类彼志士之死不瞑!

　　此文为咏物赋,借物抒怀。棒香已焚却形不散,那是“抱憾积愤凝滞”所致。此香“精诚感致”,“烧异熏以昭明德”,却“久而不化,之死不瞑”。明明知道棒香之焚而未化,或有神明以此彰显冤魂不散,强为之解,劝慰曰:

> 　　匪人焚尔,惟尔自焚。尔不馨香,与物常存。煆以烈火,腾为氤氲。上而不下,聚而不分。直冲霄汉,变为奇云。余香不断,苾苾芬芬。龙逢比干,相与为群。尔宜自慊,胡为云云? 理无二致,吾以喻人。事苟可死,何惮杀身? 愿尔速化,归彼苍旻。

① 杨爵著,陈战峰点校《杨爵集》,221—223 页。

乐天委运,还尔之真。拜起凄怆,双泪盈襟。呜呼! 易化者一时之形,难化者万世之心。形化而心终不化,吾其何时焉与尔乎得一相寻也。①

强作达人语,期以同然物化! 卒章见志,悲怆之情溢于言外,可与文天祥《正气歌》媲美!

第三节 忠孝勖子孙:家书里的记挂

《四库全书总目·杨忠介集提要》说:"家书二十五则,谆谆以忠孝勖其子孙,未尝一言及私。语录皆不为高论,而笃实明白,真粹然儒者之言。"②此处"家书二十五则"应系"三十五则"之误。

据明人李桢的《斛山先生墓表》记载,杨爵有儿子四人:偲、仕、伟、俣。《杨忠介集》卷5,共收录三十五则家书。家书多写给偲与仕,信中有对儿子们人生方向的教导和训诫,有对家事的嘱托,有对社会的观察和思考。通过读家书,往往能发现一个人最隐曲的思想和最真实的情感。从杨爵的这些家书中,既见其磊落人格、高洁胸次、不为流俗所动的定力,又见其为子为父不能护佑家人的愧疚之情,以及对许多世事无奈、不满等情绪的真实表达,也让人感慨万千。

其一,陈说大义,对自己所作所为非但不怨不尤,且能够乐天知命。"休(兄靖之长子)、偲,我今日患难,关世道之升降,天下之安危,不是一身一家之小小利害。大丈夫志在天下国家,不以生死存亡为念……皇天鉴我衷曲"(一则)③。入狱一年后的信中表示,"我以

① 杨爵著,陈战峰点校《杨爵集》,221 页。
② 永瑢等《四库全书总目》,1505 页。
③ 杨爵著,陈战峰点校《杨爵集》,181 页。

尽忠修职,为国为民,至于如此,心怀器器,诚无悔憾"(六则)①。同时,也尽量说些宽解语,安慰家人,报安不报苦,以免家人挂念,"况此间做官者皆是好人,履道德,讲仁义者也,岂肯置我于死,污青史,为子孙累哉? 你告叔祖母与你母、阖门大小并诸亲眷,大放宽心"(一则)②。又一信嘱咐儿子:"我患难亦勿过于忧思,大抵今日之事,非一身一家之祸,乃关于时政得失、世运升降、天下国家之治忽,乃天运常数,非人力所能与智者可以勘破矣。……祸福吉凶,自有造物者主之,人当力修善道以顺受之,他何与焉?"(十九则)③多封家书中重申"非一身一家之祸",而是关系国家命运治忽的大事,可见其信念坚定。虽也有归结于不可察知的造化及命运,但从未抱怨,且认为"其困我之心,衡我之虑,增益我所不能,是吾之吉与福,而非凶祸也"(三则)④,这与张载《西铭》"贫贱忧戚,庸玉汝于成"的观念相合。下狱十四个月后,他写信告诉儿子,"饮食如常,身无一日不安,心无一日不宽,时读《易》,静中觉有进益"(五则)⑤。只偶尔透露一丝忧戚之怀,如读到朋友同情他的来信,受触动,亦不由叹惜,"不知上天鉴我生还故里,果得蓬头赤脚以归终南乎? 言至于此,不能不戚戚也"(四则)⑥。从杨爵对入狱事的判断,可以看出他一片赤诚,因此,万历年间补谥其号为"忠介",名副其实。忠君、爱民,在杨爵那里是对等的,忠君就是要让皇帝成为贤君,贤君的表现就是爱民。从这个意义上说,杨爵对皇帝的忠诚,其实就是对百姓的爱护。

　　一个因得罪皇帝而入狱,且被二次下狱的犯人,怎么能在监狱里

---

① 杨爵著,陈战峰点校《杨爵集》,184 页。
② 杨爵著,陈战峰点校《杨爵集》,181 页。
③ 杨爵著,陈战峰点校《杨爵集》,191 页。
④ 杨爵著,陈战峰点校《杨爵集》,182 页。
⑤ 杨爵著,陈战峰点校《杨爵集》,183 页。
⑥ 杨爵著,陈战峰点校《杨爵集》,183 页。

起居自如，生活各个方面似乎还不错呢？对照杨爵的其他文章信札，杨爵家书中这方面的"谎话"则包不住了。卷4的《与司官书》，大约作于嘉靖二十年（1541）。先是，杨爵上《狱中谏书》（卷1），征引古代君主或碍于谄媚奸佞之蔽而误国误身，或明于判断且从谏如流而国运昌盛，援古证今，以期感悟嘉靖帝接纳忠言，并未多谈及所遭受的折磨。在《与司官书》中，则揭露了狱卒之残暴，"今复困以柙锁，加之以非常之法，而置之于必死之地焉。……每夜初上锁腰络，曰群捆，曰生根，一人立而唱之，数人缚而为之。……即今幽室窝杳，门扉昼锁，漫漫然与长夜无以异。下地冷木之上，肌肤凛烈，一苫一席之藉皆事属触法，而皆为人所撤去。坐卧起立，展转关禁；一饮一啄，率至穷诘。其万辛万苦万窘万迫之情状，视狱中诸犯其严急之过不啻十倍"①。杨爵所遭受的，是每每在生死边缘的折磨，但被他咬牙忍受下来，一个字都不跟家人透露。读杨爵的狱中遭遇，不由联想到"韩门二杨"的另一位：杨继盛。读杨继盛的狱中书，他遭受的磨难之惨烈每每令人窒息。二杨共同表现出的甘愿牺牲精神，又不得不让读者在一掬同情泪时，也生出无限敬重之心。《杨忠介集》中，还有多处写到其遭受的磨难，比如卷2的《处困记》《续处困记》、卷4的《与司官书》等。明明承受着狱吏的折磨，精神和肉体的痛苦是常人无法接受的，然而，家书中却一派平和之语。除了避免家人担忧之外，更在于杨爵对自己所做之事始终抱有浩然之气，因而发为言语则毫无牢骚抱怨之态。

　　其二，叮嘱子侄们读书治学、勤勉向学，这是家书中常常出现的话题。"仕，你……蚤晚勤力，不肯偷懒。我又与你说，凡勤苦用功，须是自己心上开洒，乐欲如此，方有进益；学问必有辛勤，方能有

---

① 杨爵著，陈战峰点校《杨爵集》，169 页。

成。……若读书多记不得，不要贪多，只贪熟。"（二则）①"'君子庄敬则日强，安肆则日偷'，古人此语，最宜潜玩。"（十六则）②除读书外，更要立志以仁人君子自期许，告诉长子偲："古之良士，有仁人君子之德，有忠臣义士之心，有英雄豪杰之才，儿当以此自勉励，自期待，而能立身于天地之间，可也。……每读古人言语，与吾心所存、吾身所行何如，此便是学问之道也。"（三则）③立志的同时用古人的言语比照自己的行动，随时随地反省以求进德修身。又说："人生不立志，虽禀赋淑清新，岂是下愚？"（十七则）④子偲得补廪生后，杨爵甚开心，嘱咐："儿当勉强学问，以期后来光显，无负大人君子成就汝之盛心可也。我向日令你所读诸书，次第及之：经书熟读熟看，令胸中贯通；史鉴、《性理》是颁降之书，考试出题。五经可以大开胸次，古文与《绳尺论》皆不可不看。"（二十一则）⑤这封信里告诉儿子读书除了有应科举之需外，还有贯通胸怀、打开胸次的作用。

　　其三，教诲儿子与人相处之道，在给次子仕的信中，谆谆教诲："与人相处，须要忠信谦逊为主，见长者尤当十分恭敬。……凡幼而不能事长，贱而不能事贵，不肖而不能事贤，此三者古人谓之不祥。你深思此三句，不要略有傲慢人的心。"（二则）⑥"你等安贫守分，县上慎勿干谒，如夫役之类，或赐及，亦当辞之。此皆分外之物，身家之灾也。"（十五则）⑦不但不许干谒地方官员，连主动给的夫役等，也尽可能地回绝。这些话都是在叮嘱儿子恭敬待人、安分守贫。虽不外

---

① 杨爵著，陈战峰点校《杨爵集》，181 页。
② 杨爵著，陈战峰点校《杨爵集》，189 页。
③ 杨爵著，陈战峰点校《杨爵集》，182 页。
④ 杨爵著，陈战峰点校《杨爵集》，190 页。
⑤ 杨爵著，陈战峰点校《杨爵集》，192 页。
⑥ 杨爵著，陈战峰点校《杨爵集》，181—182 页。
⑦ 杨爵著，陈战峰点校《杨爵集》，189 页。

乎儒家传统道德范畴，也能见其本分忠厚之观念。又教诲具体方法："与人相处，务崇谦让，写《周易·谦卦》一篇贴置坐隅，可以消不平之气，增和厚之德也。"（十八则）①"当学古人心胸，洒然尘表，视天下万物举不足以动其中可也。"（二十则）②以《谦卦》当座右铭，增和厚之德，洒然尘表，不为俗事所动，这些鼓励均期待儿子们以君子自处。又一封则说："处人当宽大容忍，犯而不较，以仁、礼、忠三自反，凡此皆大贤心度，明哲保身之道也。'大丈夫容人而不为人所容，处人而不为人所处，制欲而不为欲所制。'当深味此言。"（二十一则）③总要求儿子以宽大、仁义、忠信、谦逊待人处事，至于田间地头之微利，乡邻若有强占的，则任人取去，千万不要为蝇头小利起争竞。"勿以小事介意。你以大事业自期，待人须要存仁人君子之心，励忠臣义士之节，备英雄豪杰之才，方是男子，方是丈夫。仕宦利禄，匹夫妾妇之所为，你父素所羞称，比之为狗彘也。"（二十三则）④期望儿子成为男子汉大丈夫，希望他们有仁人君子之心，有忠臣义士之节，有英雄豪杰之才，而不要汲汲追逐于仕宦利禄。从《杨忠介集》的多篇书信、文章看，杨爵对儿子、晚辈在科举上得到晋升都非常高兴，这种高兴不是因为对方得到了仕宦利禄，而是基于有了更多施展才华做事的机会而高兴。这种境界在关中四先生身上是一种普遍的品质，这种品质非但在当时难能可贵，至今依旧是值得后人发扬的优秀文化传统。

其四，一些具体家事的处置。让杨爵特别关心挂念的是老婶母，主要是为其养老和准备后事两件事。杨爵多次在信札中提出对婶母的一些安置要求："我狱中平安，百凡无虑，但叔祖母年过八十，在世

---

① 杨爵著，陈战峰点校《杨爵集》，190 页。
② 杨爵著，陈战峰点校《杨爵集》，192 页。
③ 杨爵著，陈战峰点校《杨爵集》，193 页。
④ 杨爵著，陈战峰点校《杨爵集》，194 页。

光阴有限,恐我不得一见,日夜关心,未忘。今嘱舜卿向北山中,或托杨凤兄弟买柏树一株,预备棺木,可以少安我心。舜卿千万处之。"(四则)①在现存的三十五通信札中,提到这位婶母的有十一通。这位婶母晚年由女儿(三姑)赡养,杨爵几次三番让儿子接回,甚至命令长子偲:"若我此帖到,你即叫四个人用一桌子抬回到家,你亲自领人去抬。到家,你与仕相约,各令你二人妻轮流侍奉,一替十日,此是孝子孝孙贞妇所为。处定报我,我得宽心。"(九则)②从后面的信看,直到老婶母90岁,儿子也没按父亲的指令去办。比如第三十则信中问:"叔祖母或有疾患,我梦寐不安,有事当告我,勿隐。"③杨爵为促使儿子们赡养老婶母,先是耐心讲道理,后则在得不到正面答复后,甚至诅咒威吓:"昨王子崇归,具告你以所当尽心的事,然其中有早夜不自安的,最是叔祖母年九十岁,恐旦暮有不讳之事,若终于女家,我为子侄者不能与终此事,则视之如路人矣。我纵有生命出狱,有何猪狗面目以见亲戚朋友?乡党邻里以我为何如人?以你母子一家大小为何如人?切恐上天必降诛杀,使复有异样的祸事,不在我身,则在你一家!……此事关系天理人心甚大,若不听说,就与用一口刀杀我一般……"(十二则)④

　　从这件事上,可以看到杨爵是如何遵循礼教传统的,女儿赡养生身母亲在今人看来很正常,但对受礼教熏染的杨爵来说,却令他觉得颜面尽失。狱中的他要求儿子们侍候,显然也未得到响应。宗法礼教的所谓威仪在现实面前被毫不留情地抛弃了。儒家伦理道德不切实际的一面,逐渐凸显出来。正因为如此,关中学者们才努力恢复礼

① 杨爵著,陈战峰点校《杨爵集》,183页。
② 杨爵著,陈战峰点校《杨爵集》,185页。
③ 杨爵著,陈战峰点校《杨爵集》,199页。
④ 杨爵著,陈战峰点校《杨爵集》,187页。

教,以自己的率先垂范去规范改善地方风俗。从这些家书中,同样可以看到杨爵先兄家长子休对庶子舍儿母子的不管不顾,他生气,多次写信教导侄儿却也无可奈何。杨爵多次提醒两个成年的儿子不要与邻里争竞庄稼田地,要"大书'唾面自干'四字,揭坐傍"(九则)①,不要与地方上的乡党交往,"做好秀才的常要防祸,稍不防戒,就被人害了"(十一则)②。这一类的提醒反复出现,可见,地方风气令杨爵生气,而子侄们的一些表现也令他不满。

　　除了挂念老婶母,杨爵还特别关心庶出、年幼失怙的侄子舍儿。"舍儿今年十二岁矣……偲为用心教他读书,千万不要误了,千万不要误了! 若误此儿不得成一好人,我他日死,无面目见汝伯父于地下也,千万体我之心。"(四则)③真心挂念舍儿,期望孩子成人、成好人,其文则感人至深。又曾嘱咐偲:"我欲你将舍儿叫在你身边读书,勿使离你左右,解衣衣之,推食食之……你有廪禄,分些供一无依孤弟,亦是士子的立身。"(十则)④对舍儿及年幼的孩子,杨爵的期望是"便不多会读书,只习礼貌,将来亦好教,不要失教了"(二十四则)⑤。

　　《杨爵集》卷 12 有《寄偲母》诗,云:"偕老糟糠重德音,阛门无奈两年深。寄来秦树三囊枣,见汝忧勤一段心。"⑥这是写给妻子的唯一的一首诗。信札中很少直接提到妻子,写诗谢妻,表现了他的一份感激妻子之情。

---

① 杨爵著,陈战峰点校《杨爵集》,186 页。
② 杨爵著,陈战峰点校《杨爵集》,186 页。
③ 杨爵著,陈战峰点校《杨爵集》,183 页。
④ 杨爵著,陈战峰点校《杨爵集》,186 页。
⑤ 杨爵著,陈战峰点校《杨爵集》,195 页。
⑥ 杨爵著,陈战峰点校《杨爵集》,116 页。

杨爵相信启迪、感化的力量。他一再叮咛儿子们："力善修德,念念不忘,取法古人,勿效世俗!"(三十四则)①在给长子偲的信中,杨爵嘱咐他爱护弟弟,云:"仕若粗猛,你只爱他,从容教之,以感化他。……心善处之,人非豚鱼,岂不知感悟? 你常思'象忧亦忧,象喜亦喜'的心,久自愧悔。父劳心万端,嘱咐不尽。"(二十四则)②他相信:"人固有禀赋愚下,蔽塞深锢,牢不可破者,然本性无有不善者,多因无人启迪,溺于流俗,故不能奋然兴起,以古人自期待也。若有人启迪,却只因循苟且,终日悠悠,终不能脱凡庸一格以入高明者,是自暴自弃、刑戮之徒也。"(三十二则)③以性本善为起点的儒家思想,相信感化的力量。杨爵忠实地信奉孟子的"性本善",因而一方面相信启迪的作用,一方面鼓励不要被流俗、凡庸的观念主导,而应以古圣贤自期,以入高明。杨爵长子偲忠厚,次子仕则有不少毛病。兄子休在同辈人中年龄最长,但更不让杨爵满意。不满意的原因在于休非但不给继母和幼弟提供生活物质,还拆房占屋。一次杨爵告诫偲,"休之事,勿以闲语人,人或言之,你可不答,便是一件学好处。律法,弟讦兄不法之事,将弟所告,当作兄自首;兄免罪,弟反坐,以干犯恩义之罪。此是圣人立法,教人厚于人伦处。于如此人处得善,方是立身"(二十五则)④。杨爵遇到了儒家伦理中的困窘,忠厚的长子偲成为他唯一可以指派任务的人,让他侍养叔祖母、病母,代替不成器的堂兄供养伯母、堂弟,代为教育、抚育弟弟妹妹。杨偲多次到京城探望身陷囹圄的父亲,杨爵虽不让杨偲分心力来探视照顾自己,却不能不把重担都加在这个儿子身上,至于此子能否承担起这么多的任务,

① 杨爵著,陈战峰点校《杨爵集》,202 页。
② 杨爵著,陈战峰点校《杨爵集》,194 页。
③ 杨爵著,陈战峰点校《杨爵集》,200 页。
④ 杨爵著,陈战峰点校《杨爵集》,196 页。

则不在其所能虑及的范围了。他也心疼此子，所以引导儿子承担家庭责任："如此则你德性日好，知识日开，天必佑你，使有前程。"（三十二则）①这种状况只能说明在封建社会末期，儒家的伦理道德已经与社会变动不完全适应了。再从杨偲这一面看，他虽尊重其父，但也无法完全按父愿去承担所有的指示，因而也不得不违逆嘱托，因此杨爵也多次发出哀叹："我无德，天不出好人为家门庆，可叹，可叹！"（二十五则）②"其实是我千言万语，不听我说，再何如？又是家门不幸处。说到此处，便觉痛心。家中幼少辈，想是都失教了。天天，命命，天命，天命！可痛，可痛！可伤，可伤！"（二十七则）③读到这里，我们一方面为杨爵的谆谆叮嘱、耿耿孝道感动，另一方面不得不承认，感化的作用毕竟有限。杨爵因忠直恪职的上疏被下狱，他意图以古证今，说服皇帝的愿望落空了；对儿子侄子的管教约束，也是苦口婆心说尽良言善语，有时甚至惩诫咒骂，然而，愿望也往往落空。他也不得不承认："小人得志，不利君子，贞则吉，凶祸多归于君子。"（三十一则）④家事、国事都令人愁！

　　当然，杨爵的家书以一片真情充溢其中，其感人不在其文，而在其事、其情。再如《处困记》《续处困记》两文，记叙他在狱中所遇不畏权势惨遭刑罚而死的卓越人物，记录这些忠贞之士及他所遭受的酷刑虐待，抒发他在困厄当中的情感波动，感人至深，让人不能不一掬热泪。其浩然之气，忠贞之志，真挚之情，足以惊天地，泣鬼神，流芳千古，写真、写情是他文章的特色。

----

① 杨爵著，陈战峰点校《杨爵集》，200页。
② 杨爵著，陈战峰点校《杨爵集》，196页。
③ 杨爵著，陈战峰点校《杨爵集》，197页。
④ 杨爵著，陈战峰点校《杨爵集》，200页。

第四节　拨闷词成闲自咏
融融满目见天机:杨爵的诗

　　《杨忠介集》卷 8 到 13 集为诗歌卷,收诗四百余首。杨爵出生及接受教育均在关中,其志向言行与关学的滋养息息相关。受地域影响,关学对关中的文化、经济、民俗、礼仪,乃至关中人的性格都有影响。明代是关学的复兴重振时期,明中期的吕柟、马理、韩邦奇师徒,及明后期的冯从吾等,都在思想理论及人生实践上阐扬关学。韩门二杨(杨继盛、杨爵)更是用生命践行关学精神。黄宗羲《明儒学案》把韩邦奇、杨爵划入三原学案,认为"关学大概宗薛氏,三原又其别派也。其门下多以气节著,风土之厚,而又加之学问者也"[1]。

　　横渠以"贬愚"、"订顽"(又称作《东铭》《西铭》)教导士人,以横渠"四为"句定义个体生命价值,表现出浓厚的人文关怀,有学者把关学的人文精神总结为三方面的内容:"其一,以探究天道规律的自然观为探究天人关系的事实支撑,以重视耳目闻见和智力综合的知识理性提升主体向善为善的道德理性,以道德理性融摄知识理性的求真精神;其二,直面现实、关怀民生、忧国忧民、致治社会的务实精神;其三,超越外在、践履礼教、修养道德、提升自我的自律精神。"[2]求真务实、自律践行是崇奉关学之人的精神写照,政治担当、关注社会是他们的行为规范。

　　杨继盛以直言强谏获罪,塑造了"铁肩担道义"的形象,而在他之前,同门杨爵早一步就敢于直言,为官吏及读书人树立了榜样。杨爵的刚毅忠介,是用他的生命体现的;在其传世的诗集中,我们读到这

---

① 黄宗羲著,沈芝盈点校《明儒学案》,158 页。
② 段建海《张载关学的人文精神》,见《"张载关学与实学"国际研讨会论文集》(1999 年),218 页。

些用热血、意志浇筑而成的文字,依旧能感受到他那铮铮铁骨发出的超轶时空的回响。关学精神是这些诗篇内敛的精神锋芒,具体表现为以下三方面。

(一) 立心立命的担当意识

张载著名的横渠四句"为天地立心,为生民立命,为往圣继绝学,为万世开太平",是在探寻人的价值理想与精神家园,继而为天下苍生寻求一个安身立命之所;传扬濒临灭绝的圣贤之学,并为生民开创一个万世太平的美好社会,这显示出一位关中大儒的襟怀与宏愿。包括杨爵在内的关学后继者们都自觉继承这种立心立命的使命意识,并以此自勉。杨爵在狱中有云:"吾为言官,天下事皆所当言,往时一疏,上为朝廷,下为苍生,宗庙社稷万万年深长之虑,岂自作孽者?"①由此可看到杨爵身为谏官,有为国为民而直言敢谏的关中学者的器识。而此种以生民为念的忠君忧国精神在其诗集屡见不鲜:《山西行》揭示了因明廷采取绝贡政策而导致明朝北疆战祸不绝的历史背景,并表现了对山西百姓惨遭涂炭的深切怜悯;《鬻妻行》《鬻子行》则再现战火与天灾之下母鬻儿、夫卖妻的人间惨景,企图唤起统治者关注民生、勤于政事的警戒之心。而在写给友人的赠诗中,杨爵则坦陈其殷切的忧国热忱:

> 我思古人获我心,忧国忧民结念深。未说江湖与廊庙,恻恻尽是此胸襟。
>
> ——《忆昔行赠李石叠》②

数月言官耻素餐,杀身今日有何难? 包荒自是男儿事,肯不同天一样宽!

---

① 杨爵著,陈战峰点校《杨爵集》,210 页。
② 杨爵著,陈战峰点校《杨爵集》,249 页。

日午才将数粒餐,来之坎坎岂为难。眼中视此容身处,同彼
霄壤无限宽。

　　　　　　——《病中人有以诗喻使宽鄙怀者,次其韵答之》①

　　此外,《微饮行》中有"忧时慨世心独切,半偏深病未消融";《次
罗整庵先生韵》有"明主岁勤优老意,苍生日望济时贫";《元日次晴
川韵》有"平生不洒身家泪,两眼今为天下潸"等诗句。正是出于关
学精神中为生民"立心立命"的使命意识与社会责任感,杨爵始终将
自身命运维系于国家民生之中,其学术思想与文学创作都和匡时济
世的人生理想密切相关。

(二)崇尚风操的人格追求

　　关学学者多治学与为人并举之士,不但在学术上孜孜不倦、笃学
深思,而且在人格上注重砥砺节操、锻铸德行。自北宋张载至明代吕
柟、马理、杨爵、冯从吾再至明清之际的李因笃、李颙、李柏等,关中学
者一脉相承的坚贞气节和高尚人格向来为时人及后代史家赞颂。明
代关学学者们的人生轨迹也颇为相似,大多因"学"而为官,又因刚正
不阿的人格追求而或辞官归隐,或忤旨入狱,最终归于著述讲学的生
命终点,如吕柟、韩邦奇、冯从吾等,这样的人生曲折也是他们崇尚节
操的选择。如杨爵就自我期许,希望"做天下第一等人,为天下第一
等事",因而敢在《隆治道疏》中,直言不讳地指出嘉靖皇帝执政存在
着五方面问题:任用非人,兴作未已,朝讲不亲,信用方术,阻塞言路。
忤旨下狱后,他几次痛遭杖笞乃至濒死,系狱七年而不改夙志,冯从
吾《关学编自序》赞其"侍御直节精忠,有光斯道"②。这种坚贞卓绝
的人格精神可从其诗歌中窥见一斑,如:

---

① 杨爵著,陈战峰点校《杨爵集》,300 页。
② 冯从吾撰,陈俊民、徐兴海点校《关学编》,序 2 页。

有身形弗七尺长，地维天柱要担当。几年饿成空皮骨，扶杖出门欲仆僵。外混尘埃罹罗网，内抱赤心与忠肠。呜呼五歌兮歌迫切，洒尽天涯一腔血。

——《七歌》①

虽身困图圄，残存一息，却仍怀恻恻忧国忧时之心，足见其忠信沉毅之质。其他如《遣兴五首》之一"几回点检累臣罪，一疏欲期天下安"②；《诏狱言别》有"心为纲常千古重，言因忠鲠一身轻"③；《有感》有"一心知有君恩厚，九死难回忠义肠"④；《秋日遣怀》有"但比深圜铭上帝，肯教之死负平生"⑤等等，都展现了他高尚的品格情操。

（三）民胞物与的和合心境

张载开创了以气为本的宇宙本体论，认为世间有形之物、无形之物都由气的聚散沉浮形成。天地万物虽形态各异，但都统一于气，气是宇宙间最基本的组成材料：

天地之气，虽聚散、攻取百涂，然其为理也顺而不妄。气之为物，散入无形，适得吾体；聚为有象，不失吾常。太虚不能无气，气不能不聚而为万物，万物不能不散而为太虚。循是出入，是皆不得已而然也。

——《正蒙·太和篇》⑥

---

① 杨爵著，陈战峰点校《杨爵集》，254 页。
② 杨爵著，陈战峰点校《杨爵集》，292 页。
③ 杨爵著，陈战峰点校《杨爵集》，271 页。
④ 杨爵著，陈战峰点校《杨爵集》，284 页。
⑤ 杨爵著，陈战峰点校《杨爵集》，286 页。
⑥ 张载著，章锡琛点校《张载集》，7 页。

依张载看来,人民乃至万物与我都是禀天地一气而生,虽有人、物之别,却均受于天性,天人一本,不须强分。因此张载的《乾称篇》开篇就称:"乾称父,坤称母;予兹藐焉,乃浑然中处。故天地之塞,吾其体;天地之帅,吾其性。民吾同胞,物吾与也。"①天下民众均为我兄弟,世间万物皆如我同类。这种"民胞物与"的观念一方面强调了存鳏寡、恤孤独的儒家博爱思想;另一方面引导人们"大心体物",将自我的生命融入万物之中,体验"视天下无一物非我"的心态,自觉地顺应、师法并亲近自然,达到天人合一的境界。杨爵也师承张载这一哲学精神,在自由时期,亲近自然,感受大自然的魅力,歌颂万物的美好;身陷囹圄,也能反观内心,毫无愧怍,以气运文,归于平和。

　　　　梦想兹山二十年,今朝散步上其巅。奇峰尘外峻嶒立,怪石云间颠倒悬。雨过一声促织响,树深几笠牧童眠。大观到此方为得,觉我心天高万千。

　　　　　　　　　　　　　　　　　　　　——《登华山诗》②

　　　　竹花同池生,何人知有情。花繁满高枝,灼灼惊人目。竹若蛇龙形,苍颜微带菉。花常头上红,竹常地下仆。显晦各有时,爱憎若不足。鬖发送寒霜,青青惟有竹。

　　　　　　　　　　　　　　　　　　　　——《竹花同池》③

以上两首写于他身处自由时期,在自然中感受万物欣然有情的愉悦,体现比德之美;而"无我自天然"则是实现物我一体的途径。《四丁

————————

① 张载著,章锡琛点校《张载集》,63 页。
② 杨爵著,陈战峰点校《杨爵集》,257 页。
③ 杨爵著,陈战峰点校《杨爵集》,243 页。

宁赠钱员外绪山》①是他与同时被羁诏狱的钱德洪唱和时的诗句，其二有曰："心能乐取善，善自我心全。舍己从人处，襟怀何大焉。丁宁再告语，无我自天然。"杨爵的自然、天然，都是要达到一种物我同化的精神境界，因而其狱中之作更能体现出杨爵大心体物，与万物浑然一体而达到的身心和谐自由的圆融境界。再看一首他身处囹圄时期的作品：

　　　禁里东风觉渐和，背阴残雪果无多。眼前楚楚蜉蝣羽，心上悠悠《击壤歌》。道义无穷须共勉，时光有限莫蹉跎。遥将佳趣问良友，雁过长空兴若何？

——《述怀》②

墙角残雪消融，东风和暖，狱墙阻隔了生命的自由，却不能隔绝春的气息。虽然生命如眼前蜉蝣一般朝生暮死，转瞬即逝，杨爵却依然能沉醉于融和的春意中，体会到生命的安详闲适。由此可以看出杨爵物我两忘，与万化合而为一的陶然心境。其他如《初夏二首次韵》之二"日上圜墙景寂然，老囚于此尚安眠。好怀还有四时兴，世故全无一念牵"③；《怀绪山》"北风如解意，寄我常相思"④等，也都体现出他体物顺变的和合心境。至于偶尔遇到泄气时，但也仅仅对茫茫世事感到绝望而已，对自己的所作所为并无悔意：

　　　一念心灰万事休，无涯岁月此幽囚。九州衰梦从吾息，十载

---

① 杨爵著，陈战峰点校《杨爵集》，228 页。
② 杨爵著，陈战峰点校《杨爵集》，259 页。
③ 杨爵著，陈战峰点校《杨爵集》，266 页。
④ 杨爵著，陈战峰点校《杨爵集》，240 页。

长纶偶自收。遇可乐天须解乐,谓无忧世是深忧。遣怀幸有韦
编在,聊向羲皇境上游。

一念心灰万事休,今年不似去年愁。亦知天外难悬足,岂但
狱中能白头? 胸次广无人世狭,眼眶明少犴窗幽。脱然放下尘
寰梦,且向圜阶歌远游。

——《偶作二首》①

卷 12《谒夷齐祠》二首:

孟津河下谒夷齐,凄怆风霜盈陌衢。愿借首阳方丈处,藏吾
天地一残躯。

晨朝停马拜荒祠,想见当年叩谏时,却笑史迁传谬罔,武王
安肯遽兵之?②

前一首表现出诗人瞬间的动摇:世事烦扰,真想出家一了忧愁。后首
则讲了历史一个传说,但马上揣测判定周武王不会杀前朝贤士以自
污。借以自励自勉:自己不能一死了之,不能出家求得个人舒适,恐
怕那样会带累了君王的名声,有污圣朝。这是文化大传统在起作用:
不为一己之私念,处世为人均从大局出发,从家国君父出发,这也是
关学的传统。

节令时节,感怀万千,最能反映一个人的胸次,且看他的节令诗。
卷 11 七律《冬至》:

气转初阳觉尚微,强吾羸病掩圜扉。寂静真源须探取,盈虚

---

① 杨爵著,陈战峰点校《杨爵集》,290 页。
② 杨爵著,陈战峰点校《杨爵集》,294—295 页。

妙应自相依。两年长夜独悲感，一点丹怀孰与歆？邈想周文幽困里，先天衍作后天机。①

狱中能让他坚持的是先贤伟业，周文王困拘羑里推演八卦，杨爵读《易》观物候，盈虚阴阳之转让他感怀万千。杨爵与世间万物和谐相处而达到的内心的自由安然，无一不受到"民胞物与"之关学精神的熏陶。

正如杨爵的《论文》主张："文章以理为主，以气为辅。……须胸中正大，不以偏曲邪小之见乱其心，又广读圣贤格言以充养之，如此则举笔造语，皆是胸中流出，其吐辞立论，愈出愈新而无穷也，如取之左右逢其源也。"②他的诗文以"真"而振拔特立，正因为他不计利害，不媚流俗，以一团胸中正大之见，成就传世之文。他两度身陷囹圄，一言一行都被监视上告，却能够坦然而处、怡然自得，除了广读圣贤格言以充养之外，更与他的"以宇宙间事为己责"的价值取向息息相联，关学的民胞物与精神锻造了杨爵的人格力量，发而为文则"其光焰发扬照耀，昭灼如日月中天"③。后人读其诗，知其人，论其世，除了高山仰止的敬仰之情外，也折服于关学精神蕴涵的千古不可掩盖之光芒。

---

① 杨爵著，陈战峰点校《杨爵集》，290 页。
② 黄宗羲著，沈芝盈点校《明儒学案》，177 页。
③ 黄宗羲著，沈芝盈点校《明儒学案》，177 页。

结　语

理学发展到明代，程朱道学与陆王心学的相反相成更为明显。受张载关学滋养的关中学者，其学术立场是持程朱道学，但又有所发展，表现在：首先，提倡践履。以关中四先生为主体的关中学者不过多地在理论上探究，而是落实到行动中，比如，躬行礼教以移风易俗，讲学立教以培养士子，提倡读书不惟科举功名以端正士风，替下层士卒发声，为安民求救助等等。其次，思想较为包容。因注重实践，反而不墨守成规，对阳明心学比较包容，吸纳其合理部分。再次，率先垂范。倡忠孝，则杨爵据实上疏，吕柟孝养慈母；易风俗，则马理参古礼服丧守制；继绝学，则韩邦奇潜心律吕。关中四先生以身范为师模，把信奉的道德理念落实在行动中，以人格力量感召世人。最后，在写作上，向先秦儒家的大文学观回归，写作不以辞章藻饰为主却不排斥文学章法技巧的使用。

从文学史上看，儒家诗教和文以载道的观念渗透于文学史发展的各个时期，许多文学流派、论争都与或发扬或反对这两个观念有关。反对者的理由是文以载道束缚了性灵的自由发抒，使文学有沦为义理说教的奴仆之嫌；赞扬者的立场则以人为本，认为文学天然包含的内容和原则是人伦道德，因而不能脱离对人伦社会的关怀去藻饰雕画。明代关中四先生是赞同文以载道的。自薛瑄、王恕到吕柟、马理、韩邦奇、杨爵，都有一个从热衷于诗词写作到放弃爱好，转向关注安身立命、社会伦理之学的过程。如韩邦奇"比登仕……乃幡然于性命道德之学。凡诗文则随意应答,稿多不存"①,然而,他们还是不断用诗文来唱和酬答、抒情言志,且因学养深厚,为人严谨,留下的作品在内容和艺术上都颇有价值。

　　就人格来说,关中四先生反对追逐名利,不赞同汩于词章。对立志与立言、德行与言辞、入仕与事功关系的认识,具有超越性。比如吕柟以登山观水为譬说:"夫学者之于德也,不患立志之不高,患其力不足以继之耳。不患立言之不妙,患其行不足以充之耳。是故,观苍海而叹汪洋,非得水者也;惟夫携侣以乘航,上瞻摇光,下穷尾闾者,斯得乎百川之会矣。睹岱岳而叹崒嵂者,非得山者也;惟夫奋足而蹑梯,下遗石间,上止天门者,斯得乎千峰之尊矣。"②人常说立志高远,志向远大。吕柟却不这样认为,他的主张是立志不在高,力行则高;言不在妙,践行则充。因而,得水者不是望洋兴叹的人,而是行船击水者;得山者不是赞叹高山仰止的人,而是攀爬登山者;推而及之,得道者非景行行止的人,而是闻道而行者。对于"修辞立诚"吕柟认为:"如所说的言语,见得都是实理所当行,不为势所挠,不为物所累,断然言之,就是立诚处。如行不得的,言之,即是伪也。"③言行必须保持一致方为"立诚",立诚是修辞的根本。治学的目的是为己,而非为做官,"诸生有言及气运如何、外边人事如何者,曰:'此都怨天尤人的心术,但自家修为,成得个片段,若见用,则百姓受些福;假使不用,与乡党朋友论些学术,化得几人,都是事业。正所谓畅于四肢,发于事业也。何必有官做,然后有事业?'"④这里提出的学以致用,特别指

①　张文龙《刻苑洛先生文集跋》,见韩邦奇著,魏冬点校整理《韩邦奇集》附录,1763页。
②　吕柟著,米文科点校整理《吕柟集·泾野先生文集》,233页。
③　黄宗羲著,沈芝盈点校《明儒学案》,152页。
④　黄宗羲著,沈芝盈点校《明儒学案》,153页。

出治学的目的不是当官,而是真正提升修为,进,可为百姓造福;退,与朋友探讨学术,获得精神愉悦。"何必有官做,然后有事业"这样的反问,掷地有声,具有超越时代的力量!

当然,从思想史的流变看,无论关学家还是阳明心学家,在明代中期,他们思想天花板的高度相差无几,也就是所有的思想都围绕着封建君主专制的"明君贤臣"模式,无论哪一派追求的政治理想都是在维护现有的君主专制体制下,缓和社会矛盾。阳明心学以"良知"为锁钥先求得个体的安身立命,进而实现治国安天下的愿望;关学家以"躬行礼教"为手段,达到齐家治国平天下的目的。从终极目标看,两派是一致的;从路径上看,则各有所长,亦各存所短。个体的"良知"的觉醒无疑能极大地解放个性,带动社会挣脱旧束缚,但也容易滑落到无视社会公序良俗,乃至无德无行的泥淖。晚明士风的败坏及鼎革之际无行文人的频现,就是一个例证。"躬行礼教"最大的弊端是难以启发民智,沿袭的是泯灭个性、融入乌合之众的群体无意识、通过"克己复礼"谋求社会长治久安的老路,但因讲求读书明理与躬行践履的一致性,因而对士人个体形成约束规范,对地方家族、民俗有一定的改善作用,对入仕的官员打下良好的思想修养基础。从历史进程看,真正守程朱的学者多正人君子,关中学者多情操高洁之士,在一定程度上,印证了学术思想与人格培养的正相关。当然,能从根本上去开疆辟土,破除僵化思维,还要在中华民族遭受更惨烈的教训后。进入 17 世纪,大明帝国内忧外患加剧,势如溃瓜,终于出现"一夫作难而七庙隳"的巨大灾难,明政府一败涂地,以黄宗羲为首的三大思想家痛定思痛,进行深刻反思,认识到了君主专制带来的灾害。但中华民族的灾难尚未解除,晚清在遭遇了三千年前所未有的大变局后,促成"辛亥革命"的爆发,摧毁了封建君主专制的体系,学术思想也才有了新的源头活水。从历史发展的长河看,无论是心学派,还是关学家,他们贡献出自己的心智和努力,把社会向安定、和谐的方向上推展,这份努力都值得后人景仰,他们传达出来的精神,是值得当今社会弘扬的优秀文化传统。

参考文献

一、古籍文献

张载著,章锡琛点校《张载集》,中华书局,1978

程颢、程颐著,王孝鱼点校《二程集》,中华书局,2004

朱熹《四书章句集注》,中华书局,1983

薛瑄《薛瑄全集》,山西人民出版社,1990

王恕《王端毅公文集》,《四库全书存目丛书》本,齐鲁书社,1999

王守仁《王阳明全集》,上海古籍出版社,1992

罗钦顺《困知记》,中华书局,2013

马理著,许宁、朱晓红点校《马理集》,西北大学出版社,2015

吕柟《泾野先生文集》,《四库全书存目丛书》本,齐鲁书社,1999

吕柟著,米文科点校《吕柟集·泾野先生文集》,西北大学出版社,2015

吕柟著,赵瑞民点校《泾野子内篇》,中华书局,1992

吕柟著《泾野先生别集》,陕西师范大学图书馆藏道光庚子刻本

吕柟著《吕泾野先生十四游记》,陕西师范大学图书馆藏嘉靖十六年胡大器刻本

吕柟《高陵县志》,《西北稀见方志文献》本,兰州古籍书店,1990

马理《谿田文集》,《四库全书存目丛书》本,齐鲁书社,1999

韩邦奇《苑洛集》,《景印文渊阁四库全书》本,台湾商务印书馆,1986

韩邦奇著,魏冬点校《韩邦奇集》,西北大学出版社,2015

杨爵《杨忠介集》,《景印文渊阁四库全书》本,台湾商务印书馆,1986

杨爵著,陈战峰点校《杨爵集》,西北大学出版社,2015

李开先著,路工辑校《李开先集》,中华书局,1959

邹守益《邹守益集》,凤凰出版社,2007

唐龙《渔石集》,《四库全书存目丛书》本,齐鲁书社,1999

焦竑《国朝献征录》,《续修四库全书》本,上海古籍出版社,
　　1995—1999

康海撰,余春柯点校《康对山先生集》,陕西人民出版社,2017

王廷相著,王孝鱼点校《王廷相集》,中华书局,1989

杨继盛《杨忠愍集》,《景印文渊阁四库全书》本,台湾商务印书
　　馆,1986

杨继盛《杨忠愍公自著年谱》,陕西师范大学图书馆藏咸丰八年刻本

冯从吾著,刘学智、孙学功点校整理《冯从吾集》,西北大学出版
　　社,2015

冯从吾著,陈俊民点校《关学编(附续编)》,中华书局,1987

蒋一葵《尧山堂外纪》,《续修四库全书》本,上海古籍出版社,
　　1995—1999

陈子龙编辑《皇明经世文编》,中华书局,1962

韩邦靖《朝邑县志》,陕西师范大学图书馆藏清乾隆五十一年刻本

谈迁撰,张宗祥校注《国榷》,中华书局,1958

邓元锡《皇明书》,《续修四库全书》本,上海古籍出版社,1995—1999

黄宗羲《明儒学案(修订本)》,中华书局,1985

黄宗羲、全祖望《宋元学案》,中华书局,1986

黄宗羲《明文海》,中华书局影印本,1987

永瑢等《四库全书总目》,中华书局,1965

谷应泰《明史纪事本末》,中华书局,1977

张廷玉《明史》,中华书局,1974

陆世仪《陆桴亭思辨录辑要》,《丛书集成初编》本,中华书局,1987

二、现代著述(按作者姓氏音序排列)

白新良《中国古代书院发展史》,天津大学出版社,1995

常裕《河汾道统———河东学派考论》,人民出版社,2009

陈谷嘉、邓洪波主编《中国书院史资料》,浙江教育出版社,1998

陈俊民《张载哲学思想及关学学派》,人民出版社,1986

陈来《宋明理学》,辽宁教育出版社,1992

陈祖武《中国学案史》,文津出版社,1994

丁福保《历代诗话续编》,中华书局,1983

郭绍虞《中国文学批评史》,上海古籍出版社,1979

郭英德《中国古代文人集团与文学风貌》,北京师范大学出版社,2012

韩经太《理学文化与文学思潮》,中华书局,1997

何文焕《历代诗话》,中华书局,1983

侯外庐、邱汉生、张岂之主编《宋明理学史》,人民文学出版社,
　　1984、1987

季国平《宋明理学与戏曲》,中国戏剧出版社,2003

贾丰臻《中国理学史》,上海古籍出版社,2014

姜国柱《张载的哲学思想》,辽宁人民出版社,1982

蒋鹏举《复古与求真———明代李攀龙研究》,中国社会科学出版
　　社,2008

金宁芬《明代中叶北曲家年谱》,中国大百科全书出版社,2012

李生龙《儒家文化与中国古代文学》,岳麓书社,2009

李书增等《中国明代哲学》,河南人民出版社,2002

梁启超《中国近三百年学术史》,东方出版社,2012

林乐昌《正蒙合校集释》,中华书局,2012

刘学智《关学思想史》,西北大学出版社,2015

刘学智《儒道哲学阐释》,中华书局,2002

孟森《明史讲义》,中华书局,2009

米文科《吕柟评传》,西北大学出版社,2015

敏泽《中国美学思想史》,齐鲁书社,1989

钱穆《宋明理学概述》,学生书局,1984

钱穆《中国学术思想论丛》,安徽教育出版社,2004

王素美《许衡的理学思想与文学》,人民出版社,2007

王素美《吴澄的理学思想与文学》,人民出版社,2005

王晓毅《中国文化的清流》,中国社会科学出版社,1991

王运熙《中国古代文论管窥》,上海古籍出版社,2006

魏冬《韩邦奇评传》,西北大学出版社,2015

吴承学《中国古代文体形态学研究》,中山大学出版社,2002

余英时《士与中国文化》,上海古籍出版社,1993

余英时《宋明理学与政治文化》,吉林出版集团,2008

余英时《中国思想传统及其现代变迁》,广西师范大学出版社,2004

张立文《宋明理学研究》,中国人民大学出版社,1985

张岂之等《中国思想史》,西北大学出版社,1989

章晓丹《韩邦奇哲学思想研究》,陕西人民出版社,2011

赵馥洁《关学精神论》,西北大学出版社,2015

赵义山《明清散曲史》,人民出版社,2007

[美]葛艾儒著,罗立刚译《张载的思想(1020—1077)》,上海古籍出版社,2015

[新加坡]许齐雄著,叶诗诗译《北辙:薛瑄与河东学派》,浙江大学出版社,2015

三、学位论文

常裕《河东学派考论》,南开大学 2006 年博士学位论文

孔慧红《吕柟仁学研究》,陕西师范大学 2009 年博士学位论文

师海军《明中期关陇作家群研究》,西北大学 2010 年博士学位论文

马智《吕柟理学思想研究》,陕西师范大学 2010 年博士学位论文

李峰《杨爵年谱》,西北大学 2007 年硕士学位论文

周喜存《韩邦奇及其〈苑洛集〉研究》,西北大学 2007 年硕士学位论文

高华夏《马理理学思想研究》,陕西师范大学 2013 年硕士学位论文

李月辰《马理诗歌研究》,陕西师范大学 2016 年硕士学位论文

吴亚媛《杨爵诗词校注与研究》,陕西师范大学 2016 年硕士学位论文

后　记

这部书稿蹉跎许久即将付梓，许多话竟不知该从何说起。每次读关中四先生的著作，读关于他们的传记，都深深感动于四先生的切己体道、躬行践履、言行合一、不折不挠的精神。比如杨爵在狱中备受折磨之际，深夜静坐反思，丝毫没考虑自己的遭际痛楚，而是检点日间言行，自我要求"尽心行己之要自不妄言始"。比如吕柟强调"予之学甘贫贱而耻附权势"，对上任地方官一再嘱托爱惜当地民力。比如马理认为"言不本德，乐难道古"，比如韩邦奇作《富阳民谣》替不堪沉重贡赋的百姓呻吟，对自己被下狱贬官却不悔不惧。读其书，读其传总有那么多让人忘不了的人和事。忘不了的人、忘不了的事就是生而不朽，因此，关中四先生在精神上永垂不朽！

关于研究过程，容许我粘贴在当时国社科项目结项报告后记里的一段：

2010 年申报陕西省社科项目，获得立项后，对四先生的文集进行细致研读，当时这些别集还都是线装书，只有在图书馆古籍部开馆的工作日里才能阅读。因自己住在校外，且还有上课、带实习等教学任务，加之读未经断句的刊刻本，效率很低。2012 年，有幸获得国家哲学社会科学西部项目的支持。研究却一度陷入低迷，因为到底该如何界定四先生之文学观的研究内涵，一直处于犹疑不决中。此外，也深感需要大量进补理学、思想史等相关方面的知识,方能在较为丰厚的知识系统中,找到学术与文学交叉的突破口。研究之初,霍门大师姐王素美教授给予积极鼓励,并惠寄来她的三本研究专著。她就元代三位理学家刘因、许衡、吴澄的理学思想和文学为选题,做出系列研究成果。而我的研究虽也属于理学与文学的交叉关联研究,但如何展示关中学者的独特思想及风格却不能照搬别人。经长时期考虑,反复斟酌,研究一度陷入困境。后来在读余英时《宋明理学和政治文化》和钱穆《论语新解》时,获得启发:真正的儒家从来都没放弃过"文",也从未单独求"文","博文约礼,实施之于政事,而上企德行之科"是儒家的一贯主张。而到明清时期,随着程朱理学被立为官学,且挟持科举制之利诱,不少士人读书越来越背离"古之学者为己"、践行之宗旨,转而言行不一,以"从学"为获取功名富贵之利器,学以致功名利禄之用。这种背景下,关中四先生的躬亲礼教、注重践履就显得那么突出卓越了,而这又是张载关学精神一脉相传的体现。因而我找到与孔门四科之"文学"相当的一个概念"大文学观"。再去读《明史·儒林传》,突然发现其中一直用"文学"和"诗文"两个词汇评价人物,"文学"包括学术、道德、辞章等因素,而"诗文"则与现代的文学概念对应。这样,之前的疑虑便涣然冰释,研究思路也有了柳暗花明又一村的感觉。

有幸通过中华书局选题后,却发现书稿存在的问题不少,责任编辑葛洪春老师以极大的耐心提出许多有益的建议。在此表示诚挚谢意!

　　研究过程中有机缘获得许多帮助,在此致谢。首先,感谢陕西省社科和国家社科立项的督促!没有立项的支持和鞭策,或许就嬉随于日常工作和生活了。课题立项后,脑中则一直绷上了这个弦,督促着自己去读书、思考、写作。其次,感谢陕西师范大学文学院、社科处、图书馆等部门,给予我工作上的支持和帮助!再次,感谢许多学者呈献出他们的研究成果,他们或在文史哲单方面的研究,或相关的融通研究,都是在"为往圣继绝学"传统上的继往开来。特别感谢刘学智教授、方光华教授主编的《关学文库》的出版,方便了资料收集。最后,感谢我的朋友和学生们的助力!伏漫戈教授、卢静副教授都在课题研究过程中,给出了有益的建议。学生们和我一起成长,我的研究生吴亚媛做了《杨爵诗词笺注和研究》,韩慧清做了《〈泾野先生别集〉整理与研究》,精心整理文本;我的研究生赵云萌、梁靖麟、阳婧帮忙核对引文,也一并感谢他们的帮助!

文短情长,或许还有获得的帮助没在此列举,绵长的感恩尽在不言中吧!

蒋鹏举

2024 年 2 月 2 日于陕西师范大学长安校区